HEYNE
BÜCHER

Von Mark Olden sind
als Heyne-Taschenbücher erschienen:

Giri · Band 01/6806
Dai-Sho · Band 01/6864
Gaijin · Band 01/6957
Oni · Band 01/7776
TE · Band 01/7997
Do-Jo · Band 01/8099
Dau Trahn · Band 01/8459
Giri · Band 01/9043
Notwehr · Band 01/9393

MARC OLDEN

HARKER

Roman

Aus dem Englischen
von Ulrike Laszlo

Deutsche Erstausgabe

WILHELM HEYNE VERLAG
MÜNCHEN

HEYNE ALLGEMEINE REIHE
Nr. 01/9565

Titel der Originalausgabe
THE HARKER FILE

Redaktion: Werner Bauer

Printed in Germany 1995
Umschlaggestaltung: Atelier Ingrid Schütz, München
Satz: (2246) IBV Satz- und Datentechnik GmbH, Berlin
Druck und Bindung: Elsnerdruck, Berlin

ISBN 3-453-08881-6

Meinem Vater,
Georg Elliot Olden,
in Liebe gewidmet

1

»Einmal kann es sich um einen Unfall handeln. Beim zweitenmal stinkt die Sache«, sagte Trotman.

»Aber nicht, wenn man verliebt ist«, erwiderte ich.

»Glaub mir, mein Junge. Die Sache stinkt zum Himmel. Es handelt sich ja nicht nur um einen, sondern um zwei Tote.«

Ich beobachtete, wie er sich mit seinem Daumen, der ungefähr die Größe einer Knackwurst hatte, langsam über den breiten Nasenrücken strich. Trotman wog etwa 120 Kilo und war knapp eins achtzig groß. Wir saßen in seinem Chevrolet, den er vor einem Mietshaus an der Ecke 15. und F-Straße in Washington, D. C. geparkt hatte. Es war bereits stockfinster. Die Luft in dieser Juninacht war drückend heiß und feucht und umgab uns wie eine Mauer. Man konnte kaum atmen.

Neben meinem Ohr summte eine Stechfliege. Ich spürte, wie sie, leicht wie eine Feder, meinen Handrücken berührte. Hastig schlug ich nach ihr und zerquetschte sie. Dann rieb ich die sterblichen Überreste des kleinen Biests an meine neue braune Leinenhose.

Trotmans Augen verengten sich plötzlich – er sah aus, als würde er beten. Trotman ins Gebet versunken? Ein witziger Gedanke. Ich stellte mir vor, wie er abends auf die Knie sank, den Kopf neigte, seine dicken Finger verschränkte und Gott anflehte, ihm einen Mistkerl zu schicken, den er fertigmachen konnte. Trotman arbeitete für den CIA.

Trotman sorgte sich um Amerika – und darum, was die Leute, für die er arbeitete, dem Land antaten. Deshalb hatte er mich zu sich gebeten.

»Diese Menschen hätten nicht sterben dürfen«, sagte er so leise, daß ich Mühe hatte, ihn zu verstehen. »Dafür gab es einfach keinen Grund.«

Jetzt wurde es Zeit für mich, den neugierigen Reporter zu spielen. »Haben Sie sie denn gekannt?«

Er nickte.

Ich hob die Augenbrauen und sah ihn fragend an. Kurz zuvor hatte er mir Zeitungsausschnitte über die Begräbnisse gezeigt. Die erste Beerdigung hatte in Madison, Wisconsin, stattgefunden. Ein Bauer mit dem Namen Rankin war vor vier Tagen an einem Herzanfall gestorben. Nichts Ungewöhnliches. Der Fall war nicht von der Polizei untersucht worden, und es hatte auch keine Versicherungsgesellschaft gegeben, die, um sich vor Zahlungen zu drücken, das Leben des Verstorbenen genauer unter die Lupe genommen hätte.

Der zweite Zeitungsausschnitt stammte aus dem Lokalblatt einer Kleinstadt in der Nähe von Iowa. Ein zweiundsechzigjähriger Mr. Conway war bei einem Autounfall ums Leben gekommen, bei dem drei Wagen beteiligt gewesen waren.

Irgendwie konnte ich kaum glauben, daß ein CIA-Beamter wie Trotman zwei Normalbürger kannte, die in der finstersten Provinz zu Hause waren.

»Was hatten Sie mit ihnen zu tun?«

Trotman seufzte und umklammerte mit den Händen das Lenkrad so fest, als wollte er es herausreißen und jemanden damit erschlagen. Diese Hände waren so groß, daß er damit sicherlich mit Schreibmaschinen jonglieren konnte, als wären es Orangen.

»Ich habe mit ihnen gearbeitet«, sagte er leise. Ein CIA-Beamter, der mit Leuten gearbeitet hatte, die niemanden auf dieser Welt interessierten?

»Wann?« fragte ich.

»Vor langer Zeit.« Seine Hände lagen immer noch auf dem Lenkrad und zeigten jetzt deutlich die häßlichen Spuren, die sein Job hinterlassen hatte. Zweimal hatte er Pech gehabt und war von der anderen Seite erwischt worden. Zumindest einmal hatte sich dabei jemand seine Hände vorgenommen.

Auch nachdem die Schmerzen nachgelassen hatten, waren die Auswirkungen dieser Behandlung geblieben. Er würde die Finger nie wieder ganz ausstrecken können – sie waren steif und an den Gelenken angeschwollen. Ich war mir sicher, daß er nicht mehr in der Lage war, beim Poker die Karten auszuteilen.

»Vor langer Zeit«, wiederholte Trotman und starrte durch die Windschutzscheibe in die Dunkelheit. »Ich kannte sie schon, bevor sie geboren wurden.«

»Bevor sie geboren wurden?«

»Ja. Als ich sie kennenlernte, hießen sie noch anders. Die Namen, die jetzt auf den Grabsteinen stehen, haben sie erst später bekommen.«

Trotman hatte mich an diesem Morgen in New York angerufen und mich gebeten, nach D. C. zu kommen. Er sagte, er habe etwas für mich, wolle aber nicht am Telefon darüber sprechen. Und er würde keinesfalls von seinen Prinzipien abweichen und etwas zu Papier bringen. Niemand in der Firma tat das. Das war Regel Nr. 1, die man niemals vergessen durfte.

Trotman war einer der sechs Verbindungsmänner, die ich in der Firma hatte. Ebenso wie die anderen war er weder ein Revolutionär noch ein Linksradikaler. Der wuchtige Mann war Republikaner, fest überzeugt von den Vorzügen der weißen Rasse, der er angehörte, Mitglied der Episkopalkirche und politisch ebenso linksgerichtet wie Julie Nixon. Soviel ich wußte, trug er rote, weiße und blaue Unterwäsche und hatte Spaß daran, an einem sonnigen Tag ein paar Schwarze zu verhaften, weil sie eben Nigger waren.

Amerika litt unter einigen Männern, die Macht besaßen, obwohl sie nie gewählt worden waren. Männer, die einen gewissen Freiraum und jede Menge Staatsgelder zur Verfügung hatten und die Moral von Kinderschändern besaßen. In Washington wimmelte es von diesen Typen. Sie wurden in Ämter ernannt, angestellt oder durch Freunde und Bekannte vermittelt. Wenn man diese Männer mit wichtigen Aufgaben betraute, war es ebenso, als würde man Daffy Duck den Steuerknüppel einer 747 in 3000 Metern Höhe überlassen.

Das war das Problem mit dem CIA – er bestand aus einem Haufen von finsteren Gestalten, die sich auf der ganzen Welt herumtrieben und im Namen Amerikas einer Menge Leute den Schädel einschlugen. Und es gab niemanden, vor dem diese blutrünstigen Kretins sich verantworten mußten.

Das kümmerte Trotman wenig. Einigen meiner anderen

Verbindungsmänner in der Firma machte es zu schaffen, aber Trotman ließ es kalt. Schließlich war er in den achtundvierzig Jahren, die er jetzt auf dem Buckel hatte, auch nicht immer zimperlich gewesen. »Ausräumen von extremen Vorurteilen«, nannte er seine Aktionen. Es war ja auch extrem, jemandem das Gehirn aus dem Schädel zu blasen.

Wenn man allerdings Agenten, die ausgedient hatten, aus dem Weg räumte, wurde er ärgerlich. Diese Leute hatten ihr Leben für Amerika riskiert, aber wenn sie nicht mehr gebraucht wurden, wandte sich die Firma von ihnen ab. Der CIA schaute dann diskret zur Seite, wenn sie getötet, verraten oder in einem Gefängnis im Ausland von riesigen Ratten aufgefressen wurden. Ließ die Firma dich im Stich, konnte nur noch Gott deinen Arsch retten.

Und das machte Trotman zornig. Ich vermutete, daß seine Wut etwas damit zu tun hatte, was mit seinen Händen geschehen war – und damit, was vielleicht in diesem Moment mit den Händen eines anderen Agenten irgendwo auf dieser Welt angestellt wurde. Trotman wußte schließlich Bescheid.

Und deshalb saßen wir in dieser Nacht zusammen in dem Chevrolet.

Ich fing an, ihn nach den beiden Toten auszufragen, aber Trotman unterbrach mich sofort.

»Ich habe keine Lust, die ganze Nacht darüber zu sprechen, Harker, also hören Sie mir gut zu. Sie werden gleich begreifen, warum ich nicht am Telefon darüber reden wollte. Wir verlieren unsere Leute. Wir geben sie auf, und das widert mich an. Einer von uns verrät sie, und ein anderer macht sie kalt. So einfach ist das.«

Es schien interessant zu werden, deshalb beschloß ich, mir Notizen zu machen. Ich verrenkte mich auf dem Sitz, um an mein Notizbuch im Jackett heranzukommen, und zuckte zusammen, als meine Unterhose im Schritt verrutschte, und meine Weichteile zusammengedrückt wurden.

»Geben Sie mir Einzelheiten, Trotman. Etwas, worauf

ich aufbauen kann.« Die Hitze machte mir plötzlich nichts mehr aus.

Trotman sah mich durchdringend an. Seine Augen glitzerten im Dunkeln.

»Die beiden Toten waren keine Amerikaner, sondern Überläufer. Einer kam aus Rußland, der andere aus Kuba. Beide arbeiteten vor zehn oder zwölf Jahren in Kuba für die russische Gesandtschaft in Havanna. Ich habe ihnen geholfen, herüberzukommen. Ihre neuen Namen und ihre Jobs haben sie von mir bekommen. Ich habe sie hierhergeholt.« Er schlug sich mit der Hand so heftig auf die Brust, daß ich beinahe erwartete, das Geräusch von splitternden Knochen zu hören.

Ich beugte mich über mein Notizbuch und schrieb schnell weiter. Irgendwie hatte ich das komische Gefühl, daß sich diese Reise lohnen würde. Ich kann nicht erklären, weshalb. Ein Reporter hat diese Fähigkeit, oder er hat sie eben nicht. Mir war klar, daß ich einer heißen Story auf der Spur war. Und sie fing hier in dem klapprigen Chevrolet an, den Trotman für unser Treffen entweder gestohlen oder geliehen hatte.

Ich hielt den Mund, schrieb, so schnell ich konnte, und hoffte, mein Gekritzel später wieder entziffern zu können.

»Die Überläufer wurden umgesiedelt und bekamen amerikanische Namen. Insgesamt holten wir fünf Männer herüber, die gemeinsam an einem Projekt arbeiteten. Es war in der Zeit, als wir wegen der kubanischen Raketen in der Krise steckten. Die Kerle gehörten einem russisch-kubanischen Team an, das in Havanna und Moskau stationiert war und sich mit Nuklearwaffen und solchem Mist beschäftigte.«

Trotman holte tief Luft. »Die Russen konnten wegen der Raketengeschichte auf Kuba nicht nach Moskau zurückgehen. Ihr Boß wurde schief angesehen, weil er nachgegeben hatte, und Mutter Rußland deshalb angeblich schlecht dastand. Beinahe hätte er dran glauben müssen, aber irgendwie hat er es überlebt. Viele seiner Kumpels hatten nicht soviel Glück. Als der neue Staatschef ins Amt kam, haute der Kerl schleunigst ab. Seine russischen Mitarbeiter beschlossen, lieber überzulaufen als in die Heimat zurückzukehren. Sie befürchteten, umgelegt zu werden, weil ihr Boß die Sache in den Sand gesetzt hatte. Natürlich waren wir an den Leuten interessiert, und...«

»Sie sagten, der CIA würde die Männer aufgeben«, unterbrach ich ihn. »Das hört sich so an, als ob...« Mist, ich wußte eigentlich nicht, wie sich das anhörte.

Trotman beugte sich zu mir herüber, und ich konnte das große rote Gesicht mit den hohen Wangenknochen, der breiten Nase, den gelben Augen und den zusammengekniffenen Lippen deutlich sehen. Ich hielt den Atem an und umklammerte den Kugelschreiber in meiner Hand. Trotmans Miene konnte einem das Blut in den Adern gerinnen lassen.

»Ich meine, daß jemand vom CIA diese Leute umbringen läßt.«

Ich starrte ihn eine Zeitlang an, bevor ich mich zwang, weiterzuschreiben.

»Hören Sie zu, Harker. Entweder gibt es in der Firma einige übereifrige Patrioten, die diese Leute verurteilt haben, oder irgend jemand gibt ihre Namen und Adressen an den KGB weiter.«

»Mein Gott.« Ich atmete tief aus und lehnte mich zurück. Das war zuviel für mich. Der CIA sollte Überläufer preisgeben? Nein. Das konnte nicht sein. Unmöglich. Aber, verdammt, war ich nicht vielleicht zu naiv? Heutzutage war in Washington nichts unmöglich.

»Trotman, wollen Sie damit sagen, daß...«

»Harker, halten Sie den Mund«, unterbrach er mich ungeduldig. Er war hier derjenige, der Bescheid wußte und die Regeln festsetzte. »Jetzt rede ich, verstanden?«

»Okay«, lenkte ich ein. Ich war schließlich nicht auf den Kopf gefallen.

»Ich habe Ihnen schon gesagt, die Sache stinkt. Zweimal ist einmal zuviel. Mann, ich weiß, wie der Hase läuft. In meinem Job lernt man, mißtrauisch zu sein, wenn etwas zu perfekt funktioniert. Perfektion bedeutet, daß sich jemand mächtig anstrengt. Da ist etwas faul, glauben Sie mir.«

»Erzählen Sie mir mehr.«

»Ich war selbst bei solchen Operationen dabei, Harker. Meine Nase sagt mir, was hier los ist. Es wird eine Menge Blutvergießen geben. Können Sie mit der Geschichte etwas anfangen?«

Ich seufzte. Konnte ich das? Ich war bereits an einer Story über den CIA dran. Es ging um Thomas Merle DeBlase, einen neunundsechzigjährigen fanatischen Texaner und siebenfachen Milliardär. T. M. DeBlase baute im Ausland legale Unternehmen auf, die CIA-Agenten als Tarnung dienten. Ich versuchte gerade herauszufinden, ob die Firma ihm Informationen gab, die anderen Geschäftsleuten nicht zur Verfügung standen und ihm damit half, noch reicher zu werden.

Außerdem interessierte mich brennend, ob T. M. DeBlase die Firma dazu ermutigt hatte, sich in die Angelegenheiten anderer Länder einzumischen, damit er vom Verkauf von Helikoptern, Waffen und Minen profitieren konnte.

Ich arbeitete also bereits an einer Story über den CIA – es wäre natürlich großartig, wenn sich mehrere Geschichten miteinander verknüpfen ließen. Aus diesem Grund hielt ich den Kontakt zu sechs Verbindungsmännern. Aber was Trotman mir erzählt hatte, war etwas Besonderes. Wenn ich mir vorstellte, daß die Firma Überläufer ins Land geholt hatte – und sie jetzt umlegen ließ...

»Ich möchte Ihnen etwas zeigen, Harker.« Trotman holte ein großes braunes Kuvert zwischen den Sitzen hervor und hielt es mir mit seiner Riesenpranke entgegen. Sein breiter, schmallippiger Mund verzog sich zu einem leichten Grinsen.

Während ich das Kuvert öffnete und vier Fotografien herausholte, kramte Trotman ein Feuerzeug hervor und ließ es aufflammen.

Die flackernde gelbe Flamme spiegelte sich in den glänzenden Vergrößerungen wider. Als ich einen Blick darauf warf, erlebte ich die größte Überraschung meines Lebens.

»Der große Kerl mit den weißen Haaren, dem langen Gesicht und der finsteren Miene ist Walter Fragan«, erklärte Trotman. »Er arbeitet in der Bücherei der Winslow-Universität in Indiana. Sein richtiger Name ist Viktor Mikhail Valentine. Früher war er Oberst beim KGB in Havanna. Ein unangenehmer, niederträchtiger Scheißkerl. Ich mußte ihn eine Zeitlang beobachten. Und der andere...«

Trotman schien sich großartig zu amüsieren, während sich mir der Magen zusammenkrampfte.

»Das bin ich«, stellte ich fest. Trotz der Hitze fröstelte ich plötzlich. Was zum Teufel ging hier vor? Mir wurde mulmig.

»Jawohl. Das sind Sie, Harker. Sie.« Trotman lächelte breit.

»Sie stehen neben einem Mann, der vor zehn Jahren mit zwei Männern nach Amerika gekommen ist, die jetzt tot sind. Einem Mann, der wahrscheinlich als nächster umgelegt wird, wenn ich mich nicht irre. Und Sie stehen direkt neben ihm. Glauben Sie jetzt, daß meine Geschichte Ihre Zeit wert ist?«

Ich starrte ungläubig auf die Fotos.

»Scheißt der Bär in den Wald? Singen die Vögel beim Sonnenaufgang? Zum Teufel, Trotman, was soll die blöde Frage?«

Einige Sekunden, die mir wie eine Ewigkeit vorkamen, konnte ich den Blick nicht von den verdammten Bildern losreißen.

2

Winslow, Indiana, war eines der kleinen Städtchen, in denen die Einwohner es sich schon lange angewöhnt hatten, ihre Autos und Lieferwagen frontal zum Gehsteig zu parken. Das bedeutet, Winslow besaß eine breite Straße, die durchs Zentrum führte und ›Hauptstraße‹ genannt wurde. Mir war klar, daß es hier mindestens zwei Leute geben mußte, die davon lebten, anderen beizubringen, wie man einen Schlagstock einsetzte.

Als ich zwei Wochen zuvor hier gewesen war, hatte ein großes Plakat, quer über die Straße gespannt, einen Landwirtschaftsmarkt angekündigt.

Ich hatte den Eindruck, das Fest war noch in vollem Gang. Überall standen Lieferwagen herum, einige von ihnen beladen mit Hühnerkäfigen.

Mindestens die Hälfte der siebzigtausend Einwohner lief in Overalls herum, und – vielleicht bildete ich mir das auch nur ein – die Anzahl der Radiosender, die Country-Musik bevorzugten, schien seit meinem letzten Besuch auf das Dreifache angestiegen zu sein. Ich fummelte am Autoradio herum, bis mir das Handgelenk weh tat, konnte aber trotz aller Bemühungen nur nasale Frauen- und Männerstimmen hören, die von einer letzten Tasse Kaffee in einer abgelegenen Raststätte sangen.

Die Fahrt durch Winslow kostete mich kaum mehr Zeit als das Auswickeln eines Kaugummis. Ich hatte einen Mercury mit örtlichem Kennzeichen gemietet, also brauchte ich keine Angst vor einem eifrigen Sheriff haben, der sich gern einmal einen dieser großkotzigen New Yorker vornehmen wollte. Natürlich würden sich die Cops der Stadt trotzdem auf mich stürzen, wenn ich ihnen einen Grund dazu gab. Also hielt ich mich penibel an die Geschwindigkeitsbegrenzung und drückte erst aufs Gaspedal, als die Stadt hinter mir lag.

Die Nacht zuvor hatte ich in Washington verbracht, sechs schlaflose Stunden, während denen ich nichts anderes tat, als mich in meinem Bett im Hilton hin- und herzuwälzen. Die Fotos, die Trotman mir unter die Nase gehalten hatte, hatten einen gewaltigen Eindruck hinterlassen. Mittlerweile waren sie per Post auf dem Weg in mein Büro beim *New York World-Examiner*. Nachdem ich noch eine Weile mit Trotman geplaudert hatte, war mir klar geworden, daß ich nicht nach New York zurückkehren konnte, ohne der Winslow-Universität in Indiana einen kurzen Besuch abzustatten. Walter Fragan besaß ein kleines Haus ganz in der Nähe.

Wenn er wirklich so schlau war, wie Trotman behauptete, würde er sich wahrscheinlich nicht dort aufhalten. Trotzdem hoffte ich, irgend etwas über ihn herauszufinden – wer waren seine Freunde, was seine Interessen, mochte er Frauen oder lieber kleine Jungs, welche Fernsehshows sah er sich an, was hatte er als Kind einmal werden wollen?

Also beschloß ich, so schnell wie möglich dort aufzutauchen. Wenn Trotman recht hatte, würden sich noch einige andere Leute für Fragan interessieren. Nette Kerle und Bösewichte. Und wer konnte diese beiden heutzutage noch voneinander unterscheiden? Auf jeden Fall mußte ich als erster dort sein – dann konnte mir nichts passieren. Das dachte ich zumindest. Und das zeigte wieder einmal, wie sehr sich ein dreiunddreißigjähriger, neugieriger Reporter täuschen konnte.

Eines wußte ich allerdings genau: Wenn bekannt wurde, woran ich arbeitete, würde die Hölle los sein. Das hatte ich schließlich schon mehrmals erlebt.

Beim *New York World-Examiner* – der Zeitung, für die ich arbeitete – würden die Telefone pausenlos klingeln. Die Firma, das Justizministerium, das Außenministerium und – wenn ich Glück hatte – sogar das Weiße Haus würden sich einschalten. Zuerst würden sich alle bemühen, mich auf kumpelhafte Weise davon zu überzeugen, die Finger von der Story zu lassen. Wenn ich mich allerdings – wie üblich – nicht um den Finger wickeln ließ, würden sie sich sofort hinter meinem Rücken an die Chefredaktion und schließlich an die Herausgeberin des Blatts, die große Lady Elizabeth Edith Evans, wenden.

Meistens konnte ich mich auf Eddie verlassen. So nannte ich Mrs. Evans, aber natürlich nur in Gedanken. Sie zahlte mir achthundert Dollar die Woche, zuzüglich Spesen. Und ich hatte in den letzten fünf Jahren zwei Pulitzer-Preise und zehn weitere Auszeichnungen für journalistische Leistungen eingeheimst. Nicht schlecht für einen Job, bei dem man seine Nase in anderer Leute Angelegenheiten steckt, oder?

Auf der linken Seite des Highways sah ich plötzlich ein Schild mit der Aufschrift: Winslow-Universität – 5 Meilen. Im Radio sang eine Frau über ihren treulosen Mann, der sie mit ihrer Schwester betrog, über ihre Cousine Mae und ihre Großmutter.

Ich mußte wieder an Eddie denken – Eddie war meine Abkürzung für Edith. Bei jeder Story unterstützte sie mich so lange vorbehaltlos, bis die andere Seite mit einer Klage drohte. Dann rief sie mich gewöhnlich zu sich und machte mir klar, daß ich schleunigst Beweise für meine Geschichte liefern müsse. Eddie wußte, wo's lang ging – sie war nicht reich geworden, indem sie den ganzen Tag mit einer Schachtel Pralinen vor dem Fernseher verbrachte.

Deshalb fuhr ich jetzt zur Winslow-Universität – ich mußte so schnell wie möglich etwas über Fragan herausfinden. Meine Geschichte über Thomas Merle DeBlase und seine Verbindung zum CIA, die ihn von Tag zu Tag reicher machte, mußte warten.

Allerdings wäre ich nicht hierhergefahren, wenn ich vor zwei Wochen der Winslow-Universität nicht schon einmal einen Besuch abgestattet hätte.

Der Highway war auf beiden Seiten von sanften grünen Hügeln gesäumt. Ich atmete tief durch. Es roch gut hier, obwohl das Aroma von Pferdemist deutlich in der Luft lag. Das mußte wohl so sein – wie sollte das Getreide ohne Dünger gedeihen?

Ich sah mich um. Die Felder wirkten unecht. Sie waren mit einer Präzision gepflügt, die man normalerweise nur auf Postkarten sah. Grüne Halme in den verschiedensten Größen reihten sich in langen, gleichmäßigen Bahnen aneinander. Sie erinnerten mich an eines dieser Musicals von Rodgers und Hammerstein – ich bekam direkt Lust zu steppen. Einige Farmer thronten auf ihren riesigen landwirtschaftlichen Maschinen und bearbeiteten die Äcker mit mechanischer Perfektion. Für mich sah es spielerisch leicht aus, was sie taten.

Allerdings hatte ich mich in meinem Leben schon einige Male geirrt. Zum Beispiel bei meiner Ehe, die vor kurzem gescheitert war. Ich glaubte Loni immer noch zu lieben – aber wahrscheinlich war auch das ein Irrtum.

Vor zwei Wochen hatte ich die gleiche Reise unternommen. Zuerst mit dem Flugzeug nach Indianapolis, dann mit dem Wagen nach Winslow. Ich wollte mir die Einweihung des Thomas Merle DeBlase-Hauses ansehen; der reiche Mann aus Texas investierte fünfzehn Millionen Dollar für sein Ego. Er hatte ein monströses Gebäude aus Chrom, Glas und Beton errichten lassen und zahlte einem Professor der politischen Wissenschaften das Gehalt für die nächsten zehn Jahre.

Als ich mich an einen von DeBlases hochbezahlten Presseagenten wandte, um einen Termin für ein Interview zu bekommen, wurde mir klar, wie wenig man hier von mir hielt. »Mr. DeBlase teilt Ihre Anschauungen nicht, Mr. Harker«, bekam ich zur Antwort. »Wir können Ihnen kein Interview gewähren.« Eingebildeter Fatzke!

Ließ ich mich deswegen von meinem Vorhaben abbringen? Lassen sich Menschen etwa durch Geschlechtskrankheiten davon abhalten, es miteinander zu treiben?

Ich versuchte es immer wieder, aber der alte Scheißkerl war unerbittlich.

Trotzdem gelang es mir, einiges über ihn herauszufinden. Ich sprach mit Leuten, die er bei Geschäften kräftig übers Ohr gehauen hatte. Und mit Leuten, die früher für ihn gearbeitet hatten, und jetzt immer noch vor ihm zitterten. Diese Leute waren nur allzugern bereit, auszupacken.

Der alte Knabe schien in der Tat kein liebenswerter Zeitgenosse zu sein. Er hatte seine sieben Milliarden nicht verdient, indem er in der Kirche den Klingelbeutel herumgehen ließ. Unser Freund T. M. war über Leichen gegangen. Trotz seiner ruhigen, höflichen und umgänglichen Art war er ein harter Kerl und rücksichtslos wie ein Hammerhai. Allerdings hatte er ein größeres Gebiß – und er verstand es hervorragend, es zu benützen.

Alles, was er wollte, war Geld. Sieben Milliarden Dollar reichten ihm offensichtlich nicht. Er wollte mehr. Im Moment war er dabei, die nächsten sieben Milliarden zusammenzukratzen. Manche Leute können eben den Hals nicht voll genug kriegen.

Vor zwei Wochen ging ich zur Eröffnung des DeBlase-Hauses. Ich hoffte, jemanden zu finden, der mir Zugang zum Big Boß verschaffen würde, damit ich ihn nach seiner kleinen Romanze mit dem CIA fragen konnte. DeBlase würde todsicher auftauchen.

Als er erschien, war er von einer Horde von Sicherheitskräften umgeben, die ausgereicht hätte, um einen Krieg zu führen oder die Fans in einem Rock-Konzert in Schach zu halten. Außer seinen eigenen Leuten hatte er noch Schläger aus Winslow mitgebracht. Wohin man auch sah, sie waren überall vertreten: im Publikum, rings um das Gebäude und neben der Rednertribüne.

Dann ging alles so schnell, daß ich es beinahe nicht mitbekommen hätte. Der Präsident des College, ein schwitzender Clown mit einem dünnen Lächeln, beugte sich gerade über das Mikrofon und dankte dem ehrenwerten Thomas Merle DeBlase für seinen Beitrag zur höheren Bildung. Plötzlich stürmten einige Studenten mit Transparenten auf die Bühne und bezeichneten DeBlase lautstark als Kriegshetzer. Nachdem sie ihn wüst beschimpft hatten, nahmen sie sich den Universitätsprofessor vor und erklärten, er sei ein bestechlicher Scheißkerl, der für Geld alles tun würde.

Was dann passierte, zeigte deutlich, daß man sich mit T. M. DeBlase besser nicht anlegen sollte. Seine Sicherheitskräfte begannen blitzschnell auf die Demonstranten einzuschlagen; offensichtlich verstanden sie ihr Handwerk. Den Demonstranten war es zwar irgendwie gelungen, auf die Bühne zu klettern, aber an DeBlase kamen sie nicht einmal so weit heran, daß sie sein hübsches Einstecktuch hätten berühren können.

T. M.s Gorillas schnappten sich die Studenten und verprügelten sie nach Strich und Faden. Zum großen Finale schleuderten sie einige der Kids schwungvoll in die Zuschauer, die wie angewurzelt auf den Sitzen saßen und das Geschehen verblüfft verfolgten. Ein junger Mann in Jeans und T-Shirt kam auf mich zugeflogen. Seine Arme und Beine schlenkerten unkontrolliert hin und her wie die einer Puppe.

Hastig sprang ich auf, und die Leute neben mir folgten meinem Beispiel.

Genau in diesem Moment schoß irgend jemand dic vier Fotos, die ich heute morgen nach New York geschickt hatte. Die Fotos, die zeigten, wie ich und der erzürnte Walter Fragan versuchten, dem Schicksal zu entgehen, von fliegenden Studenten erschlagen zu werden.

Wahrscheinlich hatte jemand Fragan beschattet und deshalb die Bilder gemacht. Ich war leider zum falschen Zeitpunkt am falschen Ort gewesen. Es mußte jemand vom CIA gewesen sein. Sonst hätte Trotman die Fotos nicht in seine riesigen Pranken bekommen.

3

Die Luft flimmerte in der Hitze so stark, daß ich die gelbe Mittellinie vor mir kaum erkennen konnte. Der Asphalt sah aus wie zerknülltes Zellophan. Ich blinzelte und zog rasch die Sonnenblende herunter. Es war 11 Uhr. Mein Magen knurrte, als ich an das bescheidene Frühstück dachte, das man mir im Flugzeug serviert hatte. Das trockene Hörnchen schmeckte nach Gummi, und der winzige Schluck Orangensaft hatte kaum ausgereicht, es hinunterzuspülen.

Der Wagen besaß keine Klimaanlage, deshalb strömte durch die offenen Fenster heiße Luft herein. Der Schweiß lief mir in Strömen über den Rücken, ich bekam kaum Luft. Zur Hölle mit dieser Hitze! Schon bald würde ich Fragans Haus erreichen. Ich war wirklich gespannt, was mich dort erwartete.

Im Moment hatte nicht einmal die Firma eine Ahnung, wo Fragan sich aufhielt.

Deshalb war ich jetzt unterwegs, denn genau darum ging es, wenn man als Reporter Erfolg haben wollte: man mußte losziehen, um eigene Ermittlungen anzustellen. Es war eben ganz anders als im Fernsehen. Ich konnte nur darüber lachen, wer sich dort alles als Journalist bezeichnete. Diese Fernsehclowns saßen in ihren klimatisierten Studios, lächelten sich mit ihren überkronten Zähnen selbst im Spiegel zu und wartete darauf, daß ihnen jemand einen Text vorlegte, den sie dann in die Kamera sprachen. Glauben Sie denn, daß ein Mann, der Make-up trägt, losgeht, um Stories zu recherchieren? Wenn diese aufgeblasenen Kerle sich als Reporter bezeichnen, dann können sich Huren auch Sozialarbeiterinnen nennen.

Das Radioprogramm erleichterte mir die Fahrt auch nicht – im Gegenteil. ›The Wabash Cannonball‹ lief jetzt bereits zum zweiten Mal. Ich brauche wohl nicht zu erwähnen, daß das für meinen Geschmack zweimal zuviel war. Apropos zwei ...

Plötzlich sah ich sie im Rückspiegel. Zwei Lieferwagen, die mit weißem Staub bedeckt waren. Die Fahrer schienen es nicht eilig zu haben – keiner von beiden versuchte, mich zu überholen. Wie in einem Konvoi fuhren wir durch die gleißende Hitze. Zuerst ich in dem gemieteten Mercury, dann Farmer Nr. 1, gefolgt von Farmer Nr. 2.

Der Gegenverkehr war sehr schwach. Nur einige wenige Autos waren auf der anderen Straßenseite aufgetaucht, und mittlerweile wirkte der Highway völlig verlassen. Um mich herum sah ich nur noch schwarzen Asphalt, riesige grüne Getreidefelder und ein Stück blaßblauen Himmel. Warum also wechselten die beiden Kerle hinter mir nicht die Spur, um den Reporter aus der Großstadt zu überholen, der vor ihnen herumzuckelte? Warum fuhren sie nicht so schnell wie möglich nach Winslow, um sich dort zu amüsieren?

Wenige Sekunden später bekam ich eine Antwort auf meine Fragen, und sie gefiel mir überhaupt nicht.

Der Fahrer von Lastwagen Nr. 1 ließ plötzlich den Motor aufheulen und beschleunigte. Wer auch immer hinter dem Steuer saß, benahm sich mit einemmal, als wäre der Teufel hinter ihm her. Als ich mich umdrehte, war er bereits dicht hinter mir, und einen Moment später hatte er die Spur gewechselt und fuhr neben mir her.

War der Kerl etwa scharf auf ein Wettrennen? Nicht mit mir! Ich machte mir immer noch keine Sorgen wegen ihm oder seines Freundes. Ich hielt die beiden für zwei harmlose Verrückte, die einen draufmachen wollten. Weit gefehlt, Harker!

Farmer 1 hatte einen Motor in seinem Lieferwagen, um den ihn jeder Rennfahrer beneidet hätte. Einige Sekunden fuhr er neben mir her, dann zog er los und überholte mich so schnell, daß ich verblüfft den Kopf schüttelte. Eine Weile raste er weiter, dann bremste er so heftig, daß sein Wagen nach links ausscherte. Die Reifen quietschten und hinterließen lange weiße Staubspuren auf dem schwarzen Asphalt. Mist – der Kerl blockierte beide Spuren des Highways. Was zum Teufel sollte das? Er mußte sturzbetrunken sein.

Glücklicherweise lagen zwischen mir und dem Wagen noch einige Meter, doch bevor ich die Bremse auch nur antippen konnte, wurde ich von hinten gerammt. Das war Truck Nr. 2! Der Aufprall war so heftig, daß mein Kopf nach vorne ruckte und der Gurt mir fast die Luft abschnürte. Einen Moment lang sah ich mich schon im Jenseits, doch dann schaffte ich es irgendwie, auf die Bremse zu steigen und den Wagen herumzureißen. Verdammt! Diesen Farmern würde ich ordentlich den Marsch blasen. Ich fand es nicht sehr lustig, mich von zwei Idioten als Hockeypuck benützen zu lassen. Sobald ich das Auto zum Stehen gebracht hatte, würden sich die Kerle einiges anhören müssen!

Hinter mir hörte ich einen lauten Knall. Truck Nr. 2 rammte mich schon wieder. Zweimal von hinten – der Mistkerl mußte Grieche sein. Mein Kopf wurde noch einmal vor- und zurückgeschleudert. Ich kam mir vor wie einer dieser Spielzeugvögel, die am Rand eines Wasserglases sitzen und immerzu nicken. Vor und zurück, vor und zurück. Jetzt hatte ich wirklich die Schnauze voll. Diesen Arschlöchern würde ich es zeigen.

Ich gehöre nicht zu den Leuten, die sich mit Vergnügen in Bars prügeln. Normalerweise löse ich meine Probleme lieber mit dem Kopf, aber das ging zu weit. Der Kerl hatte mich zweimal gerammt – das war eindeutig Absicht.

Plötzlich fielen mir Trotmans Worte ein: Einmal kann es sich um einen Unfall handeln. Beim zweitenmal stinkt die Sache.

Harker, das ist ein abgekartetes Spiel, sagte ich mir. Sie sind kurz davor, dich zu erwischen, mein Junge. Diese Farmer wissen genau, was sie tun. Zwei Lieferwagen spielen auf einem Highway in Indiana Volleyball mit dir. Die beiden wurden auf dich angesetzt, du Idiot!

Mein Magen fühlte sich plötzlich an, als wäre er mit Eiswürfeln gefüllt. Meine Hände zitterten, und ich atmete so heftig, daß sich mein Brustkorb hob und senkte wie der Kolben einer riesigen Pumpe. Furcht kann den ganzen Körper lähmen – wenn ich das zuließ, würde ich mich in einigen Sekunden nicht mehr bewegen können.

Rasch sah ich mich um. Ich konnte erkennen, daß in Lieferwagen Nr. 2 zwei Männer saßen. Der Fahrer fuhr gerade ein Stück zurück, um richtig Anlauf zu nehmen. Ich hatte keinen blassen Schimmer, wer diese Jungs waren. Es war mir auch egal. Mein Gefühl sagte mir, es wäre Zeitverschwendung, auszusteigen und ihnen zu sagen, daß sie Schwierigkeiten bekommen könnten, wenn sie einen Reporter belästigten.

Offensichtlich tat ich etwas, das irgend jemandem nicht gefiel. Offensichtlich hatte es etwas mit Fragan zu tun. Und offensichtlich mußte ich mich beeilen, wenn ich meine Haut retten wollte.

Verzweifelt zerrte ich am Sicherheitsgurt, aber meine Finger waren plötzlich wie gelähmt. Endlich schaffte ich es, den Verschluß zu öffnen. Truck Nr. 2 fuhr bereits mit quietschenden Reifen an und schoß vorwärts. Ich beschloß, genau das gleiche zu tun.

Vor mir sah ich, wie Farmer Nr. 1 aus dem Lieferwagen sprang. Er war klein, trug verblichene Jeans, Stiefel, einen Strohhut und eine Sonnenbrille. Und er hatte eine Waffe in der Hand. Als er sich mit einem Bein niederkniete und den rechten Arm mit der linken abstützte, um sicher zielen zu können, erinnerte er mich an Kojak. Seine Haltung sagte mir, daß dieser Kerl so etwas nicht zum ersten Mal tat.

Ich saß in einem mittelmäßigen Wagen und war ein lausiger Fahrer. Es gab keinen Weg, um an diesem kleinen Mann vorbeizukommen, der im Schutz seines Trucks so entschlossen die Waffe auf mich richtete. Und ich konnte auch nicht zurück.

Ich riß das Steuer nach links herum, so weit ich konnte, und lenkte den Merkury in den Graben zwischen dem Highway und dem großen, grünen Kornfeld. Es war wie in der Achterbahn. Der Wagen holperte über die Erde, schleudert nach links und rechts und krachte dann wieder in die nächste Furche. Meine Zähne klapperten wie Würfel im Knobelbecher, und das lag nicht nur an den miesen Stoßdämpfern.

Unfreiwillig hüpfte ich auf meinem Sitz auf und nieder, und mein Kopf zuckte in einem Rhythmus, der eindeutig zu schnell für mich war.

Der zweite Lieferwagen hinter mir beschleunigte und bremste dann so stark ab, daß er ins Schleudern geriet. Ich versuchte, ihn im Auge zu behalten, aber es ist nicht einfach, im Rückspiegel etwas zu erkennen, wenn man pausenlos durchgerüttelt wird. Der Highway erschien immer nur flüchtig vor meinen Augen. Wenn der Merc dann wieder in ein Loch holperte und anschließend ein gutes Stück vom Boden abhob, sah ich nur noch den Himmel. Und dann ging es natürlich wieder nach unten. Und das kräftig.

Ein scharfer Schmerz schoß durch meinen Rücken bis hinauf zur Schläfe. Ich biß die Zähne zusammen und zwang mich, den Fuß auf dem Gaspedal zu lassen. So rumpelten wir eine Zeitlang dahin, der Wagen und ich. Wir gaben beide wirklich unser Bestes. Nach einer Weile hatte ich das Gefühl, mich in einem Zementmischer zu befinden. Frisch gepflügte Erde eignet sich eben nicht für den Grand Prix.

Der Staub legte sich ein wenig, und ich konnte im Rückspiegel den kleinen Kerl auf dem Highway sehen. Er hüpfte wie Rumpelstilzchen auf und nieder und winkte seinem Freund in Truck Nr. 2 zu sich. Rumpelstilzchen war völlig außer sich. Anscheinend wollte er mich so schnell wie möglich erwischen, denn er fuchtelte mit seinen Ärmchen wild in der Luft herum und zeigte dann seinem Kompagnon die Richtung an. Ich duckte mich rasch und erwartete, daß mir gleich ein paar Kugeln um die Ohren pfeifen würden.

Kurzentschlossen bog ich direkt in das Kornfeld ein und knickte auf meinem Weg geräuschvoll die grüngelben Ähren. Links und rechts von mir knackte es, als das Getreide in Büscheln durch die Luft flog. Die Stengel schlugen mir durch das offene Fenster ins Gesicht, als wollten sie sich wegen meiner Zerstörungswut an mir rächen. Die Luft roch frisch und sauber – beinahe fühlte ich mich versucht, anzuhalten und die Wunder der Natur zu bestaunen. Doch diesen Gedanken schlug ich mir rasch aus dem Kopf.

Der Wagen schaukelte auf dem Weg querfeldein wie verrückt hin und her. Die Getreidehalme an der Windschutzscheibe nahmen mir die Sicht, während ich von einer Furche in die nächste holperte. Es war, als würde ich auf einem Schaukelpferd eine Treppe hinunterpoltern, und jemand würde mir von hinten ständig mit dem Besen auf den Kopf schlagen. Ich hatte allmählich die Nase voll davon, aber die Alternative war, daß diese mordlustigen Farmer hinter mir mich erwischen und mir dann wahrscheinlich eine Kugel durch den Kopf jagen würden.

So verwüstete ich weiter ohne böse Absicht ein Getreidefeld, das mir nicht gehörte. Der Merc walzte einfach alles platt, was ihm in den Weg kam.

Ich hatte keine Ahnung, wie groß dieses Feld war oder wohin ich eigentlich fuhr. Hinter mir befand sich nichts als Getreide, das von einem Kerl zerstört worden war, der Schwierigkeiten damit hatte, mit seinem Wagen auf der Straße zu bleiben... Und dann entdeckte ich sie.

Die Mistkerle saßen jetzt anscheinend zusammen in einem Lieferwagen und hatten keine Schwierigkeiten, mir zu folgen. Mist – jetzt war ich geliefert. Die Spuren, die ich hinterlassen hatte, zeigten den Kerlen nur allzu deutlich den Weg. Außerdem ächzte und stöhnte der Mercury so laut, daß es bestimmt meilenweit zu hören war. Ich mußte mir etwas einfallen lassen. Rasch stieg ich auf die Bremse. Gleichzeitig öffnete ich die Tür, schnappte mir mein Jackett mit den Notizbüchern in der Tasche und sprang aus dem Wagen. Dann begann ich zu laufen. In gebückter Haltung rannte ich um den Merc herum und hielt mich dann nach rechts. Ich kam mir vor wie John Wayne am Strand von Iwo Jima: So schnell ich konnte, kämpfte ich mich durch die nächsten drei oder vier der schnurgeraden Kornreihen. Meine Füße versanken in der weichen Erde, als ich die Richtung änderte und nun zwischen zwei Reihen vorwärts rannte.

Mein Fitnesstraining bestand hauptsächlich aus Jogging und Bumsen. Einige Leute, denen meine Stories nicht gefielen, behaupteten, ich würde mich nur fit halten, indem ich auf meinem Bleistift herumkaute. Aber was wußten diese Ignoranten schon? Im College war ich Leichtathlet gewesen, bin aber nur Mittelstrecken gelaufen – bei Kurzstrecken hatte ich nie rasch genug beschleunigen können. Natürlich war ich mit dreiunddreißig Jahren nicht mehr in der gleichen körperlichen Verfassung wie mit zwanzig, aber es lief noch ganz gut. Vor allem bei dem Gedanken daran, was mich erwartete, wenn ich mich erwischen ließ.

Es hatte immer Leute gegeben, denen meine Arbeit nicht gefiel. Ich hatte obszöne Anrufe erhalten und Briefe bekommen, die mit Exkrementen beschmiert waren. Auch mit toten Schlangen, lebenden Taranteln, anonymen Anzeigen beim Finanzamt und etlichen Morddrohungen war ich konfrontiert worden. Einige meiner Feinde hatten sich darauf beschränkt, mir eine Tracht Prügel anzudrohen. Mit der Zeit hatte ich gelernt zu erkennen, wer mir nicht wohlgesonnen war. Die Kerle, die hinter mir her waren, zählten eindeutig nicht zu meinen Fans.

Keuchend und schwitzend blieb ich stehen und bückte mich. Dann holte ich meine Notizbücher aus dem Jackett und steckte sie in die Hosentasche. Sie sollten auf keinen Fall verloren gehen. Meine Brieftasche und die Kreditkarten wollte ich auch behalten, also stopfte ich sie so gut es ging in die vordere Tasche meiner Hose. Hinter mir hörte ich, wie der Lieferwagen anhielt und jemand laut rief. Ich stand auf und lief wieder los.

4

Sie gaben sich keine Mühe, leise zu sein. Laut schreiend stampften sie auf dem Feld herum, als wären sie in ihrem eigenen Wohnzimmer. An den Stimmen konnte ich erkennen, daß sie zu dritt waren. Drei Männer mit Knarren gegen einen Mann mit einem Kugelschreiber. Wer auch immer geschrieben hat, daß die Feder mächtiger ist als das Schwert, ist sicher noch nie in einem Getreidefeld auf der Flucht gewesen. Ich schlich gebückt vorwärts und bemühte mich, nicht allzu viele Halme dabei umzuknicken.

Mittlerweile hatte ich so viel Erde in den Schuhen, daß ich die Beine kaum mehr heben konnte. Trotzdem war es immer noch etwas einfacher, in einem Kornfeld zu laufen, als mit dem Auto zu fahren. Obwohl ich bei jedem Schritt bis zu den Knöcheln im Feld versank, kam ich irgendwie vorwärts. Die hohen Halme rochen frisch und schützten mich vor der gleißenden Sonne.

Plötzlich hörte ich jemanden rufen. Dann gleich noch einmal – diesmal deutlicher.

»Hey! Hey! Hier ist es! Hier!«

Sie hatten meine Spur gefunden. Dieses Großmaul schrie herum, als hätte er ein Beuteltier entdeckt. Er hatte mich doch tatsächlich mit ›es‹ bezeichnet. War es jetzt schon soweit gekommen? War ich nur noch ein ›es‹? Plötzlich mußte ich an Loni denken – wahrscheinlich denkt man immer an jemanden, den man liebt, wenn man befürchtet, gleich wäre alles aus. Sie hatte mir immer prophezeit, daß mich dieser Job einmal umbringen würde. Meine Antwort war stets gewesen, daß ich lieber sterben würde, wenn sie gerade auf mir lag.

Krampfhaft hielt ich mein Jackett fest – auf keinen Fall durfte ich etwas verlieren und damit diesen Kerlen noch eine weitere Spur legen. Das Kornfeld schien sich endlos auszubreiten. Es war wie in einem Alptraum – eine Reihe schloß sich an die nächste an, und es war kein Ende abzusehen. Vielleicht war es mein Glück, daß das Feld so groß war. Schließlich wußte ich nicht, was mich auf der anderen Seite erwartete. Möglicherweise eine fünfzehn Meter hohe Mauer oder offenes Gelände, soweit das Auge reichte. Und ich war, ebenso wie meine Verfolger, zu Fuß unterwegs – mit dem Unterschied, daß sie bewaffnet waren. Bleib ruhig, Harker, befahl ich mir. Verlier nicht die Nerven und lauf einfach weiter. Ich hörte, daß sie hinter mir herliefen, und, den Geräuschen nach, holten sie auf.

»Verteilt euch! Na los, kreist ihn ein! Du stellst dich vor ihn, und du bleibst hinter ihm!«

Das war wieder der Schreihals, der jetzt den anderen Befehle zurief. Es gab in dieser chaotischen Welt also tatsächlich noch Organisationstalente – leider auf meine Kosten. Ihr Mistkerle, schert euch zum Teufel!

Mein T-Shirt war schweißgetränkt und so schmutzig wie die Socken eines Grubenarbeiters. Meine Brust schmerzte vom Laufen. Ich war müde und nervös und hatte Angst um mein Leben. Im Nahkampf taugte ich nicht viel, das wußte ich. Also befahl ich mir, meinen Verstand zu gebrauchen. Ich mußte mir etwas einfallen lassen, und das schnell. Harker, denk dir einen gemeinen Trick aus – das kannst du doch!

Wenn die Kerle den Befehlen des Schreihalses gefolgt waren, würden sie wahrscheinlich einer nach dem anderen bei mir eintreffen. Zumindest hoffte ich das, denn das war meine einzige Chance.

Hektisch sah ich mich um, als ich die Männer näherkommen hörte. Ich mußte einen Platz finden, der nicht ganz eben war. Dann entdeckte ich eine kleine Senke zwischen den Reihen. Wenn man Plan nicht gelingt, können mich die Mistkerle dort gleich begraben, dachte ich sarkastisch. Der erste Schritt war getan. Wieder sah ich mich um, bis ich etwa zwei Meter von der Kuhle entfernt entdeckte, wonach ich gesucht hatte.

So schnell ich konnte, lief ich zu einem großen Büschel Getreide mit festen Halmen und hängte mit zitternden Händen mein Jackett darüber. Mir wurde klar, daß mein stoßweiser Atem viel zu laut war, aber das konnte ich beim besten Willen nicht ändern. Ich betete, daß diese Getreidehalme zu den besten und stärksten des Landes gehörten. Als sie langsam nachgaben, sanken meine Hoffnungen schon auf den Tiefpunkt, doch das Jackett blieb hängen. Erleichtert atmete ich aus und dankte dem Erfinder erstklassiger Düngemittel, die das Korn so kräftig machten. Mein Herzschlag wurde etwas ruhiger.

In gebückter Haltung schlich ich zu der Senke und legte mich flach auf den Bauch. Dann grub ich mich hinein und bewarf mich selbst mit Erde wie ein Kind beim Spielen – oder ein Mann, der versucht, sich selbst lebendig zu begraben. Ich befand mich nun etwa zwei Meter von meiner Jacke entfernt und konnte von dort aus nicht gesehen werden. Ich baute darauf, daß meine Verfolger sich bei der Suche nach dem Großstadtreporter zunächst von dem Kleidungsstück ablenken lassen würden.

Wer immer die Jacke zuerst entdeckte, würde sich natürlich früher oder später umsehen und mich finden. Aber ich hatte schließlich nicht vor, mich für immer und ewig hier zu verstecken. Ich wollte nur Zeit gewinnen, um einen Vorsprung herauszuholen. Während ich hastig mehr Erde und Schmutz auf meine Beine und den Rücken schaufelte, hörte ich sie. Sie trampelten immer noch kreuz und quer durch das Feld und versuchten, meine Spur zu finden.

Ich hatte mich ein wenig schlauer angestellt als die Schreihälse. Das letzte Stück war ich nur noch an den Reihen entlang in den gepflügten Furchen gelaufen und hatte dabei kaum Getreidehalme umgeknickt. Die Mistkerle mußten sich gewaltig anstrengen, aber mir war klar, daß sie mich über kurz oder lang entdecken würden.

Ich drückte mein Gesicht in die warme Erde, so fest ich konnte. Es war mir scheißegal, daß der Sand schon zwischen meinen Zähnen knirschte. Wenn mein spontaner Einfall nicht funktionierte, würde ich noch tiefer ins Gras beißen müssen.

Ich erstarrte. Verdammt, einer der Kerle war ganz in der Nähe. Ich drückte mich noch tiefer in die Senke und hielt dann so still, als würde ich für immer hierhergehören. Denk positiv, Harker, ermahnte ich mich.

Einer der Kerle war ganz dicht an meiner linken Seite. Vorsichtig hob ich den Kopf um einige Zentimeter und befürchtete, daß mir gleich die Kugeln um die Ohren pfeifen würden. Mein Herz klopfte hart gegen meine Brust, und ich machte mich vor Angst beinahe naß.

Es war der Kleine mit der verspiegelten Sonnenbrille. Sein Gesicht war von der Hitze gerötet. Er trug ein kurzärmeliges gelbes Hemd, das seine gebräunten Arme freigab. Anscheinend verbrachte er viel Zeit im Freien – wahrscheinlich, um frischgeschlüpfte Vögel aus dem Nest zu holen.

Er ließ sich Zeit. Langsam schlich er auf die Getreidehalme zu, an denen mein Jackett hing. Glücklicherweise schien er sich ganz darauf zu konzentrieren. Sobald er sich umsehen würde, wäre mein Leben keinen Pfifferling mehr wert. Immer näher tastete er sich an mein neues Sommerjäckchen heran. Dann streckte er die Hand aus, in der er die Waffe hielt, und bohrte den Lauf vorsichtig in die Ärmel.

Mir war klar, daß er bald die anderen herbeirufen würde. Mit der Hand tastete ich vorsichtig nach einem Stein oder Stock – ich brauchte irgend etwas, was ich über seinen Kopf werfen konnte. Endlich fand ich etwas Brauchbares, allerdings war es kein Stein. Auf dem Land nennt man so etwas Pferdeäpfel. Die Stadtmenschen bezeichnen es als getrockneten Pferdemist. Ich holte aus und zielte. Noch bevor das Wurfgeschoß landete, packte ich einige Erdklumpen und sprang auf. Als der Kleine sich überrascht umdrehte, schleuderte ich ihm die Erde ins Gesicht.

Er stolperte einige Schritte zurück und hielt sich die Hände vor die Augen. Ich nützte meine Chance und trat ihm so fest in den Unterleib, daß er rückwärts ins Korn fiel.

Rasch drehte ich mich um und begann zum Highway zurückzulaufen. Ich holte alles aus meinem müden Körper heraus, was ging. Verdammt, ich rauchte nicht, ich trank nicht, aber ich hatte auch schon seit Wochen nicht mehr gejoggt. Wenn ich hier lebend herauskäme, würde ich ab dem folgenden Tag wieder regelmäßig trainieren, das schwor ich mir. Ich rannte, als wäre der Teufel hinter mir her. Meine Lungen brannten wie Feuer, und meine Augen tränten. Bei jedem Schritt kostete es mich mehr Kraft, die Füße aus der weichen Erde zu ziehen.

Endlich erreichte ich meinen Wagen. Mist, die Reifen hatten sich so tief in die Erde gegraben, daß ich es nie rechtzeitig schaffen würde, dem Scheißkerl zu entwischen. Er würde mich mit Leichtigkeit schnappen, bevor ich die Karre wieder auf der Straße hatte. Also lief ich weiter.

Auf dem Highway war weit und breit kein Auto in Sicht. Ich fluchte, doch dann sah ich plötzlich Lieferwagen Nr. 1 vor mir – er stand immer noch quer auf der Straße. Ich spurtete hinüber und riß die Tür auf der Fahrerseite auf. Hallelujah! Der kleine Kerl mit der Spiegelbrille hatte es so eilig gehabt, daß er nicht an den Wagenschlüssel gedacht hatte – er steckte noch in der Zündung. Von dem Schlüsselring baumelten eine Hasenpfote und zwei kleine rote Plastikwürfel. Ich ließ den Motor an und verschwendete keine Zeit damit, den Rückwärtsgang einzulegen.

Rasch stieg ich auf das Gaspedal und riß das Steuer herum. Der Wagen ruckte und holperte über das Feld. Als ich wieder auf der Straße war, sah ich in den Rückspiegel. Einer der Kerle kam aus dem Feld gerannt und blieb dann mitten auf dem Highway stehen. Auch er trug Jeans, ein Arbeitshemd und eine Sonnenbrille. Ich beschleunigte und beobachtete, wie die Gestalt im Spiegel immer kleiner wurde.

Mich beschlich das dumpfe Gefühl, daß weder er noch seine Freunde mir jemals verzeihen würden. Was soll's? dachte ich und atmete tief aus. Es dauerte allerdings noch eine Weile, bis meine Hände endlich zu zittern aufhörten.

5

Walter Fragans Haus lag an der Willow Springs Lane. Der Straßenname erinnerte mich an einen Film von Walt Disney oder eine Schwulenbar in Fire Island.

Langsam rollte ich mit dem staubigen Lieferwagen um den Block. Die Straßen waren ruhig und friedlich. Nichts rührte sich. Fragans Grundstück sah verlassen aus. Gut so. Ich hatte im Augenblick keine Lust auf Gesellschaft. Außerdem schien Eile geboten. Das Trio, das hinter mir her war, hatte vielleicht schon die Lust daran verloren, in dem Getreidefeld herumzustapfen. Möglicherweise befanden sie sich bereits auf der Suche nach dem Pick-up – und nach meinen Eingeweiden.

Diese drei Clowns, die es auf mich abgesehen hatten, machten mir wirklich Sorgen. Sicher steckte die Firma dahinter. Wer sonst könnte ein so starkes Interesse daran haben, mich von dieser Story fernzuhalten?

Es würde dem Ruf der Firma sehr schaden, wenn bekannt würde, daß sie Überläufer nicht ausreichend schützte. Das war den Jungs sicher klar. Und mein Job war es, über solche Dinge zu berichten, ohne Rücksicht auf irgendwelche Leute zu nehmen, die mit einem Schießeisen unter ihrem Kopfkissen schliefen und versuchten, schmutzige Tricks salonfähig zu machen. Deshalb stand ich jetzt beim CIA auf der schwarzen Liste. Aber war das nicht schon immer so gewesen?

Allerdings hatten mich die Jungs von der CIA noch nie körperlich bedroht. Bis heute war es auf Drohanrufe und böse Blicke beschränkt gewesen.

Meine Güte, hier stank es wirklich erbärmlich! In der schmalen Fahrerkabine des Pick-up mischte sich mein Schweißgeruch mit dem Gestank nach Pferdemist und Jauche. Ich sah fürchterlich aus – und so roch ich auch.

Der Hunger überfiel mich wieder. Ich brauchte dringend ein ordentliches Frühstück. Vielleicht hatte Fragan einen Apfel oder ein paar Gummibärchen für mich übrig.

Entschlossen stieg ich aus dem Wagen, ging zur Haustür und läutete. Keine Antwort. Ich drückte noch einmal auf die Türklingel und sah mich dabei vorsichtig nach allen Seiten um. Die Fenster waren sauber geputzt, die Vorhänge zugezogen, und der Rasen sah aus wie mit der Nagelschere gestutzt. Fragan war anscheinend ein ordentlicher Mensch.

Ich trat einen Schritt zurück und sah nach oben. Rasch hob ich die Hand, um meine Augen vor der grellen Sonne zu schützen. Meine Sonnenbrille lag irgendwo in dem Kornfeld, und ich hatte nicht vor, sie mir zurückzuholen. Auch im ersten Stock konnte ich kein Lebenszeichen entdecken. Ich beschloß, mich wie ein alter Bekannter zu verhalten, der auf einen Sprung vorbeikam.

Lässig schlenderte ich zur Hintertür und drückte die Klinke hinunter. Sieh mal an, die Tür war unverschlossen. Mein Herz begann heftig zu klopfen. Zum Teufel, war das etwa eine Falle? Jetzt hatte ich mich schon so weit vorgewagt, daß es kein Zurück mehr gab. Ich gab mir einen Ruck und ging hinein.

Die kleine Küche war ebenso sauber und ordentlich wie der Vorgarten. In der Hoffnung, etwas Eßbares zu finden, öffnete ich einige Schranktüren. Fehlanzeige. Außer einigen

Gewürzen und verschiedenen Fertigsaucen konnte ich nichts entdecken. Walter Fragan war wohl kein Feinschmecker.

Zielstrebig steuerte ich auf den Kühlschrank zu. Immerhin: eine Flasche Milch, halb voll und noch nicht sauer. Zum Wohl, Colonel! Ich trank die Flasche in einem Zug aus und spürte zufrieden, wie die kalte Milch in meinen Magen lief. Dann nahm ich mir noch einige Scheiben Käse und einen Ananasjoghurt. Während ich mir den Käse in den Mund stopfte, holte ich einen Löffel aus einer Schublade und wanderte dann ins Wohnzimmer. Sorgfältig kratzte ich den Joghurtbecher aus und schob mir genüßlich den letzten Rest in den Mund.

»Verdammt, Harker, verdient ihr Typen nicht genug Geld? Müßt ihr jetzt schon in Häuser einbrechen und Kühlschränke ausräumen? In was für einer Welt leben wir eigentlich?«

Ich erstarrte und hielt den Atem an. Mein Herz setzte für einen Moment aus und begann dann wieder zu rasen. Obwohl ich Angst hatte, kam ich mir mit dem Joghurtbecher in der Hand ziemlich dämlich vor. Und dann erkannte ich die Stimme hinter mir.

Es war Roy Lupus. Vom CIA. Ein überzeugtes Firmenmitglied. Das bedeutete Ärger.

Seine Stimme war klar und präzise, hatte aber einen leicht drohenden Unterton, um klarzustellen, daß er es ernst meinte. Er benahm sich immer so höflich, daß man ihm nicht zutraute, wie niederträchtig er war.

Ich mußte mich ihm stellen, solange ich noch atmen konnte. »Mr. Roy Lupus«, begrüßte ich ihn. »Und zwei Freunde, wie ich sehe. Ich kenne Kalter, aber der andere Gentleman ist mir fremd.« Kalter war ein kleiner Mann mit einer langen Nase und dünnem braunen Haar, das er mit Gel seitlich aus dem Gesicht bürstete. Er kaute ständig an seiner Unterlippe und folgte Roy Lupus wie ein Schatten. Der dritte im Bunde war ein schwarzer Hüne, der keine Miene verzog. Wie alle Schwarzen, die für die Regierung arbeiteten, hatte er sich das gekräuselte Haar kurz schneiden lassen und trug Anzug und Krawatte. Er sah so ehrbar aus, daß er überall das Herz jedes gesetzestreuen Weißen gewinnen konnte.

Erst wenn man ihn näher betrachtete, erkannte man, daß mit ihm nicht gut Kirschen essen war. Mit seinen braunen Augen fixierte er mich wie ein Adler die Beute. Ich hatte plötzlich das Gefühl, daß Lupus nur mit dem Finger auf mich zeigen müßte, damit er mir ein Bein ausriß und mich damit zu Tode prügelte.

»Sie meinen den anderen?« fragte Lupus spielerisch. »Lamont, sag hallo zu Harker, dem berühmten Reporter und Einbrecher.«

Lamont nickte kurz, senkte dabei aber sein quadratisches Kinn nicht mehr als drei Zentimeter. Wenn ich zufällig gerade gezwinkert hätte, wäre mir sein Gruß wohl entgangen. Lamont war anscheinend kein Mann vieler Worte. Schweigend beobachtete er mich, als wäre er dafür verantwortlich, daß ich nicht mit dem Familiensilber durchbrannte.

Ich nickte ihm zu. »Guten Tag, Lamont. Seid ihr Jungs nicht neugierig, warum ich euch hier treffen wollte?«

Kalter schüttelte traurig den Kopf, als wäre ich ein kleiner Junge, der sich weigerte, aufs Töpfchen zu gehen. Der große schwarze Lamont nickte wieder auf seine spezielle Weise, nur diesmal bewegte er sein Kinn ein paar Zentimeter nach oben. Für einige Sekunden konnte ich sogar etwas wie Heiterkeit in seinen Augen entdecken. Aber Lamont war kühl und beherrscht – er zeigte keine Gefühle. Das hatte er wahrscheinlich in dem Ghetto gelernt, in dem er begriffen hatte, daß man vor den Weißen am besten nichts preisgab. Wenn man Spaß haben wollte, dann vergnügte mach sich in einer dunklen Seitenstraße.

Lamont war ungefähr eins neunzig groß und etwa 120 kg schwer, hatte aber kein Gramm Fett am Körper. Er war ein Mann, zu dem man immer ›Sir‹ sagte, wenn man schlau war.

»Hübsch sehen Sie aus, Harker.« Lupus kam einen Schritt auf mich zu und grinste wie ein Wolf auf der Jagd nach einem Küken. Hinter mir kicherte Kalter höhnisch. Lamonts

Augen funkelten einige Sekunden belustigt, dann wurde sein Blick wieder kühl; sein Humor hatte offensichtlich Grenzen.

»Freut mich, daß Ihnen mein Aufzug gefällt«, erwiderte ich und zog das schmutzige, stinkende T-Shirt glatt. »Das wird der große Renner im nächsten Frühjahr. Ich wollte der Modewelt einen Schritt voraus sein.«

»Sie hatten schon immer Weitblick, Harker. Wollen Sie mir nicht erzählen, was Sie hier verloren haben?«

»Eigentlich will ich nicht, aber ich sag's Ihnen trotzdem: Ich bin aus dem gleichen Grund hier wie Sie.«

»Und der wäre?«

»Wissen Sie denn nicht, warum Sie hier sind?«

Roy Lupus verzog sein Gesicht zu einer Grimasse, die wohl ein Lächeln darstellen sollte. Er war mittelgroß und sah aus wie ein Durchschnittsbürger. Seine Anzüge kaufte er von der Stange, und er war glattrasiert. Ein perfekter CIA-Agent. Niemand schenkte ihm einen zweiten Blick. Selbst unter Androhung von Folter hätte niemand ihn beschreiben können. Seine Moralvorstellungen glichen denen von Attila, dem Hunnenkönig.

Wir waren schon ein paar Mal aufeinandergeprallt und seither nicht besonders gut aufeinander zu sprechen. Vor einiger Zeit hatte ich eine Story über den CIA geschrieben und geschildert, welche Rolle er bei der Entwicklung eines afrikanischen Staats gespielt hatte. Einige Leute waren dabei ums Leben gekommen, und Roy Lupus hatte seine Finger im Spiel gehabt. In einer anderen Reportage gelang es mir zu beweisen, daß die Firma männliche homosexuelle Prosituierte angeheuert hatte, um UN-Botschafter zu verführen. Roy Lupus steckte auch in dieser Sache tief drin.

Als diese Story veröffentlicht wurde, verhielt sich die Regierung wie immer – sie unternahm nichts. Einige Kongreßabgeordnete mußten allerdings ihre Vortragsreise unterbrechen, um nach Washington zurückzukehren und sich fotografieren zu lassen, während sie höchst entrüstet meinen Artikel in die Kamera hielten.

Die Firma hatte trotzdem an der Sache zu beißen. Deshalb

hätte Roy Lupus mich liebend gern an einer Dachrinne baumeln sehen, damit er voll Begeisterung auf meinen Fingern hätte tanzen können.

»Diesmal nützt Ihnen Ihre große Klappe nichts, Harker. Jetzt müssen Sie die Karten auf den Tisch legen. Sie sind hier nicht zu Hause, mein Freund.« Lupus verschränkte die Hände vor dem Körper und drehte die Daumen.

Ich ließ mich nicht einschüchtern. »Von mir werden Sie nichts zu hören bekommen, Lupus. Wenn Sie daraus eine große Sache machen wollen, kann ich Sie nicht davon abhalten. Mir scheint, Sie haben immer noch nichts dazugelernt.«

»Was meinen Sie damit?«

»Ich bin kein Reporter einer Schülerzeitung, den Sie an den Ohren ins Direktorat schleifen können, damit er sich seine Strafe abholt.«

Ich klang wie ein knallharter Journalist, der mit seinen Berichten Staatsoberhäupter stürzen konnte, aber ich fühlte mich wie ein Idiot, mit den stinkenden Klamotten am Leib und dem leeren Joghurtbecher in der Hand.

Lupus seufzte. Vielleicht war das ein Zeichen, daß er endlich mit sich reden ließ.

»O. K., Harper. Sie haben gewonnen. Ich möchte, daß Sie mit uns zusammenarbeiten.«

»O nein. Sie wollen, daß ich mein Haupt senke und auf die Knie gehe. Versuchen Sie nicht, den Patrioten in mir zu wekken, nachdem Sie geplant haben, mich umlegen zu lassen.« Ich dachte an die drei Clowns im Kornfeld.

Beschwichtigend hob Lupus die Hände. »In Ordnung. Ich weiß, Sie haben Macht. Sie setzen sich an Ihre Schreibmaschine, und zehn Minuten später weint sich jemand die Augen aus dem Kopf. Vielleicht können wir gemeinsam etwas schaffen.«

»So wie eine Kobra und ein Mungo.« Mir taten allmählich die Beine weh. Neben dem Piano entdeckte ich ein Sofa mit einem braun-gelben Bezug. Als ich hinüberging, sah ich eine Partitur von Bach auf dem Klavier. Der gute Fragan ließ anscheinend gern seine flinken Finger über die Tasten gleiten. Nun, wir hatten einiges gemeinsam – ich spielte zwar selbst kein Instrument, aber ich liebte Bach. Seine Musik war beim Sex einfach großartig. Auf der Couch lag eine spanische Zeitung. *La Luz Fuerte* aus Miami, Florida. Jemand hatte mit Bleistift am Rand einen Namen notiert: Enrique Estevez-Blanco.

»Was soll das, Harker? Warum müssen Sie immer gleich so übertreiben?«

»Ich übertreibe?« Der Gedanke an meine Flucht aus dem Kornfeld machte mich so wütend, daß ich Lupus am liebsten kräftig in die Eier getreten hätte. Wenn Lamont sich noch irgendwo in Harlem aufgehalten hätte, wäre die Idee nicht schlecht gewesen.

»Hören Sie zu«, sagte ich grimmig. »Die Verfassung und das Grundgesetz garantieren das Recht auf freie Meinungsäußerung. Deshalb werde ich auf jeden Fall sagen, was mir auf dem Herzen liegt – auch wenn es hier irgend jemandem nicht gefallen sollte. Es steht allerdings nirgendwo geschrieben, daß Sie das Recht haben, mich vom Highway abzudrängen und bei dieser Bruthitze in einem Getreidefeld herumzuscheuchen. Außerdem glaube ich kaum, daß es Ihnen zusteht, mit Waffen herumzufuchteln und ...«

»Sind Sie verrückt geworden, Harker?« unterbrach Lupus mich unschuldig. »Waren Sie zu lange in der Sonne?« Er wirkte tatsächlich verblüfft und setzte eine Leidensmiene auf, als hätte er Verstopfung.

Davon ließ ich mich nicht beeindrucken – ich war jetzt stinksauer.

»Sie waren zu dritt, Lupus. Anscheinend hatten sie Lust auf ein kleines Spielchen mit einem Reporter. Sie hielten mich ungefähr zehn Meilen außerhalb der Stadt auf und jagten mich durch ein Kornfeld. Und sie waren bewaffnet. Sobald ich wieder im Osten bin, werde ich darüber berichten. Meine Story wird Ihnen nicht gefallen, Lupus.« Ich hoffte, daß ich lebend hier herauskam, und spielte den starken Mann. Allerdings war mir klar, daß ich nicht alle Trümpfe in der Hand hatte. Der große schwarze Lamont mit der finsteren Miene war mindestens ein Pik As. Er war stark genug, mich mit einem Fußtritt an den Golf von Mexiko zu befördern.

Lupus bemühte sich um ein verbindliches Lächeln. »Wenn wir so etwas wirklich versucht hätten, dann wären Sie uns nicht entwischt, Harker. Sie wissen, daß wir Sie nicht leiden können. Wir hätten nichts dagegen, wenn Sie in Zukunft Ihre Stories auf einer großen Schreibmaschine in den Wolken tippen würden. Hätten wir vorgehabt, Sie ins Jenseits zu befördern, dann wäre uns das auch gelungen.«

Anscheinend stand mir der Mund offen, denn Kalter kicherte wieder wie eine Maus in den Tom-und-Jerry-Filmen.

»Soviel ich weiß, gibt es keinen Befehl, Sie umzulegen. Allerdings habe ich seit zehn Minuten nicht mehr im Büro angerufen«, fuhr Lupus grinsend fort.

»Sehr witzig.« Immerhin hatte ich meine Stimme wiedergefunden.

»Ich würde auf einen Monatslohn verzichten, um auf Ihr Grab pinkeln zu können, Harker«, mischte sich Kalter ein. »Wenn ich einen entsprechenden Befehl bekommen hätte, würde ich Sie auf der Stelle kaltmachen. Leider ist es noch nicht soweit.« Seine Stimme klang freundlich wie die eines Freundes, aber er meinte es todernst. Lamonts Gesicht zeigte den Anflug eines Lächelns – wahrscheinlich genoß er es, daß wir Weiße uns gegenseitig fertigmachten.

Ich sah Kalter in die Augen. »Ich kann es kaum erwarten, bis der andere Film von dieser Schwulensache entwickelt ist. Sie sehen auf allen vieren und mit vollem Mund sicher interessant aus.«

Meine Bemerkung gefiel ihm überhaupt nicht. Er riß die Augen weit auf und zog scharf die Luft ein. Dann warf er den Kopf zurück und starrte mich so wütend an, als hätte ich gerade seine Mutter verprügelt.

Lupus schnaubte verächtlich, bemühte sich dann aber, die Henry-Kissinger-Nummer abzuziehen. »Okay. Beruhigt euch. Wir wollen die Sache nicht noch schlimmer machen. Wir sind nicht hinter Ihnen her, Harker. Zumindest nicht, um Sie umzulegen.«

»Vor einer halben Stunde hatte ich aber einen ganz anderen Eindruck. Die drei Männer mit den Pick-ups waren auf mich angesetzt. Und das gefiel mir ganz und gar nicht.«

Lupus neigte den Kopf und musterte mich. Dann nickte er verständnisvoll, aber seine Sympathie schien den drei Halunken zu gelten.

»Nun, vielleicht gefällt einigen Leuten nicht, was Sie schreiben, Harker.«

»Ich denke nicht, daß die drei lesen können. Es mag seltsam klingen, aber ich glaube Ihnen.«

Das stimmte. Lupus und Kalter gehörten zu den Typen, die zu Ende brachten, was sie anfingen – vor allem, wenn es darum ging, einen Reporter loszuwerden, den sie nicht ausstehen konnten. Außerdem hatten sie Lamont bei sich – er hätte sie sicher tatkräftig unterstützt. Aber wer zum Teufel war dann hinter mir her?

»Wie schon gesagt, Lupus: Ich glaube Ihnen, daß Sie es nicht auf mich abgesehen haben. Das bedeutet allerdings nicht, daß wir gute Freunde sind«, erklärte ich. »Warum legen wir nicht die Karten auf den Tisch? Zuerst Sie, dann ich.«

»Sie verwechseln da etwas, Harker. Zuerst sind Sie an der Reihe.«

»Na gut. Schließlich habe ich den Glauben an die Menschheit noch nicht verloren. Mir ist das Gerücht zu Ohren gekommen, daß Sie Ihre Überläufer nicht ausreichend schützen. Einige davon wurden umgelegt – und das wirft kein gutes Licht auf den CIA.«

Lupus blies die Backen auf, bis er aussah wie ein Hamster. Dann ließ er die Luft langsam heraus und kratzte sich am Hals.

»Wer hat Ihnen das gesagt?« Er betrachtete anscheinend interessiert den Fußboden.

»Sie scherzen wohl, Lupus?« Ich lehnte mich zurück und warf einen Blick auf die spanische Zeitung, die neben mir auf der Couch lag. Fragan hatte sie mit der Post aus Miami bekommen. Ich prägte mir den kubanischen Namen ein, der an den Rand gekritzelt war, und wandte mich dann wieder Lupus zu.

»Hören Sie, Harker«, sagte er. »Sie werden mir das wahrscheinlich nicht glauben, aber...«

»Da haben Sie recht.«

»Die Sache unterliegt strengster Geheimhaltung. Ich darf Ihnen nichts darüber sagen. Sie wissen, daß es Probleme mit Überläufern gibt, aber wenn Sie das an die Öffentlichkeit bringen...«

»Ja, ich weiß«, unterbrach ich ihn. »Sie hätten dann niemanden mehr, den Sie den Ausschüssen im Kongreß vorführen könnten. Und ohne präsentable Überläufer könnte der Kongreß Ihnen die großzügig bereitgestellten Mittel kürzen.«

»Es geht um mehr.«

»Ja, das ist meistens der Fall.« Ich beobachtete Lupus. Äußerlich wirkte er ruhig, aber seine Augen verrieten seine Nervosität.

»Harker, ich bitte Sie...«

»Sie wollen, daß ich meine Quellen preisgebe? Ein verlogener Reporter werde? Nicht mit mir, Lupus. Diese Geschichte kommt sowieso eines Tages ans Licht. Es ist doch völlig egal, ob das in sechs Monaten oder sechs Jahren geschieht. Warum sollte also nicht ich die Story schreiben? Und zwar jetzt.«

Lupus fuhr sich nervös mit der Zunge über die Lippen und holte tief Luft. »Warum müssen Sie immer so verbohrt sein? Andere Reporter...«

»Die anderen interessieren mich einen Dreck. Sie sind keine Journalisten, sondern Clowns oder Schreibkräfte. Ganz Washington wimmelt von ihnen – deshalb arbeite ich lieber in New York. Die Reporter in Washington treiben sich am liebsten auf Partys herum und bemühen sich um ein Mittagessen mit Henry, Jerry oder Nelson, damit sie dann vor ihren Tanten prahlen können, wie einflußreich sie sind. Sie legen großen Wert darauf, in der Gesellschaft anerkannt zu sein und Freunde zu gewinnen. Das ist wohl das schlimmste, was man als Reporter tun kann, denn dann wird man abhängig. Auf diese Reporter pfeife ich.«

Ich stand auf und gähnte. Mein Magen war immer noch leer, und der aufdringliche Geruch meiner Kleidung stieg mir penetrant in die Nase.

Lupus seufzte und strich sich über das sorgfältig frisierte Haar. »Sie wollen also nicht mit uns zusammenarbeiten?«

»Lassen wir doch das Herumgerede, Lupus. Sie wollen, daß ich auspacke, bieten mir aber keine Gegenleistung. So geht das nicht. Warum schicken Sie mir nicht eine Pressemitteilung? In solchen Dingen seid ihr Jungs aus Washington doch recht begabt: Pressemitteilungen, Pressemappen, Pressekonferenzen.« Während ich sprach, sah ich mich in Fragans Wohnzimmer um. Es war sauber aufgeräumt, und in den Regalen standen genügend Bücher – die meisten in spanischer Sprache –, um eine private Bücherei zu eröffnen. Mir war klar, daß Lupus mir nicht erlauben würde, mich hier umzusehen. Er hatte das Recht, mich davon abzuhalten. Und er hatte Lamont bei sich. Aber ich hatte die Zeitung gesehen. Und mir den Namen gemerkt, den jemand darauf gekritzelt hatte.

»Das war's dann wohl, Harker. Sie berufen sich auf die Macht der Presse, nicht wahr?« Lupus schlug die Hände zusammen und beendete damit offensichtlich unsere unproduktive Verhandlung.

»Richtig.« Wenn die Presse keine Macht hätte, würden mir inzwischen schon einige Zähne fehlen.

»Wohin wollen Sie denn jetzt?« Lupus grinste, als er mir deutlich zu verstehen gab, daß ich jetzt gehen mußte, ohne mich in Fragans Haus näher umsehen zu können.

Ich zuckte mit den Schultern. Mit diesen Kerlen konnte man nicht diskutieren – vor allem nicht mit Lamont. »Zurück in den Osten«, sagte ich. Nach Miami, zu Estevez-Blanco, dachte ich.

»Nach dem, was Sie uns über diese Typen erzählt haben, die hinter Ihnen her sind, wäre es besser, Lamont würde Sie in die Stadt zurückbringen.«

Ich runzelte die Stirn. Seit wann machte sich Lupus Sorgen um mich? Dann ging mir plötzlich ein Licht auf. Lupus legte Wert darauf zu wissen, wohin ich ging – er wollte mich aus dem Weg haben.

Das war wirklich witzig. Zum ersten Mal, seit ich Lupus kannte, hatte ich kein Bedürfnis danach, ihm zu widersprechen. Mit Lamont an meiner Seite hatte ich die Chance, bis Donnerstag zu überleben – zumindest, wenn es mir gelang, ein anderes Auto aufzutreiben. Die Idee gefiel mir.

»In Ordnung, Lupus. Lamont kann mich begleiten – dann können Sie sich sicher sein, daß ich Ihr Gebiet verlasse.«

Lamonts Augen funkelten. Einen Augenblick lang schien er fast zu lächeln.

Damit war das Gespräch beendet. Ich drehte mich um und ging zur Tür. Als ich auf die Veranda hinaustrat, folgte mir Lamont lautlos.

»Ein schöner Tag«, bemerkte ich und blinzelte in die Sonne.

Lamont schwieg. Er war kein Mann vieler Worte.

6

Ich rülpste laut und klopfte mir mit der Hand auf den vollen Bauch. »Entschuldigen Sie, Mrs. Karakas. Wie lautete der Name?«

Es ist sehr ungehörig, ins Telefon zu rülpsen. Meine achtundvierzigjährige, rundgesichtige Sekretärin Sarah Karakas würde mir das nicht durchgehen lassen. Das hätte ich eigentlich wissen müssen.

Ihr verächtliches Schnauben klang wie ein Pistolenschuß und brachte beinahe mein Trommelfell zum Platzen. Ich zuckte zusammen und legte den Hörer rasch an mein rechtes Ohr, das noch unversehrt war.

»McClan«, antwortete sie kühl.

»McClan«, wiederholte ich und schrieb den Namen rasch auf.

»Wenn Ihre Manieren besser wären, hätten Sie mich schon beim ersten Mal verstanden. Meine Güte, Sie hören sich an wie ein Araber. Die rülpsen immer nach einer Mahlzeit, um dem Gastgeber zu zeigen, daß es ihnen geschmeckt hat.« Mrs. Karakas ließ keine Gelegenheit aus, um uns alle auf unsere Fehler aufmerksam zu machen.

»Ja, schon gut. Wer noch?«

Ich hörte, wie sie mit einigen Papieren raschelte. Mrs. Karakas, die überzeugte Puritanerin, saß hinter ihrem Schreibtisch beim *World Examiner*, während ich in einer Telefonzelle am Flughafen von Indianapolis stand.

»Einen Moment. Oh, Perry und der Colonel haben sich auch gemeldet.

Alle drei Männer versorgten mich mit Informationen über T. M. DeBlase und seine Geschäfte mit dem CIA. McClan war Anwalt und hatte DeBlase geholfen, mehrere kleine Fluglinien im Ausland zu gründen, die dem CIA als Tarnung dienten. Vor einigen Monaten hatte T. M. ihn gefeuert. Er hatte ihn mit lausigen sechs Monatsgehältern abgefunden und ihm einen Wisch in die Hand gedrückt, auf dem nur ein einziger Satz stand: »Verschwinden Sie.« McClan war jetzt neunundfünfzig und lebte in Vermont. Er war verbittert, praktizierte nicht mehr und trank zuviel.

Der Colonel war Malcolm Mullen, Oberstleutnant der amerikanischen Armee im Ruhestand. Auch er war nicht gut auf T. M. zu sprechen. Vor einigen Jahren war Mullen der oberste Sicherheitsbeamte des gerissenen alten Texaners gewesen. Aber das war längst Vergangenheit.

DeBlase hatte plötzlich eine neue Sicherheitstruppe aufgestellt, die für den Schutz seiner Person und seines Eigentums auf der ganzen Welt zuständig war. Sie bewachte alles, von Luxushotels bis zu Ölfeldern im Iran. Der Colonel wurde gefeuert. Sein Nachfolger bekam einen Zehnjahresvertrag, der ihm ein Jahresgehalt von einhundertfünfzigtausend Dollar zuzüglich Spesen zusicherte. Der Colonel war verständlicherweise gekränkt und enttäuscht.

Perry hieß eigentlich Regis Cooler, war vierzig Jahre alt und arbeitete noch für T. M. Er war bei einer dieser Werbeagenturen in New York angestellt, die sich selbst hochtrabend als ›Image- und Kommunikationsberater‹ bezeichneten. Diese Firma strich fünfhunderttausend Dollar im Jahr ein, damit sie Fotos verbreitete, auf denen T. M. abgebildet war, wie er Gänseblümchen pflückte oder behinderten Kindern Schokoladenriegel schenkte. Perry hatte anscheinend moralische Bedenken und wollte seine Seele retten. Als mich die Presseagenten des alten Mistkerls hatten abblitzen lassen, hatte Perry einige Tage abgewartet und sich dann bei mir gemeldet. Durch ihn hatte ich Kontakt zu McClan und dem Colonel bekommen.

»Sonst noch etwas, Mrs. K.?«

»Ein paar Briefe. Einer sieht aus, als käme er von einem Erpresser.«

»Öffnen Sie ihn und vernichten Sie ihn dann.« Ich konnte mir schon denken, wie der Text in etwa lautete: Du verdammter Judenfreund, du schreibst nur Mist. Warum gehst du nicht wieder zurück nach Rußland, du Arschloch? Deine Mutter ist eine verdammte... etc.

»Ich habe ihn schon gelesen«, erwiderte meine fleißige, loyale, neugierige Sekretärin.

»Und? Ist er gut?«

»Wenn man Schmutz und Schund mag...« Ihre Stimme klang eisig. Pontius Pilatus hätte sie um diesen Tonfall sicher beneidet, als er Jesus die schlechte Nachricht überbringen mußte. Sarah Karakas war eine harte, launische Frau, die allen Kollegen das Leben schwermachen konnte. Einige nannten sie hinter ihrem Rücken ›Mrs. Karate‹. Ich kam sehr gut mit ihr aus. Sie arbeitete immer schnell und gründlich, und ich konnte mich hundertprozentig auf sie verlassen. Seit vier Jahren war sie jetzt meine Sekretärin, und kein einziges Mal hatte sie jemandem verraten, woran ich gerade arbeitete. Die loyale Mrs. K. hüllte ihren plumpen Körper mit Vorliebe in weite, wadenlange Kleider. Ihre klobigen, breiten Schuhe würden gut zu einem Raumanzug passen. Seit Franklin Delano Roosevelts erster Amtsperiode trug sie ihr mittlerweile mit grauen Strähnen durchzogenes Haar zu einem dicken Knoten aufgesteckt, den sie mit einer fünfzehn Zentimeter langen Hutnadel zusammenhielt.

Die Hutnadel hatte sie wegen der gemeinen Straßenräuber bei sich. So bezeichnete sie schwarze Jugendliche oder Puertoricaner, die herumschlichen und jede Gelegenheit ergriffen, um sich eine Handtasche oder Geldbörse zu schnappen.

»Sonst noch etwas?«

»Mr. Ramey hat nach Ihnen gefragt.«

»Der kann mich mal.«

Julius Ramey war der Geschäftsführer von *World Examiner*. Das bedeutete, er bekam viel Geld für wenig Arbeit. Ramey war vierundsechzig Jahre alt, groß, schlank und weißhaarig, und neigte dazu, seine Mitarbeiter den Wölfen vorzuwerfen, um seinen Job behalten zu können. Julius versuchte die Angst um seinen Posten zu verbergen, indem er ständig grinste wie ein Autoverkäufer – widerlich! Das Grinsen hielt sich hartnäckig auf seinem Gesicht, bis er sich im klaren darüber war, ob man ihm gefährlich werden konnte oder nicht. In der Rangordnung kam er direkt nach Mrs. Evans, der Besitzerin des Blatts, aber er hatte keinen Mumm in den Knochen. Er bekam sechzigtausend Dollar im Jahr, aber eigentlich leitete ein gewisser Jack Sommers die Geschäfte. Ich konnte Sommers nicht leiden – er war ein Kerl, dem ich nicht einmal meinen Hund anvertraut hätte.

Jack Sommers war unser Chefredakteur – ein krankhaft selbstsüchtiger Schweinehund, der sogar eine überfüllte Kirche angezündet hätte, um eine gute Story zu bekommen. Er war ein Arschloch, aber der beste Redakteur beim *World Examiner*. Wir konnten uns nicht ausstehen.

Ich drehte mich um und hielt nach Lamont Ausschau. Er hatte sich hingesetzt und las Machiavellis *Il Principe*. Anscheinend war er ganz vertieft in die Beschreibung schmutziger Tricks im Italien des 16. Jahrhunderts. Trotzdem hatte ich das Gefühl, daß er seinen Auftrag nicht vergessen hatte. Er würde mich nicht aus den Augen lassen, bis ich im Flugzeug saß und der Firma nicht mehr in die Quere kommen konnte. Als ich beobachtete, wie Lamont las und mich gleichzeitig bewachte, fiel mir plötzlich ein Spiritual ein: ›Seine Augen sind auf den Sperling gerichtet, aber ich weiß, er beobachtet mich.‹ Sehr treffend.

Machiavelli und Lamont. Ich mußte plötzlich lachen. Die Jungs von der Firma sollten diesen großen, schwarzen Kerl lieber im Auge behalten. Jeder, der so aufmerksam *Il Principe* liest, will vorankommen und träumt in der Nacht sicher nicht von Luftballons.

Während des Telefonats hatte ich Lamont den Rücken zugekehrt. Er hätte schon durch meinen Hinterkopf hindurchsehen und von meinen Lippen ablesen müssen, um etwas mitzubekommen.

»Hat sonst noch jemand angerufen, Mrs. K.?« Ich hielt die Hand vor den Hörer und rülpste wieder. Der Imbißstand um die Ecke hatte nicht gerade vier Sterne verdient, aber ich war auch nicht wählerisch gewesen.

Mrs. Karakas zögerte einen Moment. Als sie antwortete, klang ihre Stimme mit einemmal ganz anders. Sie wußte Bescheid. Und sie verstand mich.

»Nein«, sagte sie leise. »Sie hat nicht angerufen.« Sie schwieg einen Augenblick. »Es tut mir so leid«, fügte sie dann hinzu. Sie schien es ehrlich zu meinen.

Loni hatte also nicht angerufen.

Ich sah mir die Menschen im Flughafen an und beneidete sie plötzlich. Erst als ich mein verdammtes Selbstmitleid unterdrücken konnte, begriff ich, daß nicht alle Menschen außer mir glücklich verliebt waren. Loni stand mir so nahe, daß ich manchmal glaubte, ihr Zwillingsbruder zu sein. Ich wußte, daß ich sie immer lieben würde, und das tat verdammt weh.

»Wann werden Sie zurückkommen?« Mrs. Karakas' nüchterne Frage riß mich aus meinen Gedanken.

»Das kann ich noch nicht sagen.« Vor einiger Zeit hatte ich mich wegen der Arbeit an einer Story fünf Monate nicht in der Redaktion blicken lassen; ich konnte es mir erlauben, an einer Sache dranzubleiben, solange ich wollte – schließlich war ich ein Starreporter. Nur das Ergebnis zählte.

»In Ordnung. Soll ich irgend jemandem etwas ausrichten?« Mrs. K. redete mir nie in meine Angelegenheiten hinein – außer wenn ich rülpste.

»Nein. Ich fliege nach New York.« Rasch drehte ich Lamont wieder den Rücken zu und legte die Hand um die Muschel. »Und dann nehme ich den nächsten Flieger nach Miami«, flüsterte ich.

»Warum fliegen Sie nicht direkt nach Miami? Und warum flüstern Sie?«

Ich warf Lamont einen raschen Blick zu. Er steckte die

Nase tief in das Buch – *Il Principe* hatte ihn offensichtlich vollkommen in den Bann geschlagen.

»Ich habe einen Schatten«, erklärte ich leise.

»Das ist doch nichts Ungewöhnliches.«

»Mein Schatten ist groß und stark, und ich möchte nicht, daß er von meinen Plänen erfährt. Er war dabei, als ich das Ticket für den Flug nach New York gekauft habe, also denkt er, das wäre mein Ziel. Wenn er herausfindet, daß ich ihn ausgetrickst habe, bin ich längst über alle Berge.«

»Wie Sie meinen. Ich werde warten, bis Sie sich wieder melden. Wenn es sein muß, können Sie mich auch zu Hause anrufen.«

»Danke, Mrs. K. Passen Sie gut auf sich auf.«

Auf der Fahrt zum Flughafen hatte Lamont genau vier Worte gesagt. Zuerst: »Rauchen Sie nicht.« Selbst wenn ich Kettenraucher gewesen wäre, hätte ich mir das Rauchen sofort abgewöhnt. Wenn Lamont befiehlt, daß nicht geraucht werden darf, dann läßt man es besser bleiben. Wer würde nicht lieber die Entzugserscheinungen aushalten, als von Lamont in die Mangel genommen zu werden?

Das vierte Wort bekam ich zu hören, als Lamont mit seiner Riesenpranke am Radio herumdrehte, und feststellen mußte, daß man in Indiana keine Soulmusik hörte. Es lautete: ›Scheiße‹. Damit war unsere Konversation beendet. Irgend etwas an diesem großen Schwarzen hielt mich davon ab, eine belanglose Unterhaltung zu beginnen.

In zwanzig Minuten würde das Flugzeug nach New York starten. Dann ging's weiter nach Miami zu Estevez-Blanco und, so hoffte ich, zu Fragan.

In dem belebten Flughafengebäude würde mich Lamont wohl kaum verprügeln – zu viele Zeugen. Also schlenderte ich zu ihm hinüber und wagte es, ihn anzusprechen. Warum sollten wir nicht einige höfliche Sätze austauschen, bis mein Flug aufgerufen wurde? Dank meiner Kreditkarte hatte ich einen neuen Anzug und ein passendes Hemd kaufen können und mich auf der Herrentoilette gewaschen und umgezogen. Jetzt war ich keine Beleidigung mehr für Augen und Nase.

»Gefällt Ihnen das Buch?« fragte ich Lamont.

Ohne den Kopf zu heben, zuckte er mit den breiten Schultern. Ich konnte sehen, wie sich dabei seine Muskelpakete unter dem dunkelblauen Jackett bewegten.

»Ich habe es vor einigen Jahren gelesen.« Ich kam mir vor, als würde ich ein Selbstgespräch führen.

Lamont schlug das Taschenbuch zu – in seiner Riesenpranke wirkte es winzig. »Ich habe es schon fünfmal gelesen.« Seine Stimme klang wie Donnergrollen.

»Wirklich?« fragte ich höflich. »Sicher war es Ihnen eine große Hilfe in den vergangenen Jahren.«

»Fünfmal in diesem Jahr«, knurrte Lamont. Er machte sich nicht die Mühe, mich anzusehen.

Meine Güte – fünfmal in einem Jahr! Plötzlich war ich davon überzeugt, daß Lamont mehr in seinem afrikanischen Schädel hatte, als er zugab.

»Das... das ist sehr interessant, Lamont. Sie lesen wohl sehr viel? Ich meine... ich wollte sagen...« Hoffentlich glaubte er jetzt nicht, ich wollte mich über ihn lustig machen. Rasch sah ich mich um. Wenn er mich jetzt umlegen würde, wo würde man mich dann beerdigen? Wahrscheinlich in dem großen Blumentopf in der Ecke.

Ich hatte Glück. Lamont schwieg. Anscheinend las er wirklich sehr viel – und nicht nur Gebrauchsanweisungen.

Er hob den Kopf und sah mich mit seinen großen braunen Augen einen Moment nachdenklich an.

»Das Eis ist ziemlich dünn«, sagte er dann. »Sie sollten schnell arbeiten.«

»Wie meinen Sie das?«

»Ist Ihr Vater noch am Leben?« fragte er.

Ich war so in Gedanken versunken, daß ich ihm nicht sofort antwortete.

»Ihr Vater«, wiederholte Lamont. »Ist er...?«

»Ja, ja. Ich habe Sie verstanden. Er ist tot.« Mein Vater war vor einigen Jahren in einer Bar in Los Angeles erschossen worden. Es war ein blöder Zufall gewesen. Er war in die Bar gegangen, um einem Freund fünfzig Dollar zu leihen, als plötzlich ein vollgekokster Chicano mit einer Waffe herumfuchtelte und den Laden ausrauben wollte. Als mein Vater sich weigerte, ihm sein Geld zu geben, drehte der verdammte Mexikaner durch und erschoß ihn und drei andere. Was für eine dumme Art zu sterben. Ich hatte meinen Vater sehr geliebt. Mein ganzes Leben hatte ich mich um seine Anerkennung bemüht.

»Das ist wirklich schade«, meinte Lamont.

»Wieso?« fragte ich neugierig.

»Herodot sagte: ›In Friedenszeiten begraben die Söhne die Väter, im Krieg begraben die Väter die Söhne.‹ Du befindest dich im Krieg, Jim, und du weißt es noch nicht einmal.«

Verblüfft sah ich Lamont an. Dieser Mann war wirklich eine Überraschung. Der CIA legte anscheinend Wert auf ethnische Ausgewogenheit, aber wer auch immer Lamont aus diesem Grund angeheuert hatte, würde sich noch wundern. Lamont versuchte, mich zu warnen.

»Und ich habe keinen Vater mehr, der mich begraben könnte«, murmelte ich.

Lamont nickte, und diesmal bewegte er sein Kinn um mindestens zwei Zentimeter.

7

Drummond McClans Stimme klang immer schleppend. Der Mann, der einmal eine Menge verdient hatte, indem er für T. M. DeBlase und den CIA Tarnunternehmen aufgebaut hatte, hing wohl für den Rest seines Lebens an der Flasche. Ich fragte mich, ob er sich darüber im klaren war. Während ich mit ihm telefonierte, fiel ihm mindestens zweimal der Hörer aus der Hand.

T. M.s Piloten und Mechaniker wußten immer, wo er sich gerade aufhielt. McClan hatte noch Kontakt zu ihnen – schließlich hatte er die meisten von ihnen eingestellt.

»Iran. Ja, ja, Iran. Da will er hin.« Drummond McClans Stimme klang verbittert. Ich stand am Kennedy Airport in New York und wartete auf meinen Flug nach Miami.

»Mit wem will er sich dort treffen?«

»Mit wem?« McClan kicherte. Der alte Säufer hatte anscheinend noch Sinn für Humor. »Sie wollen wissen, mit wem? Mit wem wohl? Verdammt, was für ein Reporter sind Sie eigentlich?« lallte er.

Ich bin zumindest nüchtern, dachte ich. »Mit dem Schah, stimmt's?«

»Jaaaa. Stimmt.« Drummond zog seine Antwort so in die Länge, daß ich schon befürchtete, er würde den ganzen Tag dafür brauchen.

T. M. und der Schah von Persien. Das war interessant. Schnell kritzelte ich die Neuigkeit in mein billiges Notizbuch. Niemand wußte von diesem Treffen, und mir war klar, warum nicht. T. M. und seine Hoheit verhandelten wohl über einige Geschäfte, die im Dunkeln bleiben sollten. Ein Mann wie T. M. auf dem Höhepunkt seiner Karriere mußte sich natürlich nicht wie ein Reporter auf Flughäfen die Beine in den Bauch stehen. Ich mußte noch fünfunddreißig Minuten auf meinen Flug nach Florida warten. T. M. brauchte nur mit den Fingern zu schnippen, schon stand ein Flugzeug für ihn bereit. Er war wie ein Kind mit vielen Spielsachen. Ein reiches, verzogenes Kind.

Ich hielt den Hörer an mein anderes Ohr. »Worüber wollen sie sprechen?«

»Zum Teufel, worüber wohl? Was denken Sie denn? Über Puddingrezepte etwa? Natürlich geht es um Öl. Jawohl, um Öl.« Seit McClan soff, war er so aggressiv wie ein Verteidiger der Chicago Bears. Wenn ich ihn vor mir gehabt hätte, hätte ich ihn an seiner faltigen Gurgel gepackt. Ich konnte es nicht leiden, wenn Betrunkene so mit mir sprachen – sie versteckten sich hinter der Flasche und taten so, als wären die anderen schuld an ihrer Misere.

Meine Informanten und ich benützten uns natürlich gegenseitig. Für McClan war ich die Waffe, mit der er T. M. DeBlase verletzen konnte. Ansonsten behandelte er mich wie schmutziges Klopapier. Wenn er oder einer der anderen Informanten ihre Rache bekommen hatten, lehnten sie sich mit einem kühlen Drink im Sessel zurück und legten zufrieden die Füße auf den Tisch. Das war eben das Verhältnis zwischen Reportern und Informanten – sie arbeiteten nur so lange zusammen, bis es jemandem an den Kragen ging.

»Hören Sie, McClan, versuchen Sie herauszufinden, was genau die beiden miteinander besprechen.«

»Nun, ja...« McClan schwieg. Das bedeutete, daß er entweder nachdachte, trank oder umgekippt war. »Ich werde sehen, was ich tun kann«, sagte er schließlich.

»In Ordnung. Ich melde mich wieder.«

»Okay. Verdammter Mistkerl!«

»Meinen Sie mich oder T. M.?«

»Ich meine euch beide.«

Ich atmete tief aus und klappte mein Notizbuch zu. Himmel, ich haßte Betrunkene. »McClan?«

»Was?« Er schrie plötzlich so laut, daß mir beinahe das Trommelfell platzte.

»Mach dir einen Knoten in den Schwanz.«

»Was?«

»Du hast mich schon richtig verstanden.« Ich legte auf. Dummer Säufer!

Noch fünfundzwanzig Minuten bis zum Abflug. Ich hatte noch genügend Zeit, um Regis Cooler und Malcolm Mullen anzurufen. Die beiden hatten mich noch nie im Stich gelassen. Nach und nach sammelte ich wertvolle Informationen über T. M. DeBlases Geschäfte. Er hatte mindestens sieben Unternehmen gegründet, die nur zur Tarnung dienten. Trojanische Pferde, sozusagen.

Selbst ohne ein persönliches Gespräch mit T. M. entwickelte sich die Geschichte prächtig. Trotzdem mußte die Story warten – die Sache mit den Überläufern war mir im Moment wichtiger.

Ich mußte plötzlich an Trotman denken und fragte mich, was ich aus ihm noch herausbekommen könnte. Leider konnte ich ihn nicht anrufen. Wenn ich mich mit ihm treffen wollte, mußte ich eine Kleinanzeige in einer Zeitung in Washington aufgeben. Ich nannte ihn ›Horace‹ und unterzeichnete mit ›Mildred‹. Wir trafen uns dann jeweils einen Tag eher und eine Stunde später als in der Annonce angegeben.

Wenn er meine Nachricht sah, verließ er das Büro und rief mich von einer öffentlichen Telefonzelle an. Es war unmöglich – ich kam mir jedesmal vor wie ein Geheimagent.

Ich wählte die Nummer der Werbeagentur, für die Regis Cooler arbeitete. Eine frostige Stimme mit englischem Akzent teilte mir mit, daß Mr. Cooler zu Tisch sei. Einige Firmen hielten englische Sekretärinnen für ein Statussymbol.

Danach rief ich Malcolm Mullen an. Er hielt gerade seinen Mittagsschlaf, und seine Frau, die der zittrigen Stimme nach um die hundert sein mußte, weigerte sich hartnäckig, ihn zu wecken. Nichts zu machen.

Zwanzig Minuten später saß ich zum drittenmal an diesem Tag in einem Flugzeug. Da es nicht so aussah, als ob mir ein aufregendes Erlebnis mit einer unbekannten Schönen bevorstand, schloß ich die Augen und versuchte zu schlafen. Ich träumte schlecht: einige maskierte Männer warfen mit Maiskolben nach mir und lachten dabei wie verrückt. Als ich aufwachte, hatte ich meine Hände geballt und atmete heftig.

8

»Hier gibt's nur noch schwarze Bohnen mit Reis«, erklärte Tucker John Delk. Er hatte das Verdeck von seinem Thunderbird zurückgeklappt, und ich genoß die warmen Sonnenstrahlen.

»Stören dich die Kubaner, Tucker John?« fragte ich und lehnte mich zurück, um so schnell wie möglich Farbe im Gesicht zu bekommen.

»Offiziell natürlich nicht.« Tucker John Dell war Kriminalbeamter der Polizei in Miami und hatte angeblich keine Rassenvorurteile.

»Und inoffiziell?« Ich sah ihn neugierig an. Der Fahrtwind spielte mit den wenigen Haaren, die Tucker John noch auf dem Kopf hatte.

»Ehrlich gesagt habe ich die Schnauze von diesen Idioten ziemlich voll.«

»Wieso?«

»Wegen der ständigen Schießereien. Hier geht es manchmal zu wie im Wilden Westen. Die Kubaner legen sich gegenseitig wegen Drogen, Politik oder einer Beleidigung um. Diese verdammten Typen haben ein hitziges Temperament und mehr Waffen als eine ganze Armee. Ein Kubaner drückt genauso schnell ab, wie er seinen Namen ausspricht!«

Tucker John Delk hatte mich am Flughafen von Miami abgeholt. Er fuhr gut – immer beherrscht und doch zügig. Mit sechsunddreißig Jahren hatte er so große Ambitionen, daß der Rest seines Lebens damit verplant war. Tucker John Delk wollte Polizeipräsident in Miami werden und dann für den Gouverneursposten kandidieren. Deshalb legte er großen Wert auf gepflegte Fingernägel. Schließlich konnte sich jederzeit die Gelegenheit ergeben, einem einflußreichen Mann die Hand zu schütteln.

Ich setzte mich wieder aufrecht hin. Tucker Johns Bemerkung über die schießwütigen Kubaner gab mir zu denken. Wir waren auf dem Weg zu Estevez-Blanco, und ich fragte mich, ob mir dort zur Begrüßung gleich Kugeln um die Ohren pfeifen würden. Verdammt, Harker, ermahnte ich mich, sei nicht feig.

Wir fuhren an hohen Palmen mit dunkelgrünen Blättern und braungebrannten Mädchen mit von der Sonne gebleichtem Haar vorbei. Auf der anderen Straßenseite kam uns eine Blondine entgegen. Ihre Shorts waren nicht viel größer als ein Taschentuch, und ihre Brüste wippten beim Gehen wie Tennisbälle auf und ab. Ich winkte und lächelte ihr zu, aber sie ignorierte mich einfach.

»Harker?« Tucker John hielt den Blick aufmerksam auf die Fahrbahn gerichtet.

»Ja?«

»Du hast dich jetzt schon dreimal umgesehen. Gibt es da etwas, was ich wissen sollte?«

Ich lächelte nichtssagend. »Nein.«

»Wie du meinst.« Er bog nach rechts ab und rückte seine verspiegelte Sonnenbrille zurecht. Die Cops auf der ganzen Welt schienen nach diesen Dingern ganz verrückt zu sein.

Tucker John war eins fünfundsiebzig groß und wog etwa neunzig Kilo. Er war muskulös gebaut – so wie sich das für einen Cop gehörte, der nicht mit sich spaßen ließ. Sein Haar war schon ziemlich spärlich, aber dafür hatte er sich einen gewaltig rötlich-braunen Backenbart wachsen lassen, der beide Seiten seines kantigen Gesichts bedeckte und bis hinunter zu dem ausgeprägten Kinn reichte.

Sein Schnurrbart – ebenfalls rötlich-braun – hatte die Größe eines Hot-Dogs.Er verbarg die Oberlippe und wuchs bis in die Nasenlöcher hinein. Es war mir ein Rätsel, wie der Mann atmen konnte. Tucker John war eben ein kluger Polizist. Und er hatte einige moralische Grundsätze.

Sein Selbstvertrauen war unerschütterlich. Er hatte klein angefangen und war überzeugt, alles erreichen zu können, was er sich wünschte. Auf der Straße ging Tucker John niemandem aus dem Weg – egal ob weiß, schwarz oder kubanisch. Er konnte dir freundlich die Hand schütteln und sich nach deiner Familie erkundigen, aber dir auch einen Tritt in den Hintern versetzen und den Arm auf den Rücken drehen. Natürlich immer mit frisch manikürten Händen.

Er fuhr schweigend weiter und wartete darauf, daß ich ihm erzählte, warum ich in Miami war. Aber er mußte keine Erklärung abgeben. Tucker John stand tief in meiner Schuld und er wußte, daß er mir jetzt einen Gegendienst erweisen mußte.

»Dort drüben liegt Klein-Havanna«, sagte Tucker John nach einer Weile. »Sie nennen es ›Little Havana‹. Dort sitzen sie vor ihren Häusern, trinken schwarzen Kaffee, der so dick ist, daß man problemlos Straßen damit teeren könnte, und plappern auf Spanisch vor sich hin wie die Affen im Dschungel.«

»Und wie gehst du mit ihnen um?«

»So wie es von mir erwartet wird. Höflich, aber bestimmt. Ich kann es ja nicht zulassen, daß sie sich andauernd gegenseitig den Schädel einschlagen.«

»Betrachte sie doch einfach als potentielle Wähler«, schlug ich vor.

»Das tu' ich, mein Freund. Und was dich betrifft – wenn du

hier Schwierigkeiten bekommen solltest, dann laß es mich wissen.«

Tucker John hatte seinen Stolz. Er bezahlte seine Schulden, egal ob es sich um Geld handelte oder er jemandem ein Bein brechen mußte. Er hatte es nur mir zu verdanken, daß er noch Polizeibeamter war. Und daß er überhaupt noch am Leben war.

»Danke, das weiß ich zu schätzen«, erwiderte ich. »Ich weiß selbst nicht genau, was los ist. Auf jeden Fall hat Estevez-Blanco etwas damit zu tun. Deshalb habe ich dich aus New York angerufen. Vielen Dank, daß du mir einen Termin bei ihm verschafft hast.«

Tucker John Delk winkte lässig ab. Schließlich hatte er einmal kurz davor gestanden, unehrenhaft entlassen zu werden und in den Knast zu wandern. Einige Leute hätten es sogar lieber gesehen, wenn er ganz von der Bildfläche verschwunden wäre. Es waren darüber hinaus ein oder zwei Stimmen laut geworden, die gefordert hatten, Tucker John mit einem Betonklotz an den Füßen im Meer zu versenken.

Und ich hatte das verhindert. Damals hatte ich gerade für ein Buch über korrupte Gewerkschaftsbosse recherchiert, die sich mehrere Millionen aus der Pensionskasse unter den Nagel gerissen hatten. Dabei war ich auf einer Party in einem Luxushotel in Miami gelandet. Das Fest war ein wenig außer Kontrolle geraten, und eine sechzehnjährige Prostituierte mußte dabei ihr Leben lassen. Und das hatte nicht am schlechten Essen gelegen.

Sie mußte sterben, weil einer der größten Gewerkschaftsbosse ein Sadist war, der seine sexuellen Neigungen immer dann auslebte, wenn seine Frau nicht dabei war. Der Scheißkerl machte sofort seinen Einfluß geltend. Seine Gewerkschaft plante, der Stadt einhundert Millionen Dollar für den Bau eines Hotels zur Verfügung zu stellen, in dem regelmäßig Gewerkschaftsversammlungen stattfinden sollten. Die Stadtväter von Miami erstarrten bei dieser Summe vor Ehrfurcht.

Einige Leute fanden, daß der Tod einer sechzehnjährigen Hure bei der Aussicht auf so viel Geld keine große Bedeutung hatte. Tucker John Delk war anderer Meinung. Er hatte das Mädchen gekannt und bestand darauf, daß der Fall untersucht wurde. Als er sich weigerte, die Sache zu vertuschen, bekam er Ärger. Großen Ärger. Innerhalb kürzester Zeit gelang es den Mächtigen der Stadt, Tucker John als den Mann hinzustellen, der angeblich die Prostituierten für die Party besorgt hatte.

Das Callgirl, das mir von der Geschichte erzählte, meinte, Tucker John habe keine Chance – er werde entweder im Gefängnis landen oder umgelegt werden.

Als ich das Buch in New York fertiggestellt hatte, erzählte ich die Geschichte überall herum. Dann floh ich, mit meinem Buch im Gepäck, nach Miami.

Eineinhalb Stunden vor der Verhandlung, die Tucker John das Kreuz brechen und den Gewerkschaftlern weiterhin das Recht auf wilde Parties in Miami garantieren sollte, betrat ich das Büro von Tucker Johns Anwalt und legte mein Buch auf den Tisch. Nach einem kurzen Gespräch setzte er sich sofort ans Telefon. Er befolgte meinen Rat und betonte bei jedem Telefonat ausdrücklich, daß eine Menge einflußreicher Leute außerhalb Floridas Bescheid wüßten und es nicht billigten, daß man einem Cop etwas unterschieben wollte.

Tucker John Delk wurde sofort entlastet, und viele Prominente waren plötzlich ganz wild darauf, sich mit ihm fotografieren zu lassen. Alle waren sich einig, was für ein vorbildlicher Polizist er sei – und außerdem hätten sie das schon immer gewußt. Meine Story verkaufte sich im ganzen Land – ich konnte die genauen Fakten liefern und hatte persönlichen Kontakt zu Tucker John und seinem Anwalt. Tucker John wurde befördert und verhielt sich genau wie ein Mann, der einmal Gouverneur werden will. Bei Interviews nickte er wissend und gab immer die richtigen Antworten.

Ich mochte ihn, mißtraute ihm aber ein wenig. Ehrgeizigen Männern sollte man niemals trauen. Man weiß nie, wann man für sie plötzlich nicht mehr wichtig ist.

»Ich habe die Unterlagen geprüft«, sagte Tucker John. »Estevez-Blanco ist nicht gerade ein Heiliger. Er gibt dieses Käseblatt *La Luz Fuerte* heraus, das bedeutet ›Starkes Licht‹.

Einige Leute haben sich schon beschwert, daß er ihnen eine Menge Geld für Anzeigen abgeknöpft hat, die nie erschienen sind.

»Er ist also ein kleiner Gauner?«

»Nicht nur. Er hat noch einiges andere am Laufen. Hauptsächlich betätigt er sich als Agent im Showgeschäft. Er vermittelt sogenannte Künstler für Kreuzfahrten in der Karibik: Jongleure, Kinder, die Gedichte aufsagen, Sänger, die keinen einzigen Ton richtig treffen, Klavierspieler, die keiner mehr engagieren will. Lauter Mist.«

Wir hielten vor einer roten Ampel. Ich streckte mich und gähnte. »Er verdient seine Brötchen also im Showbusiness?«

»Ja. Aber man erzählt sich, daß er nebenher einige Pferdchen für sich laufen läßt. In Miami gibt es genügend kubanisches Frischfleisch. Ich nehme an, daß er sein Einkommen mit Zuhältern ein wenig aufbessert.«

»Also wieder einmal einer, der Castros Tyrannei entkommen ist und es im Land der Freiheit zu etwas gebracht hat.«

»Die meisten dieser Idioten, die vor Castro geflüchtet sind, haben nicht mehr Moral als eine läufige Hündin. Sie handeln mit Drogen, vergewaltigen Frauen und schlagen Männern auf Bestellung den Schädel ein. Einige versuchen es natürlich auch auf ehrliche Weise. Was ist los mit dir? Erwartest du jemanden, oder gibt es einen anderen Grund, warum du dich ständig umsiehst?«

Ich drehte mich rasch um und sah zum Fenster hinaus. »Nein, ich zähle nur die Palmen. Ich möchte doch nichts versäumen, wenn ich schon einmal hier bin.«

Tucker John schüttelte den Kopf. Natürlich glaubte er mir kein Wort.

»Wie du meinst, Harker. Übrigens besitzt dein Freund Estevez-Blanco eine Wohnung in Alcazar. Dort befindet sich auch seine Agentur. So kann er bei der Arbeit auch gleich seinem Privatvergnügen nachgehen.«

»Wie hast du ihm erklärt, daß ich ihn sprechen will?«

»Genau wie du wolltest: Ich sagte ihm, du würdest eine

Story über kubanische Immigranten in Florida schreiben, die es hier zu etwas gebracht haben. Er fühlte sich sehr geschmeichelt.«

Ich grinste – einige Leute hätten meinen genialen Einfall wahrscheinlich als Lüge bezeichnet. Dann mußte ich wieder an die Fotos denken, auf denen ich neben Fragan zu sehen war. Wer zum Teufel hatte sie gemacht?

»Warum so trübsinnig, Harker? Ist dir das Essen im Flugzeug nicht bekommen?« Tucker John hatte wirklich Übung darin, jemanden von der Seite zu beobachten.

»Nein, mir liegt etwas anderes im Magen. Jemand hat mich fotografiert, und das gefällt mir nicht.«

»Meine Güte, du klingst wie ein Afrikaner. Die Schwarzen dort glauben, daß ihnen eine Kamera die Seele stiehlt. Soviel ich weiß, hat sich ein Fotograf einen Speer in den Bauchnabel eingehandelt, weil er nicht auf sie hören wollte.«

»Nun, irgendwie kann ich das verstehen.« Verdammt, ich mußte herausfinden, wer hinter Fragan und seinen Freunden her war. Wenn es nicht Roy Lupus mit seiner Truppe war, wer dann? Ich mußte alles tun, um das so schnell wie möglich zu erfahren, denn ich hatte keine Lust, noch einmal durch ein Kornfeld zu flüchten.

»Soll ich mit dir gehen?« fragte Tucker John.

»Nein. Vielen Dank für alles.«

Er zuckte mit den Schultern. Tucker John Delk, der Mann mit den sorgfältig manikürten Fingernägeln und dem brennenden Ehrgeiz, hätte gern mehr von mir erfahren, war aber zu stolz, um zu fragen. Ein Mann bezahlte seine Schulden und mischte sich nicht ein, bevor er darum gebeten wurde. Wenn die Dinge sich allerdings so entwickelten wie in Winslow, müßte ich ihn doch um seine Hilfe bitten.

Ich frage mich, ob Tucker John die 38er Smith & Wesson wegen mir bei sich hatte. Als wir bei strahlendem Sonnenschein in die 9. Straße einbogen, dachte ich immer noch darüber nach.

9

»Sie haben mich angelogen, Señor.« Enrique Estevez-Blanco lehnte sich zurück und zwickte die blutunterlaufenen Augen zusammen. »Sie haben sich unter einem falschen Vorwand hier eingeschlichen.« Er fuhr sich mit dem Finger über das glattrasierte Kinn, das er reichlich mit Rasierwasser begossen hatte, und musterte mich finster. Anscheinend überlegte er sich, ob er mich bei meiner Mutter verpetzen oder mit einer Machete auf mich losgehen sollte. Seine Stimme klang frostig, und seine düstere Miene verriet mir, daß er es offensichtlich nicht leiden konnte, wenn man ihn belog. Ich mußte mir rasch etwas einfallen lassen.

»Hören Sie zu, Mr. Estevez«, begann ich. »Was hätte ich für einen Grund, Sie anzulügen? Ich wollte Sie sehen, das stimmt, und ich habe keine Ahnung, was Lieutenant Delk Ihnen erzählt hat, aber...«

»Er sagte, Sie wollten mit einem erfolgreichen kubanischen Immigranten über seine Karriere in Amerika sprechen«, unterbrach Estevez-Blanco mich. »Aber Sie, Señor Harker, wollen sich offensichtlich über etwas ganz anderes mit mir unterhalten.« Er schüttelte betrübt den Kopf. Ich bemerkte, daß er mühsam versuchte, sein kubanisches Temperament unter Kontrolle zu halten, aber die zuckenden Nasenflügel verrieten, wie wütend er war. Sein heftiger Atem war sicher bis auf die Straße zu hören.

»Ich möchte nur über einen gemeinsamen Bekannten sprechen, Mr. Estevez. Es geht um Walter Fragan – er hat ihre Zeitschrift abonniert. Anscheinend befindet er sich in Schwierigkeiten, und ich dachte, Sie könnten mir helfen, ihn zu finden. Das ist alles.« Wir saßen uns in seinem Büro gegenüber. Auf dem Schreibtisch stand ein klappriger Ventilator, der einen Höllenlärm machte.

Enrique Estevez-Blanco war Mitte vierzig und hatte ein langes, pockennarbiges, scharfgeschnittenes Gesicht. Er roch aufdringlich nach Rasierwasser – einer Mischung aus Vanille und Benzin. Wie alle kubanischen Männer in Little Havana – und auch einige Frauen – trug er einen Schnurrbart. Die bleistiftdünne schwarze Linie betonte seine dicken, rosigen Lippen, die mich irgendwie an Mick Jagger erinnerten. Er war nicht größer als eins dreiundsechzig, und die drei blitzenden Goldzähne in seinem Mund paßten zu den drei schweren Goldringen, die er an den Fingern trug. Sein schwarzes Haar und die Koteletten sahen aus, als hätte er sie in ein Ölfaß getaucht. Auf mich wirkte er erbärmlich schwach – sowohl körperlich als auch geistig. Aber schwache Menschen waren oft besonders grausam.

Wir waren allein in seinem Büro. Im Empfangszimmer saß eine dicke, schläfrige Kubanerin, die so langsam tippte, daß ich vermutete, sie benützte statt ihrer Finger die Ellbogen. Sie nahm auch alle Telefonate entgegen. Wahrscheinlich hatte Estevez-Blanco mit einem langen Interview gerechnet und wollte nicht gestört werden. Von den Wänden seines Büros lächelten kubanische Schönheiten auf vergrößerten Holzglanzbildern. Daneben befanden sich auch Fotos von einigen Männern, Zwergen und Kindern – alles sogenannte Showgrößen, die Estevez-Blanco vermittelte. Vielleicht war das Showgeschäft der Grund, warum er eine lausige Zeitschrift herausgab und versuchte, mit Anzeigen Geld zu verdienen, die nie erschienen.

Links neben dem wuchtigen Schreibtisch stand ein grünes Sofa – es war wohl für die Mädchen vorgesehen, die über Nacht Stars werden wollten. Ich fragte mich, ob Estevez wußte, daß auch der Regisseur D. W. Griffith auf einer grünen Couch seine Superstars engagiert hatte. Enrique Estevez-Blanco reihte sich also bewußt oder unbewußt in die künstlerische Tradition unseres Landes ein.

Der Ventilator verteilte mit ohrenbetäubendem Krach die heiße Luft im Raum. Estevez schien die Hitze nicht zu stören, obwohl dicke Schweißtropfen über sein pockennarbiges Gesicht und den Hals bis hinunter zu seiner haarigen Brust liefen. Als ich ihm in die Augen sah, wurde mir klar, daß ich ihn verärgert hatte. Ich dachte an Tucker John Delk und daran, was er mir über die schießwütigen Kubaner in Miami erzählt hatte. Dann sprach ich weiter und hoffte, bei Estevez Verständnis für meinen beruflichen Ehrgeiz wecken zu können.

»Es tut mir sehr leid, Mr. Estevez. Offensichtlich handelt es sich um ein Mißverständnis. Sie sind doch selbst aus der Branche – sicher verstehen Sie mich.« Ich grinste und zwinkerte ihm zu. Wir Schreiberlinge mußten doch zusammenhalten.

Enrique Estevez-Blanco warf mir einen Blick zu, als hätte ich geplant, ihn auszuweisen. Seine dicken Lippen verzogen sich verächtlich. Ungeduldig schlug er beide Hände auf den Tisch, lehnte sich nach vorne und starrte mich wütend an. Diesen Trick kannte ich, also konzentrierte ich mich auf einen Punkt auf seiner haarigen, fettigen Nase und starrte zurück.

Schließlich seufzte er und sah auf seine Armbanduhr. Dann lehnte er sich zurück, senkte den Blick und fingerte an den Haaren herum, die aus seiner Nase wuchsen. Er blies die Backen auf und hielt einige Sekunden die Luft an, bevor er stoßweise ausatmete. Der Mistkerl konnte eine Niederlage anscheinend nicht verkraften.

»Señor Harker, falls das wirklich Ihr Name ist...«

»Ich habe Ihnen doch meinen Presseausweis gezeigt, nicht wahr?«

»Solche Ausweise werden doch ständig gefälscht.«

»Sie können meine Identität gerne nachprüfen. Wenn Sie Lieutenant Delk anrufen...«

»Lieutenant Delk hat anscheinend Probleme mit seinem Gedächtnis.« Estevez rammte den Kugelschreiber so heftig auf den Block auf dem Schreibtisch, daß die Mine abbrach. Er war eben ein schlechter Verlierer.

»Sie können auch im Büro meiner Zeitung anrufen.« Verdammt, ich hatte mich schon lange nicht mehr ausweisen müssen. Andererseits war mir klar, daß der Name eines Journalisten, der etliche Preise gewonnen hatte, nicht jedem bekannt war. Eigentlich wußten nur zwei Kategorien von Menschen sofort über mich Bescheid: Studenten, die auf einen Job scharf waren, und meine Gläubiger, die ihr Geld haben wollten.

»Na gut, Mr. Harker. Gehen wir davon aus, daß ich Ihnen glaube. Was erwarten Sie von mir?« Estevez trommelte mit den Fingern auf den Schreibtisch, lehnte sich zurück und sah mich scharf an.

»Ich möchte mit Walter Fragan sprechen«, erklärte ich.

»Sie sagten, er sei in Schwierigkeiten.« Estevez hörte plötzlich auf, auf den Tisch zu trommeln, als wollte er sich meine Antwort nicht entgehen lassen. Neben ihm rasselte der Ventilator, und hinter mir klingelte plötzlich das Telefon. Die beleibte kubanische Lady, die nicht tippen konnte, meldete sich mit leiser Stimme. *»Quien?«*

»Schwierigkeiten?« sagte ich vorsichtig. »Nun, ja, einige Leute waren wohl nicht einverstanden mit dem, was Walter Fragan tat, und...«

Estevez beugte sich vor und schob seine glitschigen Arme über den Schreibtisch. »Kennen Sie diese Leute?«

»Ja, ich glaube schon.«

»Und warum sollte dieser Walter Fragan ausgerechnet mit Ihnen sprechen wollen?«

»Weil ich ihm vielleicht helfen kann. Ich könnte diese Leute davon überzeugen, daß sie ihn besser in Ruhe lassen. Sagen Sie ihm das, wenn Sie ihn treffen.«

Eine Weile starrte er mich wieder an, und ich machte mich schon darauf gefaßt, noch einmal den haarigen, fettigen Fleck auf seinem Nasenrücken ins Visier zu nehmen, als er plötzlich die Hand ausstreckte und auf eine Taste der Sprechanlage drückte.

»Sir?« Die dicke Sekretärin hörte sich so an, als ob sie höchstens fünfundfünfzig Kilo wog. Sie konnte zwar nicht tippen, hatte aber eine fantastische Stimme.

Estevez-Blanco ließ mich nicht eine Sekunde aus den Augen, während er mit der Geschwindigkeit eines Maschinengewehrs Anweisungen auf Spanisch in das Mikrofon bellte. Ich verstand kein Wort, hatte aber das ungute Gefühl, daß er über mich sprach. Mein Magen krampfte sich zusammen, und ich unterdrückte mühsam das Bedürfnis aufzustoßen. Schließlich schaltete er die Gegensprechanlage aus, verschränkte die Arme hinter dem Nacken und lehnte sich bequem zurück. Dann grinste er mich zum zweiten Mal an diesem Tag an. Das erste Lächeln hatte er mir geschenkt, als wir uns begrüßt und uns die Hand geschüttelt hatten. Allerdings hatte er zu diesem Zeitpunkt noch geglaubt, ich wäre hier, um sein Ego aufzubauen. Es gefiel mir gar nicht, wie er mich jetzt anlächelte.

Bis jetzt hatte er sich nicht zu Walter Fragan geäußert. Delk hatte angedeutet, daß Estevez gut schweigen konnte – angeblich hatte er in Kuba gute Verbindungen zur Mafia gehabt. Und hier, im Land der Freiheit, hatte er es auch zu etwas gebracht. Immerhin gehörten ihm eine lausige Zeitschrift und eine heruntergekommene Agentur – beides schien sich für ihn auszuzahlen.

Ich rutschte auf dem Stuhl hin und her und zupfte an meiner Hose. In diesem Büro herrschte ein Klima wie in einer Sauna, in der man einige Knoblauchzehen auf den Ofen gelegt hatte. Der Geruch des Rasierwassers, das sich der Typ wohl eimerweise ins Gesicht gekippt hatte, verbesserte die Luft auch nicht.

»Mr. Estevez, ich möchte nur...«

Hinter mir wurde plötzlich die Tür aufgerissen, und drei Männer stürmten so eilig herein, als müßten sie sich um einen freien Platz auf der Toilette schlagen. Als ich mich verblüfft umdrehte, bildeten sie bereits einen Halbkreis hinter mir und sahen mich finster an.

Mein Mund war mit einemmal so trocken, als hätte ich Sand auf der Zunge. Ich drehte mich zu Estevez-Blanco um und räusperte mich zweimal. »Habe ich etwas Falsches gesagt?« krächzte ich.

Er grinste wie jemand, der gerade einem Schmetterling beide Flügel ausgerissen hat – er schien sich diebisch darüber zu freuen, daß ich ihm ausgeliefert war. Seine blutunterlaufenen, wässrigen Augen wirkten bedrohlich – aber vielleicht bildete ich mir das auch nur ein.

Langsam stand er auf, nahm das cremefarbene Jackett von der Stuhllehne und streifte es sich über. Er wirkte wie ein Mann, der sich nach getaner Arbeit auf ein gutes Essen und Frau und Kinder freute.

»Ich werde Sie jetzt verlassen, Señor Harker. Meine Freunde werden Ihnen etwas Gesellschaft leisten. Vielleicht können wir später noch miteinander sprechen. Auf Wiedersehen, Señor Harker.« Estevez-Blanco ging würdevoll zur Tür und streifte dabei unsichtbare Haare von den Ärmeln seiner Jacke. Ich hörte das Telefon klingeln, aber die dicke Sekretärin schien nicht mehr da zu sein.

Ich zwang mich, den Blick von Estevez-Blanco abzuwenden und sah die drei Männer an, die hinter mir standen. Offensichtlich waren sie aus Kuba. Sie hatten dunkles Haar, braune Haut und ölig glänzende Schnurr- und Backenbärte. Sie waren nicht sehr groß, aber immerhin zu dritt. Und offensichtlich wollten sie mir Ärger machen. Nervös kaute ich auf meiner Unterlippe, während ich mir fieberhaft überlegte, was ich jetzt tun sollte.

Dann hörte ich, wie Estevez-Blanco die Haustür hinter sich zuschlug. *Adiós,* mein Freund. *Adiós*, Harker!

Der Kubaner, der in der Mitte stand, trug ein gelbes T-Shirt mit der Aufschrift: *Cuba Libre.* Er schnaubte verächtlich, grinste mich an und holte langsam ein Klappmesser aus seiner Hosentasche. Als er es aufschnappen ließ, platzte mir beinahe das Trommelfell. »Hallo, *amigo*«, sagte er freundlich. »Willkommen in Miami.«

Ich stand auf, wich einen Schritt zurück und umklammerte mit beiden Händen die Stuhllehne. Leider blieb mir nicht viel Platz – ich stieß mit meinem Allerwertesten an die Schreibtischkante. Hinter mir klapperte der Ventilator weiter vor sich hin, als wäre nichts geschehen. In diesem Moment erschienen mir die Drohbriefe, die ich regelmäßig bekam, völlig harmlos.

Ich räusperte mich wieder und schob mich langsam an dem Schreibtisch entlang seitwärts. Die Typen versperrten mir den Weg zur Tür. Rasch sah ich mich um – mir blieb nur die Möglichkeit, aus dem Fenster zu springen, aber ich hatte keine Lust, aus dem vierten Stock auf den Beton zu knallen. Schließlich hatte ich noch eine Verabredung mit Estevez-Blanco.

Der Typ in dem gelben T-Shirt kam grinsend auf mich zu und fuchtelte mit seinem Klappmesser vor meiner Nase herum. Mist! Ich versuchte mich verzweifelt daran zu erinnern, was ich tat, wenn mir in der New Yorker U-Bahn spanische Messerstecher begegneten. Denk nach, Harker, befahl ich mir. Dann fiel mir ein, daß ich in solchen Situationen immer Panik bekam. Trotzdem hatte ich es bis jetzt geschafft, zu überleben.

Schwungvoll riß ich den Stuhl vom Boden und warf ihn nach meinem Angreifer. Ich traf den Clown in dem gelben T-Shirt an der Hüfte – er schwankte wie ein alternder Varietékünstler, der versucht, einen letzten Trick vorzuführen.

Der Stuhl landete zwischen dem Kerl in dem gelben T-Shirt und dem Kubaner, der die Tür bewachte. Ich ergriff die Chance und rannte hinüber so schnell ich konnte.

Der Kerl an der Tür hatte ein fleckiges weißes Hemd an und trug ein großes Goldkreuz um den Hals. Als ich auf ihn zulief, duckte er sich instinktiv und gab mir unfreiwillig den Weg frei. Ich spurtete los wie ein Mann, der zum ersten Mal in seinem Leben mexikanisch gegessen hat.

Beinahe hätte ich es geschafft. Aber nur beinahe. Mein Puls raste, als ich die Hand nach der Türklinke ausstreckte. Und dann...

Plötzlich knickten meine Beine weg und ich fiel der Länge nach auf den Boden. Ich erschrak, weigerte mich aber aufzugeben. Der Kerl, der mir ein Bein gestellt hatte, sollte nicht gewinnen. Ich streckte die Arme aus und versuchte, die Türklinke zu erreichen, doch dann spürte ich, wie jemand mit seinen Knien oder Fäusten meinen Rücken bearbeitete. Es tat verdammt weh, und ich krallte meine Finger in den Teppichboden.

Als ich einen Tritt in die rechte Seite bekam, versuchte ich aufzustehen. Aus dem Augenwinkel sah ich, wie der Fuß wieder auf mich zukam. Ich hob den rechten Arm, um den Stoß abzublocken. Dann hörte ich das Geräusch eines splitternden Knochens, spürte aber keinen Schmerz.

Jetzt schubsten und zerrten sie mich zurück ins Büro. Estevez-Blanco hatte offensichtlich Rachegelüste.

Ich versuchte wieder, mich aufzurappeln, aber jemand hatte seinen Arm so fest um meine Kehle gelegt, daß ich kaum Luft bekam. Ein anderer hielt meinen rechten Arm und ein Bein fest. Mein Hals schmerzte, und mir wurde schwarz vor Augen. Ich schnappte verzweifelt nach Luft. Sollte ich wirklich in den haarigen Armen eines verschwitzten Kubaners mein Leben beenden müssen?

Plötzlich wurde die Tür aufgestoßen, und ich hörte, wie jemand schrie: »Keine Bewegung! Verdammt, rührt euch nicht!«

Die Mistkerle ließen mich fallen, und ich plumpste auf den Boden. Ich massierte vorsichtig meine Kehle und fragte mich, seit wann ich solche Kopfschmerzen hatte. Dann versuchte ich vorsichtig zu schlucken, aber es tat so weh, daß ich mich lieber wieder auf das Atmen konzentrierte.

»Bist du in Ordnung?« fragte mich Tucker John Delk.

Ich setzte mich langsam auf, machte aber keinen Versuch aufzustehen. Das letzte Mal, als ich das probiert hatte, hatte man mir übel mitgespielt. Ich blieb einfach sitzen und wartete ab.

»Harker, hörst du mich? Geht's dir gut?« Tucker Johns Stimme wurde immer lauter. Er beugte sich über mich und klopfte mir auf den Kopf wie einem Cockerspaniel, der endlich kapiert hat, daß er auf die Zeitung pinkeln soll. Als ich den Kopf hob, sah ich die größte und wohl auch schönste Waffe meines Lebens vor mir. Tucker John hielt eine Smith & Wesson in der Hand und richtete die Mündung auf die Arschlöcher, die vor einigen Minuten versucht hatten, mich fertig zu machen.

»Ja, ja. Mir geht es gut.« Ich stand mühsam auf und stolperte hinüber zur Couch. Dann setzte ich mich und drehte meinen Kopf langsam hin und her. Ich konnte wieder schlukken, traute meiner Stimme aber noch nicht ganz.

»Meine Güte, wie kommst du hierher?« krächzte ich schließlich.

»Estevez ist nicht gerade ein unbescholtener Bürger, deshalb blieb ich in der Nähe. Dann sah ich diese Typen ins Haus rennen. Kurz darauf kam Estevez herausgelaufen – und du warst nicht bei ihm.«

Ich nickte vorsichtig und befühlte meine schmerzende Kehle. »Das stimmt.«

Tucker John Delk hielt die 38er immer noch auf die Kubaner gerichtet, die sich mucksmäuschenstill verhielten. Seine manikürten Hände zitterten kein bißchen – er sah genauso aus, wie man sich einen knallharten Cop vorstellt. Er zuckte nicht mit der Wimper und atmete ruhig – man sah, daß er Herr der Lage war. Gegen ihn wirkte John Wayne wie ein Transvestit.

Während er mit mir sprach, ließ er die drei Kubaner nicht einen Augenblick aus den Augen. Anscheinend hatten sie schon von ihm gehört, denn sie rührten sich nicht, und ich bemerkte, daß sie heftig schwitzten.

»Du gibst dich wohl nicht mit kleinen Fischen ab, Harker?« Das war eher eine Feststellung als eine Frage. Tucker John gab mir damit auf seine Weise zu verstehen, daß ich ihm eine Erklärung schuldete.

Ich räusperte mich und hoffte, daß meine Stimme bald wieder normal klingen würde, obwohl diese drei Schwachköpfe mir beinahe den Kehlkopf eingedrückt hatten.

»Du hast recht, Tucker John. Glaub mir, wenn bei der Sache etwas herauskommt, werde ich dich nicht vergessen. Es könnte dich deiner Antrittsrede einen Schritt näher bringen.«

Tucker John verzog die Lippen zu einem leichten Lächeln. Wir verstanden uns auch ohne viele Worte.

»Harker?«

»Ja?«

»Schließ die Tür.«

»Hör zu, Tucker John, ich würde liebend gern noch ein wenig hierbleiben und mir diese Kerle vornehmen, aber ich muß versuchen, Estevez-Blanco zu finden. Der Scheißkerl hat eine Abreibung verdient.« Ich strich mir vorsichtig über den Hals. Wahrscheinlich würde ich in nächster Zeit das Fleisch in winzige Stücke schneiden müssen, um es schlucken zu können.

»Weißt du denn, wohin Estevez-Blanco so eilig gelaufen ist?«

Ich runzelte die Stirn und sah Tucker John an. »Nein. Keine Ahnung.«

»Schließ bitte die Tür.«

Ich stand mühsam auf und tat Tucker John den Gefallen. Mir taten alle Knochen weh, und das Gehen fiel mir schwer.

Als ich mich wieder umdrehte, stieß Tucker John gerade sein Knie in die Hoden des Typs mit dem gelben T-Shirt. Der Kubaner schloß die Augen und riß den Mund auf. Dann verzog er schmerzlich das Gesicht und preßte die Hände auf seine Genitalien. Ich ging langsam zur Couch zurück und fragte mich, ob der Kerl frech geworden war, während ich ihm den Rücken zugekehrt hatte.

»Du hast es eilig, nicht wahr?« fragte Tucker John. »Deshalb sollten wir dafür sorgen, daß wir so schnell wie möglich Informationen bekommen.« Dann sprach er auf Spanisch weiter und betonte sorgfältig jedes Wort. Einer der Kubaner antwortete rasch, und der andere nickte bestätigend.

Delk entspannte sich und steckte die Waffe in das Halfter zurück. Der Kerl in dem gelben T-Shirt streckte sich auf dem Boden aus, stöhnte und erbrach sich. Tucker John kam so gemächlich auf mich zu, als hätte er gerade einem Passanten den Weg erklärt.

»Sie sagen, Estevez-Blanco wollte zu einem Schiff, das am Pier Nr. 6 vor Anker liegt. Es heißt *Oro Azul*, Blaues Gold. Anscheinend handelt es sich um ein Kreuzfahrtschiff für Touristen, auf dem man günstige Sechs-Tages-Touren buchen kann. Es legt in Puerto Rico, Santo Domingo und Haiti an. Estevez vermittelt Künstler für das Unterhaltungsprogramm an Bord.«

Ich nickte. »Vielen Dank, Tucker John. Ich möchte dir noch etwas sagen, mein Freund.«

»Was?«

Ich betrachtete den Kerl im gelben T-Shirt, der sich vor uns auf dem Boden wand. Er zog die Knie an den Bauch. Sein Haar war mit Erbrochenem verklebt. Keiner seiner beiden Kumpels machte Anstalten, ihm zu helfen. Vorsichtig strich ich mir mit der Hand über meine schmerzenden Rippen.

»Du hast wirklich eine besondere Begabung, Fragen zu stellen, Tucker John.«

Er grinste breit. »Das solltest du auch einmal versuchen. Dann hättest du mehr Zeit, dich um deinen Garten und solchen Kram zu kümmern. Und jetzt komm mit. Ich fahre dich zum Hafen.«

10

Ich lehnte mich an den Türrahmen und sah in den großen Ballsaal. Der Affe hörte für einen Moment auf zu tanzen und kratzte sich zwischen den Beinen. Dann bewegte er sich wieder zu den leisen Klängen des Klaviers. Die langen, violettfarbenen Zehennägel an seinen riesigen haarigen Füßen berührten kaum den Boden, als er sich elegant zu einem Stück von Bach drehte. Der breitschultrige Pianist, der mir den Rücken zudrehte, spielte gut und mit Hingabe. Offensichtlich bemühte sich der Affe, die Aufmerksamkeit der blonden Frau zu erregen, die mit gekreuzten Beinen an einen Tisch gelehnt stand und in einer Ausgabe von *Variety* las. An ihren muskulösen Waden konnte man erkennen, daß sie eine Tänzerin war.

Zu einem blaßblauen T-Shirt mit der Aufschrift ›Personal‹ trug sie abgewetzte Ballettschuhe und bestickte rote Shorts. Der Affe erkannte schließlich, daß sie ihm keinen Blick schenkte und stapfte schwerfällig zu ihr hinüber. Dann legte er eine seiner haarigen Pranken auf ihren Po und fingerte mit der anderen an ihrem Busen herum. Die Frau, die ich auf zwischen fünfundzwanzig und fünfunddreißig schätzte, klopfte dem Affen spielerisch auf die Pfote und reichte ihm die brennende Zigarette. Dabei wandte sie den Blick nicht eine Sekunde von der Zeitschrift ab.

Der Affe nahm den Kopf ab und zog an der Zigarette. Jetzt konnte man sehen, daß in dem Kostüm ein Mann steckte, dessen strohblondes Haar entweder von der Sonne oder mit Hilfe eines Färbemittels gebleicht war. Seinem eigentlich recht attraktiven Gesicht war deutlich anzusehen, daß er Sonne, Spaß und Alkohol nicht nur in Maßen genoß. Anscheinend hatte er eine anzügliche Bemerkung gemacht, denn die Frau hob plötzlich lächelnd den Kopf und gab ihm einen Klaps auf die Finger. Ich vermutete, er wollte ihr seine Banane zeigen.

Steppende Männer in Affenkostümen waren bezeichnend für die drittklassige Unterhaltung auf Kreuzschiffen. Die meisten Künstler waren entweder Anfänger oder bereits auf dem absteigenden Ast.

Alles in dem Ballsaal war grün: die Decke, die Vorhänge, der Teppich, die Palmen aus Plastik und sogar die Tischdekken. Wahrscheinlich sollte das die Touristen bereits auf die Tropen einstimmen, bevor das Schiff den ersten Hafen anlief.

Ich sah zu dem Klavierspieler hinüber. Neben ihm stand ein kleiner Kubaner in einem cremefarbenen Anzug. Er beugte sich aufgeregt über die Tastatur und sprach eindringlich auf den Pianisten ein. Dabei ruderte er mit den Armen wie ein Verkehrspolizist auf der Kreuzung. Vor Aufregung traten ihm beinahe die Augen aus dem Kopf.

Aus dem Augenwinkel sah ich, daß der Affe seinen Arm um die Taille der Tänzerin legte und mit ihr zur Tür ging. Wahrscheinlich würde sie jetzt doch in den Genuß kommen, seine Banane bewundern zu können. Dann kam ein Ober herein, bückte sich und sah suchend unter einen Tisch. Kurz darauf war er wieder verschwunden. Jetzt war ich mit dem Klavierspieler und dem Kubaner allein.

Der Kubaner hob plötzlich den Kopf. Als er mich sah, wurden seine Augen so groß, als hätte er sich versehentlich in einen Scherbenhaufen gesetzt. Er öffnete den Mund, brachte aber keinen Ton heraus.

»Na, sieh mal an – wenn das nicht Enrique Estevez-Blanco ist! Schon lange nicht mehr gesehen. Sicher freuen Sie sich, mich hier zu treffen.«

Estevez machte den Mund wieder zu und zwinkerte, als hätte er Sand in den Augen. Nervös fuhr er sich mit der Zunge über die fetten Lippen, zuckte mit den Schultern und sah zur Seite. Dann wandte er mir ruckartig sein Gesicht wieder zu und schnaubte so wütend, als hätte ich ihm gerade damit gedroht, ihn umzupusten.

»Wollen Sie mich nicht Ihrem Freund vorstellen?« fragte

ich und deutete auf den breitschultrigen Mann auf dem Klavierhocker. »Es gefällt mir sehr, wie er Bach spielt. Toccata und Fuge in c-Moll – ich habe die Schallplatte zu Hause.«

Der hochgewachsene Mann drehte sich langsam um. Er war unrasiert, sein Haar dunkelbraun jetzt, aber ich erkannte sofort, daß es sich um denjenigen handelte, der vor zwei Wochen mit mir fotografiert worden war.

Ich atmete tief ein und räusperte mich. Meine Kehle brannte immer noch wie Feuer. »Walter Fragan? Mein Name ist Harker. Ich bin Reporter vom *New York World Examiner*.« Ich streckte ihm die Hand entgegen, aber er ignorierte sie einfach.

Fragans graue Augen glitzerten kalt. Seine Gesichtszüge waren mit den Jahren etwas weicher geworden, aber das lag nur an der erschlafften Haut. Sein Training beim KGB war ihm immer noch deutlich anzusehen. Die Art, wie er mich anstarrte, konnte einige Leute dazu bewegen, andere zu verraten, nur um selbst zu überleben.

In TV-Krimis ändern Überläufer meistens ihre Gesinnung, nachdem sie eine Zeitlang in Amerika gelebt hatten. Walter Fragan hatte zwar ein wenig zugenommen, vermittelte aber immer noch den Eindruck eines Mannes, dem irgendwelche Ideologien oder Moralbegriffe völlig egal waren – und das machte ihn sehr gefährlich. Wenn ich mich nicht täuschte, hatte ich hier die Idealbesetzung für eine Rolle im KGB vor mir. Walter Fragan sah so aus, als würde er niemals etwas in seinem Leben bereuen.

Estevez unterbrach das Schweigen. Er kam einen Schritt auf mich zu und hob die Hände. Dann ließ er sie hilflos fallen und sah Fragan an. »*Señor*, ich...«

Anscheinend bereitete es ihm Schwierigkeiten, Fragan zu erklären, warum ich hier war. Sicher hatte er ihm erzählt, daß man mir in Little Havana gerade das Fell über die Ohren zog. Zorn stieg in mir auf, als ich daran dachte, was der kleine, schmierige Bastard mit mir geplant hatte.

»Hey, Estevez, du kleiner Mistkerl«, sagte ich wütend. »Sieh mich nicht so an, als ob du mich nicht verstehen würdest. Das war wirklich ein netter Versuch. Deine drei Schläger, die Babysitter, die du für mich angeheuert hast, haben ihre Sache nicht besonders gut gemacht. Du solltest sie ohne Abendessen ins Bett schicken.«

»Hören Sie, Mr. Harker.« Fragans Stimme klang so eisig, daß ich unwillkürlich zusammenzuckte. Er hörte sich an wie ein Diktator, der überlegte, ob er dich hängen oder lieber köpfen lassen sollte.

»Ja?« Ich versuchte, mir meine Nervosität nicht anmerken zu lassen.

»Sie haben eine weite Reise gemacht. Wozu?«

»Ich bin mir nicht sicher, ob ich in seiner Gegenwart darüber sprechen möchte.« Ich deutete mit dem Finger auf Estevez.

Fragan sah mich unverwandt an. »Er bleibt hier«, befahl er. Seine Stimme klang wie unheilverkündendes Donnergrollen.

»In Ordnung. Es kann allerdings sein, daß ich Lust bekomme, ihm einen Tritt in den Hintern zu versetzen.«

»Ich habe Ihnen eine Frage gestellt, Mr. Harker. Warum sind Sie hierhergekommen?« Walter Fragan, alias Colonel Viktor Mikhail Valentine vom KGB, verhielt sich jetzt wieder wie in seinen Zeiten vor Winslow. Und das gefiel mir gar nicht.

»Vor zwei Wochen schoß jemand auf dem Campus der Winslow-Universität ein Foto von uns beiden. Bevor Sie mir weismachen wollen, daß sie nicht Colonel Viktor Mikhail Valentine sind, möchte ich Ihnen sagen, daß man Sie auf dem Bild eindeutig identifiziert hat. Sie sind übergelaufen, und ihr neuer Name ist Walter Fragan.«

»Wer hat mich identifiziert?« fragte er scheinbar gelassen. Er setzte sich bequem zurecht, als wäre der Klavierhocker eine Parkbank, und er hätte nichts Besseres zu tun, als mit einem Passanten zu plaudern.

»Das ist genau das Problem. Ich denke, daß die Leute, die Sie identifiziert haben, versuchen, Sie umzulegen.«

Estevez runzelte die Stirn und sah mich strafend an. Ich kam mir vor wie ein Schuljunge, der bei der Aufführung des jährlichen Theaterstücks schmutzige Worte von der Bühne gerufen und ihn damit unsäglich blamiert hatte. Fragan zuckte nicht mit der Wimper.

»Mich umlegen?« fragte er ungläubig. Diese Idee erschien ihm offensichtlich absolut lächerlich. Beinahe glaubte ich schon, ich hätte mir alles nur eingebildet, aber dann dachte ich an die zwei Toten, von denen mir Trotman erzählt hatte. Und ich dachte an die Männer, die mich am Morgen durch ein Kornfeld gejagt hatten. Himmel, war das wirklich erst an diesem Morgen gewesen? Es kam mir vor, als läge es schon ein halbes Jahr zurück. Fragans hochnäsiges Getue ging mir allmählich auf die Nerven. Bis jetzt hatte ich mitgespielt und es zugelassen, daß dieser Idiot mich behandelte, als wären wir in Moskau und er würde immer noch seine Kanonenstiefel und die Uniform tragen.

»Ja, genau. Sie versuchen, Sie umzulegen. Sie kalt zu machen. Ihnen das Licht auszublasen.« Ich ging einen Schritt auf ihn zu und beugte mich zu ihm hinunter. Verdammt, diesem Mistkerl würde ich zeigen, wie ich Fragen stellte. Harker hatte schließlich den Ruf, bei seinen Recherchen unerbittlich und gnadenlos zu sein. Dieser Kerl hatte mir überhaupt nichts vorzuschreiben.

»Ich verstehe, Mr. Harker«, erwiderte Fragan. »Ich habe bereits gehört, daß Sie Kontakte zu einigen höher gestellten Persönlichkeiten haben.«

»Hören wir doch mit diesen Spielchen auf, Fragan. Zwei Ihrer Freunde sind tot. Beide Male sah es nach einem Unfall aus, aber es gibt Leute, die daran zweifeln. Sie glauben, daß der CIA – oder ein CIA-Agent – versucht, euch alle loszuwerden. Alle fünf. Es könnte auch sein, daß der CIA eure Namen und Adressen an den KGB weitergibt und der KGB dann handelt. Ich möchte, daß Sie mir erzählen, was hier los ist und was, Ihrer Meinung nach, der CIA damit zu tun hat. Meine Story könnte Ihnen helfen, am Leben zu bleiben – besonders, wenn es mir gelingen sollte, die Sache an die Öffentlichkeit zu bringen, bevor das Spiel richtig begonnen hat.«

Er hörte ruhig zu, verschränkte dann die Beine und legte die Hände auf die Knie. »Wie haben Sie mich gefunden?«

fragte er dann. »Sind Sie ihm gefolgt?« Er neigte den Kopf leicht nach hinten und deutete auf den Kubaner.

»Nein. Ich war heute morgen in Indiana und fand eine Kopie von Estevez' Zeitung in Ihrem Haus. Als ich mit ihm sprechen wollte, ließ er einige Schlägertypen auf mich los, aber ein Freund von mir...«

»Ein Freund?«

»Ja. Ein Polizist. Er wartete am Kai auf mich.« Ich hatte Tucker John Delk bei diesem Gespräch nicht dabei haben wollen, ihn aber gebeten, am Kai zu bleiben, bis ich das Schiff verlassen würde. Also war ich allein an Bord gegangen und hatte das Schiff abgesucht, bis ich schließlich die Musik von Bach gehört hatte. Dann hatte ich plötzlich an das Klavier in Fragans Haus gedacht und war den Klängen gefolgt.

»Er wartet also am Kai auf Sie«, wiederholte Fragan und sah mich so mitleidig an, als würde ich ihn mit einem Gummimesser attackieren.

»Das stimmt. Estevez hat die schlechte Angewohnheit, seine Gäste seinen Kumpels zu überlassen. Wenn ich nicht innerhalb einer Stunde dieses Schiff verlasse, wird sich Lieutenant Del Estevez vornehmen – und seine Freunde, die Katze und den Hund ebenfalls. Er ist ein sehr guter Polizist und wird dafür sorgen, daß Estevez nicht ungeschoren davonkommt. Übrigens, Estevez, einer deiner Freunde hat jetzt eine herrliche Sopranstimme.«

Estevez atmete geräuschvoll ein und hielt die Luft an – etwas Besseres fiel ihm anscheinend im Moment nicht ein. Sein Gesicht wirkte unendlich traurig, aber das kümmerte mich wenig. Meinetwegen hätte seine eigene Magensäure ihm auf der Stelle die Eingeweide zersetzen können.

Fragan nickte langsam. »Sie sagen also, wir beide sind auf dem Foto abgebildet?«

»Ja. Es wurde während der Demonstration bei der Einweihung des DeBlase-Hauses in Winslow aufgenommen. Wir saßen nebeneinander, obwohl wir uns vorher noch nie begegnet waren.«

»Das weiß ich.« Fragan schien es völlig egal zu sein, ob wir uns jemals getroffen hatten. Er konnte sich wohl auch nicht dafür begeistern, daß wir uns jetzt kennenlernten. Der Colonel war eben ein eiskalter Bursche.

»Ich glaube, daß einer der Leute, die sie beobachten, das Foto geschossen hat. Sieht nach CIA aus, aber sie streiten es natürlich ab. Was sollten sie auch sonst tun?« Ich trat immer noch von einem Bein auf das andere, bemerkte aber, daß sich meine Nervosität allmählich legte. Trotzdem hatte ich das Gefühl, daß Walter Fragan mich an der Nase herumführte. Warum tat er das? Glaubte er wirklich, ich wäre ein Vollidiot? Wahrscheinlich war er einfach nur ein Snob.

»Haben Sie eine Kopie von dem Foto?« fragte er.

»Nein.« Es freute mich diebisch, ihm das sagen zu können, aber als ich mich umsah, spendete mir niemand Applaus. In der Ecke gegenüber zog ein Angestellter gerade eine große Topfpflanze zur Tür. Es sah aus, als würde er einen Betrunkenen gegen dessen Willen aus einer Bar schleifen.

Walter Fragan seufzte und lehnte sich gegen das Klavier. Als er mit den Ellbogen die Tasten berührte, klang es so melodisch, als würde er bewußt eine Melodie spielen.

»Sie glauben also, daß Sie mir helfen können, Mr. Harker?«

»Ich würde es gern versuchen. Natürlich muß dabei eine Story für mich herausspringen. Eine aufsehenerregende Story.«

»Natürlich.« Er fuhr sich mit dem Handrücken über den Mund und kratzte sich dann nachdenklich am Kinn.

»Ich möchte Ihnen noch etwas sagen, Mr. Fragan«, fuhr ich fort. »Heute morgen hat jemand versucht, mich umzubringen. In Indiana.«

Er sah mich an, als hätte ich ihm gerade gestanden, daß ich ständig masturbierte. Sein Blick gab mir zu verstehen, ich solle ihn nicht mit meiner schmutzigen, unbedeutenden Lebensgeschichte belästigen.

Das gefiel mir nicht. Eigentlich hatte ich gedacht, er würde begreifen, daß wir im gleichen Boot saßen – und zwar wegen seiner Lebensgeschichte.

»Ich nehme an, daß dieser Mordanschlag etwas mit Ihrem Versuch, mich ausfindig zu machen, und Ihrer Verbindung zum CIA zu tun hat.«

Fragan hörte sich an wie der Filmregisseur Erich Stroheim – den konnte ich auch nicht ausstehen.

»Das kann man so sagen.«

»Sie irren sich, Mr. Harker, und ich werde Ihnen erklären, warum.« Seine Stimme wurde jetzt wieder schärfer. »Es ist nicht der CIA, der nach meinem Leben trachtet, sondern Thomas Merle DeBlase. Und das habe ich wahrscheinlich Ihnen zu verdanken. Überrascht Sie das? Dann habe ich also den erfahrenen Reporter kalt erwischt. Nun, es ist die Wahrheit. Das Foto, das Sie erwähnen, ist das letzte Stück im Puzzle. Thomas Merle DeBlase ist ein äußerst vorsichtiger Mann. Die Sicherheitsmaßnahmen, die er getroffen hat, sind eigentlich unüberwindbar. Immer wenn er in der Öffentlichkeit auftritt, beauftragt er seine Männer, die Anwesenden zu fotografieren. Wenn dann etwas Unvorhergesehenes geschieht, kann er sofort Vergeltung üben.«

Ich zog überrascht den Atem ein. Dieser Mann mit dem gefärbten Haar, der sich von einem Russen in einen Amerikaner verwandelt hatte, machte mir angst. Ich fragte mich, ob ich überhaupt noch die Kraft hatte, einen Bleistift zu halten, um mir Notizen zu machen.

»Ich nehme an, Sie waren in Winslow, um eine Story über DeBlase zu schreiben«, fuhr er gelassen fort.

Ich hustete und räusperte mich. Zu meinem Erstaunen spürte ich den Schmerz in meiner Kehle kaum noch. »Ja, das stimmt. Aber was...«

»Bitte lassen Sie mich aussprechen. DeBlases Männer folgten ihren Anweisungen und schossen einige Fotos. Zufällig wurden wir gemeinsam aufgenommen. Als DeBlases dieses Bild sah, beschloß er, daß ich eliminiert werden müßte. Und Sie saßen leider direkt neben mir.«

Ich nickte bestätigend, obwohl ich nicht seiner Meinung war, und hoffte, er würde weitersprechen.

»Sie sehen also, Mr. Harker, daß es Ihre Schuld ist, wenn ich jetzt meine Pläne ändern muß. Als Thomas Merle DeBlase dieses Foto sah, dachte er anscheinend, wir hätten etwas miteinander zu besprechen.«

»Einen Moment, bitte. Warum sollte DeBlase deshalb zwei Leute umbringen lassen?«

Fragan nickte wieder. »Sie scheinen über einen Teil der Angelegenheit gut informiert zu sein, Mr. Harker. Ich kann Ihnen den Rest erzählen. Vor mehr als zehn Jahren hat Mr. DeBlase drei Reisen nach Kuba unternommen. Geheime Reisen. Der Zweck seiner Besuche war es, den Ministerpräsidenten von Kuba zu treffen und mit ihm ein Komplott zur Ermordung des amerikanischen Präsidenten Victor Evan Havilland zu schmieden. Sie...«

»Sie machen wohl Witze!«

»O nein, Mr. Harker. Über solche Dinge scherze ich nicht. Der junge, gutaussehende, etwas ungestüme Präsident Havilland wurde vor ungefähr zehn Jahren ermordet – vierundzwanzig Stunden vor seiner Antrittsrede. Und Thomas Merle DeBlase hatte das Attentat gemeinsam mit dem Staatschef Benes geplant. Natürlich waren auch noch andere Leute daran beteiligt, aber...«

»Wissen Sie eigentlich, was Sie da sagen?« krächzte ich.

»Selbstverständlich. Ich war in Havanna, als DeBlase sich mit Benes traf. Damals war ich dort stationiert und hatte genügend Spione an der Hand. Ich wußte genau, warum einer der reichsten Männer der Welt – ein Amerikaner, der sich in der Öffentlichkeit deutlich gegen den Staatschef Kubas aussprach – sich mit Benes traf. Obwohl ich keine Einzelheiten erfahren konnte, war mir die Sache klar.«

»Einen Moment.« Ich runzelte die Stirn. »Sie meinen also, Sie haben von den Plänen gewußt und nichts dagegen unternommen?«

»Sie überraschen mich, Mr. Harker. Ich habe einige Ihrer Artikel gelesen und daraus geschlossen, daß Sie ein intelligenter Mann sind. Können Sie mir nur einen Grund nennen, warum ich mich in diese Angelegenheit hätte einmischen sollen? Wenn es sich um den Staatschef von Rußland oder China gehandelt hätte, und Ihre Landsleute davon Wind bekommen hätten, wäre dann irgend jemand bereit gewesen, das Opfer zu warnen?«

Ich schüttelte ungläubig den Kopf. Lag ich vielleicht in

meinem Bett und träumte das alles nur? Fragan sprach über Victor Evan Havilland, den dreiundvierzigjährigen attraktiven, geistreichen Präsidenten, der alle Talente besessen hatte, die man sich nur vorstellen konnte und in seinem ganzen Leben immer erfolgreich gewesen war. Man hatte ihn ›Victory Vic‹ genannt. Vor zehn Jahren war er in New Orleans Opfer eines Anschlags geworden – einen Tag vor seiner Vereidigung zum Präsidenten der Vereinigten Staaten.

Von diesem Attentat hatte sich Amerika nie wieder ganz erholt. Mich hatte die Sache damals so mitgenommen, daß ich allein aufs Land gefahren war und dort drei Tage lang geheult hatte. Es hatte schon damals Gerüchte über eine Verschwörung gegeben, die bis heute noch im Umlauf waren. Allerdings war nie etwas bewiesen worden. Es waren eine Menge Bücher und Zeitungsartikel über den Mordanschlag erschienen, aber die offizielle Version lautete immer noch, daß der Präsident von einem sechsundzwanzigjährigen Außenseiter namens Perry Joseph getötet worden war. Perry Joseph hatte die Tat geleugnet und war zwei Tage nach dem Attentat bei dem Versuch, aus dem Gefängnis auszubrechen, erschossen worden.

»Sie wollen also damit sagen, daß DeBlase vor zehn Jahren die Ermordung von Präsident Havilland geplant hat? Wissen Sie denn, was das bedeutet?«

»Aber ja. Ich habe ihn in Havanna gesehen. Und ich habe auch gesehen, daß er sich mit Benes getroffen hat. Sicher wissen Sie, daß ich damals der russischen Mission in Kuba zugeteilt war. Deshalb hatte ich jederzeit Zugang zu höheren Kreisen. Die Ermordung Havillands war das Werk einiger sehr mächtiger Männer. Und Ihre Regierung hat sich große Mühe gegeben, die Sache zu vertuschen. DeBlase, Benes und eine Gruppe des amerikanischen Geheimdienstes haben sich verschworen. Sie haben den Präsidenten ermorden lassen und der Bevölkerung vorgespielt, ein neurotischer Einzelgänger hätte die Tat begangen.«

Irgend etwas sagte mir, daß Walter Fragan alias Colonel Valentine nicht log. Er rannte momentan um sein Leben und war sich bewußt, daß er jeden Moment umgelegt werden könnte. Warum sollte er mich also anlügen? Aber wenn seine Geschichte wirklich der Wahrheit entsprach... Ich mochte nicht darüber nachdenken.

»Mr. Harker – wir haben nicht viel Zeit. Es ist wirklich ein Mißgeschick für mich, daß wir gemeinsam fotografiert wurden. Mr. DeBlase hat mich seit zehn Jahren nicht mehr gesehen. Unglücklicherweise hat er der Universität Winslow dieses Haus gestiftet. Und unglücklicherweise haben Sie beschlossen, bei diesem unwichtigen Ereignis dabei zu sein.«

»Verdammt, die Einweihung interessierte mich nicht im geringsten. Ich wollte mit ihm über seine Verbindung zum CIA sprechen. Hören Sie – sind Sie sich wirklich im klaren, was Sie da eben gesagt haben? Ich meine die Ermordung von Havilland. Haben Sie eine Ahnung, was für eine Story das wäre?«

Er grinste höhnisch – ganz so wie ein Cowboy in einem Film von Warner Brothers.

»Das interessiert mich nur, wenn ich davon profitieren kann. Sie haben mich hier aufgespürt, und Ihr Freund, der Polizist, wartet am Hafen. Das macht meine Pläne zunichte. Jetzt kann ich weder als Klavierspieler auf diesem Schiff in die Karibik fahren, noch auf anderem Weg verschwinden. Und ich werde Sie nicht mehr los, ohne Aufmerksamkeit auf mich zu ziehen.«

»Das tut mir wirklich leid für Sie.« Ich musterte ihn. Er war wirklich ein eiskalter Bursche – aber er hatte mir gerade etwas erzählt, was die größte Story meines Lebens werden könnte: die Ermordung von Victor Havilland. Meine Güte, sagte Fragan tatsächlich die Wahrheit?

»Ich möchte Sie etwas fragen, Fragan. Wenn DeBlase wirklich hinter Ihnen her ist und Sie zum Schweigen bringen will, weil Sie ihn damals in Kuba gesehen haben, warum läßt er dann andere Leute umbringen? Warum hat er es auch auf den Rest Ihres Teams abgesehen?«

»Um den Schein zu wahren, Mr. Harker. Er bringt andere um, damit es so aussieht, als würde jemand ein bestimmtes Ziel verfolgen. Wahrscheinlich möchte er, daß die ganze Aktion wie eine Vergeltungsmaßnahme des KGB wirkt. Indem er mein Team umbringen läßt, erweckt er den Eindruck, daß die Russen daran beteiligt sind. Und auf Mr. DeBlase fällt nicht der geringste Verdacht. Es geht ihm natürlich nur um mich – die anderen sind nur ein Ablenkungsmanöver.«

Mir schwirrte der Kopf. »Nehmen wir an, es stimmt, was Sie mir erzählen, Fragan«, sagte ich rasch. »Warum blieb die ganze Geschichte bis jetzt geheim? So viele Menschen haben den Fall untersucht und konnten nichts herausfinden. Das weiß ich, denn ich habe mich mit der Ermordung des Präsidenten sehr genau beschäftigt.«

»Anscheinend nicht genügend, Mr. Harker. Ich kenne natürlich Ihren Ruf – Sie haben bereits einige Preise eingeheimst und sind ständig bemüht, soziale Mißstände aufzudecken. Sie haben Ihre Sache bisher sehr gut gemacht, aber wollen Sie mir wirklich erzählen, daß eine Verschwörung zur Ermordung des Präsidenten nicht existieren kann, nur weil Sie noch nicht darauf gestoßen sind?«

Dieser Mistkerl brachte es fertig, daß ich mich fühlte wie ein dummer Schuljunge. Ich ertappte mich dabei, daß ich immer noch nervös von einem Bein auf das andere trat, und zwang mich, damit aufzuhören. »Okay, Fragan. Sie haben recht – ich weiß nicht über alles Bescheid. Mir ist allerdings bewußt, daß der Anschlag auf Havilland das ganze Land erschüttert hat. Zum Teufel, die Theorie über eine Verschwörung käme mir sehr gelegen – wenn ich darüber eine Story bringen könnte, wäre ich ein gemachter Mann. Aber ich kann nicht begreifen, wie diese Sache all die Jahre geheimgehalten werden konnte. Es müssen immerhin einige Leute daran beteiligt gewesen sein. Und man könnte annehmen, daß mittlerweile mindestens einer der Mitwisser es nicht mehr ausgehalten und geplaudert hat.«

Der Colonel schnalzte mißbilligend mit der Zunge und schüttelte langsam den Kopf. Seine Haltung drückte deutlich aus, wie sehr er, der weltkluge, erfahrene russische Spion darunter litt, mit uns amerikanischen Rohlingen zusammenleben zu müssen. Er war ein eingebildeter Snob, aber über einige Dinge wußte er besser Bescheid als ich – das machte mir schwer zu schaffen. Dieser Mann war so überzeugt von sich, daß ich Lust verspürte, ihm einen Tritt in den Hintern zu verpassen.

»Kennen Sie sich ein wenig in Geschichte aus, Mr. Harker? Wissen Sie etwas über den Tod Napoleon Bonapartes?«

Damit konnte er mich nicht hereinlegen. »Ich weiß, was Sie damit sagen wollen. 1961 haben einige schwedische Wissenschaftler seine Haare untersucht.«

»Ach – Sie kennen die Geschichte?« Er lächelte mich an wie einen Hund, der gerade ein Kunststück zustande gebracht hatte.

»Ja. Man hat herausgefunden, daß er vergiftet worden war. Mit Arsen. In seinen Haaren fanden sich so viele Rückstände von dem Zeug, daß man ein Pferd damit hätte töten können.«

»Das stimmt. Napoleon starb also weder an Magenkrebs, Malaria, Syphillis oder Erschöpfung, wie einige Geschichtsschreiber behauptet haben. Er wurde vergiftet. Ermordet. Und diese Tatsache, Mr. Harker, erscheint in keinem Geschichtsbuch auf der ganzen Welt. Erst einhundertundvierzig Jahre nach Napoleons Tod kommt es ans Tageslicht, daß er ermordet worden ist.«

Er sah mich schweigend an. Dieser Kerl hatte wirklich Überzeugungskraft. Aus dem Augenwinkel warf ich einen raschen Blick auf Estevez. Er hatte beide Hände in die ausgebeulten Taschen seines weißen Anzugs gesteckt, und ich überlegte einen Moment, ob er eine Waffe bei sich hatte. Lieber Gott, laß es nur eine Mango sein, die seine Hosentasche ausbeult, dachte ich und wandte mich dann wieder Fragan zu.

»In Ordnung«, sagte ich. »Verraten Sie mir noch etwas. Niemand hat Sie dazu gezwungen, mir das alles zu erzählen. Warum tun Sie es also?«

»Selbsterhaltungstrieb. Es könnte mir helfen zu überleben, wenn Sie sich dieser Geschichte annehmen. Das haben Sie selbst schon festgestellt. Bevor Mr. DeBlase versuchte,mich mundtot zu machen, habe ich ein ruhiges Leben geführt. Manchmal war es ein wenig langweilig, aber ich war damit zufrieden. Jetzt sieht es plötzlich so aus, als könnte ich meine

Pläne, das Land zu verlassen, nicht so verwirklichen, wie ich mir das vorgestellt habe, deshalb muß ich meine Taktik ändern.«

Ich konnte ihn direkt vor mir sehen, wie er in Uniform und mit glänzenden Stiefeln in einem Büro in Moskau an einer großen Landkarte stand und mit einem langen Stock kleine Spielzeugschiffchen hin- und herschob.

»Nun, ich...« Ich holte tief Luft und sah zu Boden. Im Augenblick fehlten mir einfach die Worte. Wenn Fragan wirklich die Wahrheit sagte, war es kein Wunder, daß DeBlase die Geschichte vertuschen wollte. Natürlich war es kaum zu fassen, daß DeBlase, Fragan und ich ausgerechnet an diesem Tag zu dieser Gelegenheit zusammengetroffen waren, aber es waren schon verrücktere Dinge passiert. Und wir hatten an diesem Tag eben alle in Winslow etwas zu erledigen gehabt. Manchmal fragte ich mich wirklich, auf welcher Seite Gott eigentlich stand.

»Mr. Harker?« Walter Fragans Stimme riß mich aus meinen Gedanken.«

»Ja?«

»Sie haben wohl Zweifel an meiner Geschichte?«

»Das kann man wohl sagen. Wenn ich allerdings an Watergate, Vietnam und Kambodscha denke, bin ich davon überzeugt, daß die Menschen in diesem Land alles glauben, solange es nicht von der eigenen Regierung kommt.«

Er nickte zustimmend und grinste mich so zufrieden an wie ein Mann, der gerade jemandem beide Beine abgehackt hatte und sich daran erfreute, daß sein Opfer noch eine Weile herumkriechen konnte.

»Korruption gibt es in allen Regierungen, Mr. Harker. Es war deshalb so leicht, die Ermordung Havillands geheimzuhalten, weil Ihre Regierung keinen Wert darauf legte, die ganze Wahrheit zu berichten. Es war ihr peinlich. Außerdem ist Mr. DeBlase ein sehr einflußreicher Mann – er hat dafür gesorgt, daß niemand plaudern konnte.«

Ich mußte wieder an die drei Kerle in Jeans denken, die mich an diesem Morgen durch das Kornfeld gehetzt hatten. Wenn ich mich recht erinnerte, hatten sie einen Südstaatenakzent gehabt. Es war gut möglich, daß sie von einem texanischen Milliardär angeheuert worden waren, der zum Zeitvertreib auch Gebäude im Wert von einigen Millionen an Universitäten in Indiana verschenkte.

»Hören Sie, Fragan, diese Geschichte ist wirklich schwer zu verdauen. Wenn ich Ihnen glaube, Sie mich aber anschwindeln, stehe ich da wie ein Idiot. Wenn ich Ihnen nicht glaube, Sie aber die Wahrheit sagen, ist es noch schlimmer.« Der Gedanke, eine gute Story zu verlieren, machte mich nervös.

»Ich bin sicher, es wäre nicht das erste Mal, daß Sie einen Narren aus sich machten, Mr. Harker«, erwiderte Fragan gelassen.

Unwillkürlich mußte ich lächeln. Dann dachte ich an Loni, meine Ex-Frau. »Da könnten Sie recht haben. Allerdings ist diese Sache etwas Besonderes.«

»Das stimmt. Nun, man sagt, die Wahrheit siegt – nur sie hat Bestand.«

»Buddha«, sagte ich.

Fragan hob erstaunt die Augenbrauen. »Richtig.«

Zum Teufel mit diesem eingebildeten Kerl. Wenn ich mich nicht gerade in der Weltgeschichte herumtrieb, las ich alles, was ich in die Finger bekam.

Ich deutete auf Estevez. »Er kennt die Geschichte offensichtlich bereits, sonst hätten Sie ihm nicht erlaubt, hierzubleiben. Ich möchte wissen, was Sie mit ihm zu tun haben.«

»Er ist mein Agent.« Fragan lächelte. »Er hat mir den Auftrag auf diesem Schiff vermittelt. Ich sehe, Sie glauben mir nicht. Nun, Mr. Estevez war mit einigen Leuten in Havanna vertraut. Diese Leute waren Ihrem Land von Nutzen – und sie spielten eine gewisse Rolle bei der Ermordung Havillands.«

»Welche Leute meinen Sie damit?« fragte ich verblüfft.

»Mr. Estevez' Freunde waren an mindestens fünfzehn Versuchen Ihrer Regierung beteiligt, den Staatschef von Kuba ermorden zu lassen. Pedro Benes erfreut sich – wie Sie sicher wissen – bester Gesundheit, das heißt, die Anschläge sind alle gescheitert. Aber wegen dieser mißlungenen Anschläge auf Benes wurde Victor Evan Havilland kurz vor seiner Antrittsrede erschossen.«

Einige Sekunden starrte ich ihn ungläubig an. Fragan setzte eine feierliche Miene auf – er sah aus wie der Papst, wenn er ein behindertes Waisenkind segnete.

»Man nennt das wohl ein Todeskommando, Mr. Harker. Ihre Regierung hatte einige Männer angeheuert, die im Namen Amerikas etliche Menschen töteten. In der Karibik, in Südamerika, Afrika, Asien und Europa. Nur Benes konnten sie nicht erwischen. Der kubanische Staatschef nahm den Vereinigten Staaten diese unbeholfenen Versuche, ihn aus dem Amt zu drängen, sehr übel. Aus Rache tat er sich mit DeBlase zusammen und ließ Havilland ermorden.«

»Oh!« Ich war wie vor den Kopf geschlagen.

»Glauben Sie mir nicht, Mr. Harker? Halten Sie diese Geschichte für undenkbar?« Der Mistkerl grinst unverschämt.

»Doch. Nichts ist unmöglich. Ich würde gerne von Estevez wissen, was...«

Ich hörte auf zu sprechen, als ich an der Tür drei Männer entdeckte, die uns beobachteten. Langsam kamen sie auf uns zu. Der Kleine mit der verspiegelten Sonnenbrille hinkte leicht und hatte die Hand zwischen die Beine gepreßt. Sie hatten es offenbar so eilig gehabt, daß sie sich nicht einmal Zeit genommen hatten, sich umzuziehen. Es waren meine drei Freunde aus dem Kornfeld, die hier im Tanzsaal der S. S. Oro Azul erschienen. Mist! Sie hatten sich wirklich einen guten Zeitpunkt ausgesucht!

»Fragan! Hören Sie mir jetzt bitte zu. Drehen Sie sich nicht um. Die drei Kerle, dic heute morgen versuchten, mich umzubringen, kommen gerade auf uns zu. Sie...«

Estevez und Fragan wandten beide ruckartig den Kopf. Am anderen Ende des riesigen Ballsaals legten einige Ober grüne Tischdecken auf, ohne uns Beachtung zu schenken.

»Fragan, ich würde mich gern weiter mit Ihnen unterhalten, aber...«

»DeBlases Männer«, sagte er nachdenklich. Dann sprang er auf und rannte los. Estevez folgten ihm, und ich lief hinterher.

Unsere Schuhe klapperten laut auf dem Holzboden. Wir rannten um unser Leben, und ich fragte mich, ob so etwas wirklich zu den Aufgaben eines Journalisten gehörte.

11

»Mr. Harker?«

»Ja.«

»Haben Sie eine Ahnung, wo wir sind?«

Ich ließ mich auf den Fußboden der Kabine sinken und musterte Walter Fragan. Der alte Mistkerl lehnte sich erschöpft gegen die Tür. Sein Gesicht war dunkelrot von der Anstrengung, und er wirkte plötzlich wie ein alter Mann. Sein Mund stand weit offen, und er preßte eine Hand auf seine Brust. Sicher würde er keinen Schritt mehr laufen können.

»Irgendwo unter dem Ballsaal«, erwiderte ich. »Warum fragen Sie? Sie sind doch mit mir zwei Gänge entlang und eine Treppe hinuntergelaufen. Ich dachte, Sie arbeiten hier.«

Er atmete schwer und verdrehte die Augen. »Ich wurde als Klavierspieler und nicht als Langstreckenläufer engagiert. Wir sind Ihnen einfach gefolgt.«

»Geben Sie jetzt nicht mir die Schuld, Fragan. Sie können von Glück sagen, daß ich die richtigen Türklinken heruntergedrückt habe.«

Fragan sah aus, als würde er jeden Moment einen Herzinfarkt bekommen. Estevez beugte sich nach vorn und legte seine Hände auf die Knie. Er erinnerte mich an einen Sportler, der sich völlig verausgabt hatte. Ich hoffte nur, er würde sich nicht übergeben müssen.

»Sollen wir Ihnen etwa dafür danken, daß Sie uns in diese Sackgasse geführt haben?« Fragan sah sich in der Kabine um, in die wir uns geflüchtet hatten. An den Wänden hingen eine Menge grüner Jacken, die anscheinend dem Schiffspersonal und den Künstlern gehörten. Außerdem lagen überall Kostüme herum – ich entdeckte sogar ein Affenkostüm. Das hatte sicher der blonde Tänzer hier abgelegt, den ich vor einer halben Stunde im Ballsaal beobachtet hatte.

»Warum gehen Sie nicht, wenn es Ihnen hier nicht gefällt?« schlug ich vor und deutete auf die Tür. »Ich dachte, wir hätten eine Chance, wenn wir uns hier eine Weile verstekken. DeBlases Männer hätten unsere beiden Supersportler hier in einer Minute eingeholt. Wir hatten Glück, daß sie quer durch den Saal laufen mußten, aber trotzdem waren sie im Vorteil. Sie sind jünger und gerissener als wir. Zumindestens jünger als Sie beide. Und gerissener als ich. Also sollten wir uns hier erst einmal ausruhen.«

»Wie lange?« fragte Estevez und richtete sich auf. Er wischte sich den Schweiß von seinem pockennarbigen Gesicht.

»Natürlich können wir sofort versuchen, uns hinauszuschleichen und...«

Ich runzelte die Stirn und lauschte angestrengt.

Fragan sah mich an. »Was ist los?«

»Sch!« Ich legte einen Finger an die Lippen und stand langsam auf. Verdammt, ich spürte jeden Knochen in meinem Körper. Ich preßte mein Ohr gegen die Tür und horchte. Die Schritte waren noch gedämpft, wurden aber immer lauter.

»Was ist denn...?« Fragan konnte es einfach nicht lassen. Der Kerl wußte nicht, wie man sich benahm, und ich hatte im Augenblick keine Lust, höflich zu ihm zu sein.

»Halten Sie endlich den Mund«, zischte ich. »Das sind DeBlases Männer. Ich glaube, sie kommen direkt auf uns zu.«

Estevez erstarrte, als die Schritte deutlicher zu hören waren. Sein weißer Anzug sah inzwischen ziemlich mitgenommen aus, und seine blutunterlaufenen Augen traten ihm vor Angst beinahe aus dem Kopf. Fragan senkte den Blick und kaute auf seiner Unterlippe, und ich ballte die Hände zu Fäusten, als wir hörten, wie die Männer näher kamen. Dann wurden die Schritte leiser und waren schließlich nicht mehr zu hören. Wir atmeten gleichzeitig auf.

»Das war knapp«, murmelte ich und schüttelte langsam

den Kopf. »Sind Sie immer noch der Meinung, wir hätten versuchen sollen, den drei Burschen davonzulaufen, Mr. Fragan?«

Fragan ignorierte meine Frage. »Sie werden uns suchen«, meinte er.

»Sicher, aber auf diesem großen Schiff haben sie ein gewaltiges Stück Arbeit vor sich.«

»Trotzdem können wir ihnen jederzeit in die Arme laufen«, sagte Estevez mit dünner Stimme.

»Das stimmt. Aber wir haben einen kleinen Zeitvorsprung.« Ich wollte noch einmal mit Fragan sprechen. Es gab noch so viele unbeantwortete Fragen. Ich setzte mich wieder auf den Boden und holte mein Notizbuch und einen Kugelschreiber aus meiner Hosentasche.

»Was tun Sie da?« Fragans Stimme klang unnatürlich hoch. Man hätte fast glauben können, er wäre einem Exhibitionisten begegnet.

»Ich bin Reporter, Fragan. Deshalb werde ich mir jetzt einige Notizen machen. Wir müssen auf jeden Fall noch eine Weile hierbleiben, bis die Luft rein ist. Also, warum Havilland? Warum gerade er und nicht ein amtierender Präsident oder ein CIA-Agent? Handelte es sich nicht um einen Plan des CIA, Benes ermorden zu lassen?«

Fragan ließ sich in einen Klappstuhl sinken. »Benes fand heraus, daß Havilland die Anschläge auf ihn unterstützte. Der CIA arbeitet niemals ohne die Unterstützung der Regierung. Es gab damals ein geheimes Komitee, das den amerikanischen Präsidenten über Fragen zur nationalen Sicherheit beriet. Das gibt es übrigens immer noch. Havilland war bereits als junger Senator Mitglied des Ausschusses. Und er tat alles, um den kubanischen Staatschef loszuwerden. Viele Bürger waren entsetzt, daß Benes es gewagt hatte, nukleare Sprengköpfe nur neunzig Meilen vor der amerikanischen Küste zu installieren. Deshalb fiel es Havilland nicht schwer, seine Mitarbeiter davon zu überzeugen, daß Benes unschädlich gemacht werden mußte. Der CIA und auch der amtierende Präsident der Vereinigten Staaten stimmten mit ihm überein. Benes wußte, daß er sich seines Lebens nicht mehr sicher sein konnte, sobald Victor Havilland im Amt war. Wenn der CIA erst einmal die Zustimmung des amtierenden Präsidenten hatte – egal, ob es sich dabei um Havilland oder seinen Vorgänger handelte –, würde Benes gnadenlos gejagt werden. Deshalb verteidigte er sich.«

Ich sah ihn forschend an. »Haßte Havilland Benes wirklich so sehr?«

»Victor Havilland verkörperte die amerikanische Bevölkerung, Mr. Harker. Wie alle Amerikaner hatte er einen – wie mir scheint – unbegründeten Haß auf den kubanischen Staatschef. Für euch ist Benes vielleicht der schwarze Mann, aber für die kubanische Bevölkerung stellt er George Washington und Abraham Lincoln in einer Person dar.«

»So wie Lenin und Trotzki.«

»Benes hatte ein Recht darauf, sich und sein Land zu verteidigen – ebenso wie Ihr Präsident. Havilland war auch ein Patriot. Man hielt ihn für den besten und klügsten Anwärter auf das Präsidentschaftsamt, den es jemals gegeben hatte. Als er auf dem Gipfel seiner Karriere umgebracht wurde, war es, als hätte man dem ganzen Land einen Stich ins Herz versetzt, nicht wahr?«

Ich nickte schweigend und dachte an den großen Schmerz, den ich vor zehn Jahren empfunden hatte. »Also hat Benes einen Amerikaner namens Perry Joseph engagiert.«

»Perry Joseph?« Fragan grinste verächtlich. »Der konnte sich ohne Hilfe nicht einmal den Hintern putzen. DeBlase und Benes hätten eine so wichtige Mission niemals einem Schwächling wie Perry Joseph anvertraut. Der Kerl war ein Neurotiker, ein Mann, der nicht genau wußte, ob er Frauen, kleine Jungs oder Tiere bevorzugte, um seine Triebe zu befriedigen. Perry Joseph? Manchmal erstaunen Sie mich wirklich, Mr. Harker.«

Ich hörte auf zu schreiben und sah Walter Fragan verblüfft an. Aus dem Augenwinkel sah ich, daß Estevez grinste.

»Ich erstaune Sie also?«

»Eine solche Aufgabe vertraut man keinem Mann wie Joseph an. Genauer gesagt, man vertraut sie keinem einzelnen Menschen an – egal, wie gut er bisher gearbeitet hat.«

»Wollen Sie damit sagen, daß Victor Havilland nicht von Perry Joseph getötet wurde?«

»Richtig. Ich weiß, daß der Kongreß den Anschlag genau untersuchte und feststellte, daß es sich um einen Attentäter und eine Kugel gehandelt hatte. Überlegen Sie doch, Mr. Harker. Würden Sie an Benes Stelle Ihr Leben und das Wohlergehen Ihres Landes in die Hände eines Mannes wie Perry Joseph legen?«

»Ich habe sehr viel über den Anschlag gelesen, Fragan, und weiß, daß einiges davon Mist ist, aber eine Verschwörung konnte nie nachgewiesen werden.«

»Sie sagen, Sie lesen sehr viel, Mr. Harker. Welches Gebiet bevorzugen Sie denn?« Der Colonel neigte den Kopf und sah mich von der Seite an. Er hielt sich wohl für einen Aristokraten, der dem Rest der Weltbevölkerung um einiges überlegen war.

»Geschichte«, erwiderte ich. »Vor allem die alten Klassiker und Berichte vom Mittelalter interessieren mich. Ich lese auch Bücher über zeitgenössische Geschichte, aber die meisten davon sind nur Mist. Meiner Meinung nach ist es einfach zu früh, um objektiv darüber zu schreiben, deshalb bestehen viele Schriften nur aus Lobgesängen auf nationale Werte. Außerdem lese ich natürlich eine Menge Zeitschriften und Zeitungen. In den Artikeln suche ich nach Ideen für neue Stories. Dann interessiere ich mich noch für Philosophie, denn ich denke, es trainiert den Geist, wenn man sich damit beschäftigt. Voltaire, Montaigne oder die Philosophen aus dem Osten, wie zum Beispiel Vivekananda aus Indien, sind wohl die größten Denker des letzten Jahrhunderts. Platos Ansichten hingegen sind inzwischen überholt, und...«

Fragan hob die Hand wie ein Schülerlotse am Zebrastreifen. »Das genügt. Ich bin beeindruckt. Sicher ist Ihnen auch bekannt, daß die Geschichtsschreiber die Todesursache von diversen Königen falsch angegeben haben.«

Estevez sah uns so verständnislos an, als würden wir chinesisch sprechen.

»Das weiß ich«, erwiderte ich. »Viele Könige wurden vergiftet, aber in den Geschichtsbüchern heißt es, sie wären eines natürlichen Todes gestorben. Damals gab es noch keine Gerichtsmedizin – deshalb konnte man einen Mord gut vertuschen.«

»Und das ist noch nicht alles.« Fragan legte seine Fingerspitzen aneinander und stützte sein Kinn darauf. »Zu allen Zeiten ist es einigen Männern gelungen, in Zusammenarbeit mit bestimmten Einrichtungen Tatsachen zu verdrehen. Das betrifft Rußland ebenso wie Amerika. Allerdings gab es auch immer Leute wie Sie, die es sich zur Aufgabe machten, alles gründlich zu untersuchen und Staub aufzuwirbeln. Nicht immer haben sich diese Leute damit sehr beliebt gemacht. Nehmen wir den Fall Havilland: Ihre Regierung hat die Sache vertuscht, CIA und FBI haben dafür gesorgt, daß nichts an die Öffentlichkeit drang. Deshalb blieb die Ermordung Havillands ein Mysterium, über das heute noch diskutiert wird. Der Anschlag wurde nicht nur von einem Mann ausgeführt, nicht wahr, Estevez?«

Ich wandte mich dem Kubaner zu und bemerkte, wie nervös er war. Es schien, als würde er am liebsten nicht mehr an diese Sache denken, die sich bereits vor zehn Jahren ereignet hatte.

»Ich... ich...« Er verschränkte die Hände und knetete aufgeregt seine Finger. Der Mann wußte offensichtlich noch einiges über diesen Fall.

»Das ist schon in Ordnung, Enrique«, sagte Fragan freundlich. »Mr. Harker kann uns vielleicht helfen. Er würde in seiner Story sicher nicht deinen richtigen Namen verwenden. Das stimmt doch, Mr. Harker?« Sein letzter Satz war keine Frage, sondern ein Befehl. Er klang jetzt wieder, als wäre er noch in Rußland und würde einen Staatsfeind verhören.

»Kein Problem, Estevez«, erwiderte ich. »Ein Reporter legt schon aus eigenem Interesse immer großen Wert darauf, seine Quellen geheimzuhalten. Niemand würde sich einem geschwätzigen Journalisten anvertrauen. Wie gefällt Ihnen der Name Juan Gomez? Für mich war das immer das kubanische Gegenstück zu John Smith.«

Estevez fuhr sich mehrmals mit der Zunge über die Lippen, stieg von einem Bein auf das andere und steckte dann die Hände in die Hosentaschen.

»Ich habe nichts getan«, murmelte er. Dann zuckte er mit den Schultern und zog die Hände wieder aus den Taschen.

»Das habe ich auch nicht gesagt. Erzählen Sie mir ein wenig von sich. Haben Sie jemals für den CIA gearbeitet?«

»*Sí.* Ja, habe ich.«

»In Kuba oder in den Vereinigten Staaten?«

»In beiden Ländern. In Kuba gab ich den Leuten das Geld, das mir der CIA in Amerika ausgehändigt hatte.

»Mit wem genau hatten Sie es zu tun?«

Er schwieg. Als ich von meinem Notizblock aufsah, bemerkte ich, daß er Fragan einen fragenden Blick zuwarf. Fragan nickte ihm lächelnd zu – wie ein Vater, der seinen zurückgebliebenen Sohn ermutigen will, ein Wort zu buchstabieren.

Ich wartete ungeduldig – wir hatten nicht viel Zeit. Jeden Moment konnte Besuch kommen.

»Mit der Mafia, Señor. Ich habe die Mafia bezahlt, damit sie gewisse Dinge erledigte.«

»Zum Beispiel?«

»Die Ermordung Benes'.«

Ich umklammerte den Kugelschreiber und kritzelte so schnell ich konnte. »Die Mafia hat den Job aber anscheinend nicht erledigt. Warum glaubte der CIA, daß sie die Mafia dazu bringen könnte?«

»Weil Benes alle Casinos schließen ließ und die Mafiamitglieder aus dem Land vertrieb. Dadurch verloren sie eine Menge Geld. Außerdem konnten sie ihre Drogengeschäfte in Kuba nicht mehr abwickeln. Einige Mafiosi hatten große Summen in Kuba angelegt und wollten ihr Geld zurückhaben. Deshalb beschlossen sie, mit dem CIA zusammenzuarbeiten.«

»Wer war Ihr Kontaktmann beim CIA? Ich könnte mir denken, daß dieser Mann Sie und Fragan zusammengebracht hat.«

Fragan lächelte. »Sehr gut, Mr. Harker. Ich sehe, Sie fangen endlich an, Ihre grauen Zellen zu benützen. Señor Estevez und ich waren zwar verschiedenen CIA-Agenten zugeteilt, aber ein gewisser Voltaire hat uns beide zusammengebracht. Das war natürlich sein Deckname – vielleicht hatte er bestimmte kulturelle Interessen. Ich konnte das leider nie herausfinden.«

»*Sí*«, bestätigte Estevez. »Mr. Voltaire befahl mir, Kontakt mit dem Colonel aufzunehmen. Ich fungierte dann als Mittelsmann zwischen ihm und gewissen anderen Leuten.«

Ich war sicher, daß Estevez damit eine Menge Geld verdient hatte. Voltaire? Konnte es sich um einen von Trotmans Decknamen handeln? Ich mußte unbedingt mehr über diesen Voltaire erfahren.

Estevez räusperte sich nervös. »Wir sollten jetzt endlich verschwinden. Wir können uns nicht ewig hier verstecken.«

Ich stand auf. »Nein! Wir haben doch gerade erst angefangen, uns zu unterhalten, und ich...«

Estevez griff rasch in seine Jackentasche und hielt plötzlich eine glänzende 22er in der Hand. Sie sah beinahe aus wie ein Feuerzeug. »Colonel?« Er wandte sich Fragan zu.

Der alte Mistkerl stand langsam auf und grinste amüsiert. »Ich muß meinem Freund recht geben. Wir haben uns schon viel zu lange hier aufgehalten. Ich werde mich mit Ihnen in Verbindung setzen, bevor ich dieses Land verlasse, Mr. Harker. Vorausgesetzt, es gelingt mir. Die Karibik wäre ein ideales Versteck für mich gewesen, aber...« Er zuckte lässig mit den Schultern – ganz der gute Verlierer.

Hilflos mußte ich zusehen, wie die beiden an mir vorbeigingen. Fragan öffnete vorsichtig die Tür einen Spalt und spähte hinaus. Dann machte er sie ganz auf. Estevez hielt immer noch seine Waffe auf mich gerichtet und ließ mich nur eine Sekunde aus den Augen, um auf den Gang hinauszusehen. Ich hätte mich wirklich noch gern mit den beiden unterhalten, aber da war wohl nichts zu machen. Natürlich waren die Notizen, die ich mir gemacht hatte, das reinste Dynamit, aber ein paar Aufzeichnungen waren noch lange keine Story. Ich brauchte noch viel mehr Informationen, um eine brauchbare Geschichte schreiben zu können.

Voltaire. Die Mafia. Ja, ich sollte mich schleunigst auf den

Weg machen. Diese Story war so brandheiß, daß ich keine Sekunde mehr in dieser Kabine vergeuden durfte. Außerdem konnten DeBlases Männer oder einer der Angestellten jeden Moment hereinplatzen.

Harker, beweg deinen Hintern, befahl ich mir. Und ich hatte auch schon eine Idee, wie ich an den drei Bauerntölpeln und ihren Freunden vorbeikommen konnte, die in Winslow das Foto von mir und Walter Fragan geschossen hatten. Schließlich war ich berühmt für geniale Pläne.

12

Das Affenkostüm fühlte sich an wie eine Fangopackung. Meine Haut juckte wie verrückt, der Schweiß lief mir in Strömen den Rücken hinunter. Das Kostüm wog mindestens eine Tonne, und der Kopf rutschte ständig nach vorne. Ich mußte die Maske immer wieder zurechtrücken, um etwas sehen zu können. Meine Füße steckten in den riesigen, haarigen Pranken mit den langen Fußnägeln, und ich hatte Schwierigkeiten, mich vorwärts zu schleppen.

An der Treppe konnte ich gerade noch nach dem Geländer greifen, bevor mir die Maske wieder über die Augen rutschte. Mist! Vorsichtig tastete ich mich nach oben. Um mich selbst zu beruhigen und den Eindruck zu vermitteln, ich wäre tatsächlich im Showgeschäft, begann ich, eine Melodie zu summen. Endlich war ich oben. Ich war völlig erschöpft. Dieser blöde Anzug kostete mich einige Pfunde und etliche Jahre meines Lebens. Aber mein Plan funktionierte.

Ich rückte den Kopf wieder zurecht, bis ich durch die Schlitze etwas erkennen konnte und bog – immer noch summend – in den nächsten Korridor ein.

Einige Ober liefen wortlos an mir vorbei. Dann hielt mich ein glatzköpfiger, dickbäuchiger Mann auf, der einen großen Block in der Hand hielt. »Bitte vergiß nicht, daß du heute zwei Vorstellungen hast, Tony«, sagte er. »Zwei, verstanden?« Er hob zwei Finger in die Höhe. Ich nickte und hielt dabei den Affenkopf fest. »Alles klar«, meinte er und klopfte mir auf die haarige Schulter. Dann ging er pfeifend weiter.

Mir ging in diesem Kostüm allmählich die Luft aus. Ich fragte mich, wie Tony das aushielt – wahrscheinlich war er einfach schon daran gewöhnt.

Ich wollte gerade die Gangway hinuntergehen, als ich die beiden Männer entdeckte. Sie lehnten sich gegen einen geparkten Wagen und lachten sich halbtot über mich. Trotzdem konnte ich an ihren Gesichtern erkennen, daß sie auf der Jagd waren. Sie sahen aus wie Geier, die ihr Opfer umkreisten.

Um die Gangway hinunterzukommen, mußte ich die Hände von dem Affenkopf nehmen. Leider konnte ich die Maske nicht abnehmen – dann hätten die Geier dort unten ja nichts mehr zu lachen gehabt. Mir war es bedeutend lieber, wenn sie sich über mich amüsierten, statt auf mich zu schießen.

Mit beiden Händen hielt ich mich an den Seilen fest und machte mich ganz vorsichtig an den Abstieg. Die riesigen Nägel kratzten geräuschvoll über die Holzplanken. Ich bemerkte, daß die beiden Kerle immer noch lachten, aber gleichzeitig das Schiffsdeck genau beobachteten. Ich rückte rasch die Maske zurecht – jetzt wußte ich, wie sich Frauen im Minirock fühlten, wenn sie an einer Baustelle vorbeigehen mußten.

Tucker John Delk parkte um die Ecke hinter einem Lagerschuppen. Dort konnten mich zwar die beiden Kerle nicht mehr sehen, aber ich hatte Angst, daß jemand mit scharfen Augen mich vom Schiff aus entdecken könnte. Also hielt ich die Affenmaske fest und steckte meinen Kopf durch das offene Wagenfenster.

Tucker John las gerade den Sportteil einer Zeitung. Als er mich sah, pfiff er leise durch die Zähne. »Zum Teufel, wer bist du denn?« fragte er – anscheinend war er weder erschrocken noch beeindruckt. Nur ein wenig überrascht.

»Ich bin's, Harker. Wer denn sonst?« Ich schnappte nach Luft.

»Harker?«

»Hör zu, Tucker John, wir müssen so schnell wie möglich hier weg, damit ich endlich diese verflixte Maske abnehmen kann. Na los, mach schon! Sitz nicht einfach so da!« Die Hitze und der Sauerstoffmangel in diesem Kostüm machten mich ein wenig ungeduldig.

Tucker John grinste. »Der Teufel soll mich holen! Das bist tatsächlich du, Harker.«

»Ja, ja. Steig aus und öffnet mir die Tür. Mit diesen Pfoten kann ich überhaupt nichts tun.« Es war ein Gefühl, als hätte ich keine Hände mehr – äußerst unangenehm.

Tucker John mußte nicht nur die Tür öffnen, sondern mich mit sanfter Gewalt auf den Rücksitz schieben. In dem verdammten Kostüm war ich so fett, daß ich nicht allein einsteigen konnte. Sobald Tucker John ein Stück gefahren war, riß ich mir die Maske vom Kopf und atmete ein paar Mal tief ein. Dann lehnte ich mich zurück und fächelte mir Luft ins Gesicht. Meine Güte, das war knapp gewesen!

»Was zum Teufel ist denn auf dem Schiff geschehen?« fragte Tucker John verwundert und warf mir im Rückspiegel einen neugierigen Blick zu.

Ich schüttelte den Kopf. »Das weiß ich nicht genau. Wenn ich mich nicht in dieses Kostüm gezwängt hätte, wäre ich jetzt wahrscheinlich ein toter Mann. Kannst du mir sagen, wo ich einen günstigen Anzug kaufen kann?«

Tucker John hielt den Wagen vor einer roten Ampel. »Wozu? Gefällt dir der Anzug nicht, den du jetzt trägst?«

»Sehr witzig. Unter diesem haarigen Ding trage ich nichts. Ich mußte alles ausziehen, um hineinzupassen. Meine Brieftasche, mein Notizbuch, das Kleingeld und die Schlüssel habe ich in die Füße gesteckt. Du solltest einmal versuchen, barfuß auf einem Schlüsselbund herumzutreten.«

Tucker John kicherte und fuhr wieder los.

»Ich möchte nichts Teures«, erklärte ich. Immerhin war ich heute schon zwei Anzüge losgeworden – ich gab allmählich mehr Geld für Klamotten aus als Elizabeth Taylor. »Und dann brauche ich ein Telefon«, fuhr ich fort.

Er nickte und sah mich wieder prüfend an. Ich schwieg. Im Moment hatte ich keine Lust, ihm mehr zu verraten.

13

Wie alle Männer, die beim Militär Karriere gemacht hatten, konnte Malcolm Mullen es nicht lassen, Befehle zu geben. Selbst am Telefon klang seine Stimme, als säße er mit gezückten Säbel auf einem Pferd.

»Verdammt, Harker. Sie hätten meiner Frau befehlen sollen, mich zu wecken.«

»Ihre Frau gehört nicht zu meiner Einheit«, erwiderte ich trocken.

»Sie hätten sich eben ein wenig Mühe geben müssen«, bellte er. Er hörte sich an wie Teddy Roosevelt, der eben beschlossen hatte, einen zweiten Panama-Kanal bauen zu lassen.

»Ich werde das nächste Mal daran denken. Was gibt's denn?« Ich riß das Preisschild von meinem neuen Anzug ab. Zweiundzwanzig Dollar. Der dritte Anzug an diesem Tag. Ich war allmählich reif für das Guinessbuch der Rekorde.

»Ich habe schon versucht, Sie zu erreichen, aber in Ihrem Büro weiß niemand, wo Sie stecken«, sagte er vorwurfsvoll.

»Tja, das kommt gelegentlich vor. Worum geht es denn?«

»DeBlase plant ein großes Meeting.«

»Ja, ich weiß. Im Iran. Er will sich dort mit dem Schah treffen – geheim natürlich.«

»Wie? Oh.« Mullen schwieg einen Moment. Ich hatte plötzlich den Eindruck, daß er davon nichts gewußt hatte. Sein Tonfall verriet mir, wie verblüfft er war.

»Das ist mir neu. Meine Güte. Allerdings überrascht es mich nicht. Aber deshalb habe ich Sie nicht angerufen. Es geht um eine Versammlung in Las Vegas. DeBlases Sicherheitschefs werden in fünf Tagen dorthinreisen. Alle, ich betone, *alle* müssen erscheinen.«

Ich blätterte in meinem Notizbuch, bis ich eine freie Seite gefunden hatte. »Das hört sich so an, als wäre etwas geplant. Wer hat das Treffen einberufen und warum?«

»DeBlase und Harley.« Malcolm Mullen spuckte den zweiten Namen so verächtlich aus, als würde es sich um ein schmutziges Wort handeln, das er nur ungern in den Mund nahm.

»Harley? Wer ist Harley?«

»Er leitet die Sicherheitsabteilung. Ist also sozusagen mein Nachfolger. Gaylord Ran Harley war früher beim CIA und...«

»Einen Moment, bitte. Nicht so schnell. Gaylord wie?«

»Gaylord Ran, Mr. Harker.« Er buchstabierte es für mich.

»Aha. Und er war beim CIA?«

»DeBlase bevorzugte diese Typen. Und Harley ist immer bereit, einem alten Kameraden einen Job zu vermitteln. Es gibt genügend Agenten, die – mit Unterstützung der Firma – eine neue Aufgabe suchen, wenn ihre Dienstzeit bei der Regierung abgelaufen ist. Harley hat etliche dieser Männer in DeBlases Sicherheitstruppe untergebracht.«

»So läuft das doch immer«, erwiderte ich. »Die Geschäftsleute in Amerika haben ihre eigenen Methoden, Einfluß auf die Regierung und das Militär zu nehmen.«

Malcolm Mullen hüstelte und räusperte sich. »Einige von uns leisten dem Land wertvolle Dienste, Mr. Harker.« Ich fragte mich, ob er jetzt neben einer gehißten Fahne salutierte.

»Sprechen wir über Gaylord Ran Harley. Warum treffen sich alle Sicherheitskräfte, die unter ihm arbeiten, in Nevada?«

Er räusperte sich wieder. »Das weiß niemand genau. Mir ist nur bekannt, daß ein Alarmzustand ausgerufen wurde. Anscheinend gibt es ein Problem, das DeBlase und Harley nur mit zwei oder drei weiteren Leuten besprechen. Leider gehört keiner von ihnen zu meinen Kontakten.«

»Leider.« Ich versuchte, mich bequemer hinzustellen. Öffentliche Telefonzellen in Miami waren anscheinend nur für kurze Gespräche gebaut. »Wie zuverlässig sind Ihre Quellen, Mullen?«

Er schnaubte verächtlich in den Hörer. »Sie sind sehr gut. Harley hat natürlich vor ungefähr zehn Jahren die Spitzenpositionen mit seinen eigenen Männern besetzt, aber es werden noch einige der elektronischen Hilfsmittel benützt, die ich selbst eingeführt habe. Und meine Männer bedienen diese Einrichtungen. Meine Männer, Mr. Harker.«

Ich fragte mich flüchtig, wie Malcolm Mullen diesen Ausdruck definierte. Mußten seine Männer hin und wieder mit ihren Pferden im vollen Galopp über eine Klippe springen, um ihre Loyalität zu beweisen?

»Ich verstehe. Wie viele Sicherheitskräfte werden denn in Nevada erwartet?«

»Nun, ich denke, daß zwei aus dem Ausland anreisen werden. Die anderen kommen alle aus Amerika. Sie sind zuständig für den Schutz von Ölfeldern, Fabriken, Gebäuden, und so weiter. Wahrscheinlich handelt es sich um etwa ein Dutzend.«

»Dieser Harley – wie wichtig ist er für DeBlase?«

»Sehr wichtig«, erwiderte Malcolm Mullen verbittert. »Er folgt DeBlase wie ein Schatten. Er ist seine rechte Hand. Keiner der Vizepräsidenten oder Geschäftsführer hat solchen Einfluß auf DeBlase wie Harley.« Mullens Stimme klang haßerfüllt und neidisch. Die Macht, die Gaylord Ran Harley jetzt besaß, hätte ihm gehören können.

Ich hörte auf, mir Notizen zu machen, und versuchte wieder, mich in der engen Telefonzelle umzudrehen. Gaylord Ran Harley war also einer der engsten Mitarbeiter von DeBlase. Und er war vor etwa zehn Jahren eingestellt worden – zu der Zeit, als Victor Evan Havilland erschossen worden war. Hatte Walter Fragan mir nicht erzählt, wie prächtig sich Thomas Merle DeBlase vor zehn Jahren mit dem Staatschef von Kuba verstanden hatte? Und waren der Colonel und seine Freunde nicht vor etwa zehn Jahren mit Hilfe des CIA nach Amerika gekommen? Zu dieser Zeit war wirklich eine Menge passiert. Und ein spezieller CIA-Agent schien die Fäden in der Hand gehabt zu haben: Voltaire.

»Erinnern Sie sich, ob Harley beim CIA einen Decknamen benützte, Mullen? Pardon, ich weiß, sie verwenden alle falsche Namen. Wissen Sie, wie Harley sich nannte?«

»Hm, nein. Es ist schon zu lange her. Wahrscheinlich

habe ich es vergessen. Harley gehört nicht gerade zu meinen Freunden.«

Ich legte den Hörer an das andere Ohr. Alle Reporter hatten ständig Ohrenschmerzen. Wir hingen schließlich pausenlos am Telefon. Bei meiner jährlichen Telefonrechnung klatschten sich die Buchhalter der Telefongesellschaft begeistert in die Hände. Glücklicherweise übernahm der *World Examiner* die Kosten dafür.

»Hat Gaylord Ihnen noch etwas angetan, außer sich Ihren Job unter den Nagel zu reißen?«

»Malcolm Mullen schwieg und atmete heftig. Anscheinend plagten ihn böse Erinnerungen.

»Lassen Sie es mich so ausdrücken«, sagte er schließlich. »Er sorgte dafür, daß ich DeBlase nie verklagen oder öffentlich bloßstellen würde. Er kümmerte sich darum, daß ich mein Büro stillschweigend verließ.«

»Hat er Sie bedroht? Oder Ihre Frau?«

»Hören Sie zu, Mr. Harker.« Malcolm Mullens Stimme klang jetzt wieder wie die eines Feldwebels. »Darüber möchte ich nicht sprechen. Harley hat mich oder meine Frau nicht direkt bedroht. Er hat nur sichergestellt, daß ich meine frühere Verbindung zu DeBlase als militärisches Geheimnis betrachte.«

»Das heißt mit anderen Worten, er hat etwas über Sie herausgefunden, das niemand wissen darf. Und damit erpreßt er Sie. Habe ich recht?«

Malcolm Mullen schwieg. Ich spürte, daß er mich jetzt am liebsten vierteilen lassen würde.

»Sie spielen wohl gern den Superschlauen«, sagte er schließlich mit eisiger Stimme.

»Und außerdem sehe ich auch noch gut aus. Spaß beiseite, lassen Sie uns noch mal über Gaylord sprechen. Er hat also eine Versammlung einberufen, die in fünf Tagen in Las Vegas stattfinden soll. Wird das Meeting in einem von DeBlases Hotel abgehalten?« DeBlase besaß drei Hotels in Las Vegas – das machte es ihm leicht, mit der Mafia in Kontakt zu treten, wenn er wollte. Der Mob hatte Vegas schließlich aufgebaut. Ich dachte an Estevez. Er hatte erzählt, die Mafia habe versucht, dem CIA einen Gefallen zu tun. Sie wären bereit gewesen, Benes umzubringen und damit Platz für einen Nachfolger in Kuba zu schaffen.

»Ja«, erwiderte Mullen. »Im Argonaut. Mein Verbindungsmann weiß leider nicht, warum. Alle Informationen werden als Geheimsache gehandelt.« Seiner Stimme war anzuhören, wie enttäuscht er war, nicht mehr über die Sache zu wissen. Er bedauerte offensichtlich sehr, daß er jetzt dazu verdammt war, sein Leben als ganz normaler Zivilist zu führen und nicht mehr in den Schaltzentralen der Macht mitmischen zu können.

T. S. Eliot hatte einmal gesagt, alle Probleme auf der Welt kämen daher, daß die Menschen sich immer in einer wichtigen Position sehen wollten – er hatte wohl recht.

»Bitte versuchen Sie herauszufinden, warum sie sich dort treffen wollen.«

Es hätte mich nicht überrascht, wenn diese Versammlung etwas mit dem Foto von Walter Fragan und mir zu tun hatte. Ich hatte mittlerweile zwei meiner Notizbücher vollgekritzelt und mir alles notiert, was ich in Indiana und Florida an Informationen bekommen hatte. Normalerweise trug ich immer drei oder vier dieser kleinen Notizbücher und einen Kugelschreiber mit mir herum. Hin und wieder benützte ich einen Kassettenrecorder, aber darauf wollte ich mich nicht verlassen. Wenn mit dem Ding ein technisches Problem auftrat, war ich erledigt. Einmal war mir eine Riesenstory durch die Lappen gegangen, weil die Batterien leer waren und ich nichts zu schreiben bei mir hatte. Das würde mir nie wieder passieren.

»Ich werde es versuchen, kann aber nichts versprechen«, antwortete Mullen. »Eines kann ich Ihnen aber jetzt schon sagen: dieses Treffen wird in der Öffentlichkeit nicht erwähnt. Weder in Pressemitteilungen, hauseigenen Memos oder Zeitungen oder in den Terminkalendern der Sekretärinnen gibt es einen Hinweis darauf. Man könnte fast glauben, sie haben vor, die Regierung zu stürzen.«

»Verstehe. Ich werde Sie morgen wieder anrufen.«

»Vielleicht fahre ich sogar selbst nach Vegas«, erklärte er fröhlich.

War der Kerl verrückt? »Sie sind zu diesem Treffen eingeladen?« fragte ich wütend. »Also haben Sie mich die ganze Zeit an der Nase herumgeführt?« Man sollte niemals einem Colonel a. D. vertrauen.

»Nehmen Sie sich zusammen.« Er hörte sich an wie ein Sahib in Indien, der seinen Untergebenen befahl, nicht vor dem angreifenden Elefanten zu türmen.

»Verdammt, Mullen, verheimlichen Sie mir etwas?«

»Nein. Ich wurde nach Nevada eingeladen, um mir einige Manöver anzusehen. Wenn ich mich recht erinnere, haben Sie einmal einen Artikel geschrieben, daß mit solchen Unternehmungen die Gelder des Steuerzahlers vergeudet werden. Natürlich habe ich darüber eine andere Meinung.«

»Natürlich.«

»Einige meiner Freunde – hohe Offiziere – haben mich eingeladen, um die Manöver in der Wüste Nevadas zu beobachten. Ich denke, die Luft dort wird mir und meiner Frau gut tun. Zufällig finden die Manöver zur gleichen Zeit statt, in der DeBlase sich mit seinen Männern treffen wird. Natürlich werde ich keinen Fuß in die Nähe des Hotels setzen.«

Gaylord Ran Harley mußte wirklich ein gutes Druckmittel ausgegraben haben – Malcolm Mullen wollte auf keinen Fall mehr etwas mit ihm oder DeBlase zu tun haben.

»Schade, daß Sie sich nicht darum kümmern können«, bemerkte ich.

»Das gehört nicht mehr zu meinen Aufgaben«, erwiderte er scharf. »Ich fahre zu meinem Vergnügen nach Nevada. Aus rein privatem Interesse möchte ich mir die militärischen Übungen dort ansehen – und das ist alles.«

Ich klappte mein Notizbuch zu und steckte es in die Tasche meines neuen Anzugs. Er war grün-braun – Tucker John behauptete, er hätte eine Farbe wie Vogelscheiße.

»Lohnt sich die Reise? Nur um einige Manöver zu beobachten?« fragte ich, obwohl es mich herzlich wenig interessierte.

Mullen schnaubte aufgeregt ins Telefon. »Das wird einfach großartig, mein Junge. Stellen Sie sich nur vor: sechzigtausend bewaffnete Truppen mit allem, was Sie sich nur vorstellen können, Panzer, Handfeuerwaffen, Geschütze, sogar einige Raketen. Es wird geübt, wie man Truppen in der heutigen Zeit taktisch klug aufstellt.« Er seufzte so zufrieden, als hätte er gerade einen Orgasmus gehabt.

»Hat DeBlase jemals Victor Hallivand erwähnt?« fragte ich.

Mullen schwieg eine Zeitlang. »Wie kommen Sie darauf?« Seine Stimme klang mit einemmal sehr leise.

»Würden Sie meine Frage bitte beantworten.«

Er räusperte sich. Seine militärische Steifheit war plötzlich verschwunden. »Wenn ich mich recht erinnere, dann... nun... er konnte Havilland nicht leiden. Seiner Meinung nach war er viel zu liberal eingestellt. DeBlase gewährte Havillands politischem Gegner großzügige finanzielle Unterstützung. Selbst der Vizepräsident wäre ihm noch lieber gewesen. Ich glaube, er dachte, wenn Havilland erst an der Macht wäre, würden es Schwarze und Weiße auf der Straße miteinander treiben. Ja, ich würde sagen, DeBlase verachtete Havilland.«

»Ach ja? Und was noch?« Ich zückte mein Notizbuch wieder und schrieb mit.

»Nun, ich kann mich an eine Sache erinnern, die mir damals merkwürdig vorkam.«

»Ja?«

»Als wir erfuhren, daß Havilland in New Orleans erschossen worden war, haben DeBlase und einige seiner Freunde darauf angestoßen. Sie haben das Attentat regelrecht gefeiert«, sagte Mullen leise. Das war anscheinend selbst ihm zu radikal gewesen.

»War das zu der Zeit, als Harley anfing, für DeBlase zu arbeiten?« fragte ich schnell.

»Ja, ich glaube schon. Hören Sie mal, worauf wollen Sie hinaus? Versuchen Sie vielleicht, etwas an den Haaren herbeizuziehen? Jeder vernünftige Mensch weiß, daß an den Gerüchten nichts dran ist. Es gibt keine...«

»Aber Victor Hallivand wurde ermordet – daran besteht kein Zweifel, oder? Sagt Ihnen der Name Voltaire etwas?«

»Nein, Harker, was wollen Sie eigentlich? Jagen Sie irgendwelchen Hirngespinsten hinterher? Meine Güte, Ihr Reporter seid wirklich unglaublich!« Seine Stimme klang unnatürlich hoch. »Hören Sie auf damit, Harker. Es wäre ein großer Fehler, die Sache weiter zu verfolgen!«

Ich hörte ein leises Klicken. Entweder stammte es von Malcolm Mullens Gebiß, oder der CIA hörte seinen Apparat ab.

»Wie Sie meinen, Colonel«, sagte ich hastig. »Ich werde mich wieder bei Ihnen melden. Viel Spaß beim Kriegspielen.«

Als nächstes versuchte ich, Regis Cooler zu erreichen. Die Mühe hätte ich mir sparen können – er war nicht in seinem Büro. Anscheinend saß er noch in der Kneipe und trank sein Mittagessen. Er kaute wahrscheinlich gerade an einer Olive und bestellte den nächsten Martini.

Ich hängte auf und beobachtete nachdenklich den Verkehr auf der Straße. Dann kam mir plötzlich eine Idee. Rasch holte ich eines der zwei schwarzen Telefonbücher aus der Tasche, die ich immer mit mir herumtrug.

Ich hütete diese Bücher wie einen Schatz. Sie enthielten alle brauchbaren Telefonnummern von der Geheimnummer des Präsidenten bis zu den Anschlüssen diverser Massagesalons in sieben Städten und den Gewinnern des letzten Footballspiels. Zu Hause hatte ich mir noch mehr Nummern notiert – ich schrieb sie sogar an die Wände des Badezimmers und auf den Deckel der Kaffeedose. Manchmal fragte ich mich selbst, wie es mir gelang, jede Nummer wiederzufinden, die ich brauchte.

Während ich die Nummer in Boston wählte, warf ich einen Blick auf Tucker John. Er zeigte gerade einem älteren Ehepaar, das ratlos mit einem Stadtplan in der Hand vor ihm stand, den Weg. Vorher hatte er sich gegen seinen Wagen gelehnt und sich über den Bart gestrichen, während er die vorübergehenden Mädchen beobachtet hatte.

Ich mußte eine Weile warten. Der Mann, den ich sprechen wollte, war in einem Labor beschäftigt und mußte erst an den Apparat geholt werden. Normalerweise arbeitete er bis acht oder neun Uhr abends. Es war jetzt kurz nach fünf – das bedeutete, daß er sich entweder im Labor aufhielt oder gerade mit jemandem eine Partie Poker spielte. Ich hoffte, daß er nicht Karten spielte, denn dann hätte ihn nicht einmal Sophia Loren ans Telefon locken können.

»Ja?« Edmund Hale Peltz war am Telefon immer sehr unfreundlich. Er war achtundfünfzig Jahre alt und der beste Pathologe im ganzen Land. In den letzten dreißig Jahren hatte er über zwanzigtausend Autopsien für die Polizei und einige Universitäten vorgenommen oder beaufsichtigt. Dieser Mann wußte mehr über Leichen und Maden als der Schöpfer selbst.

»Hallo, Peltz. Ich bin's, Harker.«

»Welcher Harker? Wer zum Teufel ist denn da?« brüllte er wie ein hungriger Löwe. Der untersetzte Mann mit der breiten Brust, dem kurzgeschnittenen grauen Haar und den scharfen Augen hatte keinen Sinn für lange Vorreden.

»Verdammt, was denkst du denn, du alter Nazi? *Der* Harker natürlich.«

»Harker, du bist es! Warum sagst du das denn nicht gleich?« fragte er versöhnlich. Seine kehlige Stimme mit dem unüberhörbaren deutschen Akzent klang mit einemmal sehr freundlich. Er hörte sich jetzt so an, als würden wir in einer Berliner Kneipe zusammen ein Bier trinken.

»Hat dir schon einmal jemand gesagt, daß du am Telefon furchtbar schlechte Manieren an den Tag legst?«

Er kicherte. »Nein. Meistens sind meine Gespräche sehr kurz. Was willst du denn von mir, du Gauner?«

»Du hörst dich an wie Kissinger. Weißt du das?« Ich unterhielt mich gern mit Peltz. Er wußte eine Menge komischer Geschichten über Leichen zu erzählen – allerdings konnte man die meisten davon nicht drucken.

»Kissinger! Er ist kein echter Deutscher. Immerhin hat er es fertiggebracht, zehn Tage lang keinen Krieg zu erklären. Was hast du vor? Wann kommst du mich besuchen?«

»Ich hoffe, nicht so bald. Warum kommst du nicht nach New York? Ich könnte dich dann vielleicht mit einer lebenden Frau zusammenbringen.«

»Verdammt witzig. Du hast mich doch wohl nicht angerufen, um mich zu verkuppeln, oder?«

»Nein. Ich habe einige Fragen auf dem Herzen.«

»Schieß los.«

»Es geht um den Anschlag auf Victor Havilland. Als wir damals darüber sprachen, sagtest du, die Autopsie sei eine der schlimmsten gewesen, die du jemals erlebt hättest.«

Er seufzte tief. Ich konnte mir vorstellen, wie sein Bierbauch jetzt wackelte. »Zum Teufel, ja. Wer auch immer sie durchgeführt hat, ist offensichtlich in Eile gewesen. Sie wurde in New Orleans gemacht. Schlampige Arbeit. Der offizielle Bericht darüber ist Mist. Da sollte wohl einiges vertuscht werden, nicht wahr?«

»Kann sein. Deshalb möchte ich noch einmal mit dir über einige Dinge sprechen.«

»Was meinst du damit?«

»Die Verletzungen, zum Beispiel. Du sagtest, du seist ganz sicher, daß die Schußwunden unmöglich nur von einem Mann stammen könnten.«

»Und ich bin nicht der einzige, der das behauptet. Aber wer hört schon auf uns Experten? Hunderte von Büchern sind erschienen, aber keiner hat etwas unternommen. Hör mal, Harker, was hast du vor? Gibt es etwa...?«

»Beruhige dich, Adolf. Ich stelle dir nur einige Fragen, okay?«

»Gut. Was willst du noch wissen?«

»Die Einschußwunde befand sich am Rücken unter den Schulterblättern. Die Kugel ist dann am Hals ausgetreten.«

»Stimmt.«

»Außerdem wurde aber doch vorne am Körper eine Schußverletzung festgestellt. Havillands Schädel war teilweise zerschmettert.«

»Ja, das habe ich dir doch damals schon erzählt. Deshalb bin ich auch sicher, daß mehrere Leute an dem Anschlag beteiligt waren. In dem offiziellen Bericht steht darüber nichts. Da wird einfach behauptet, es hätte sich nur um eine Kugel, sprich um einen Einzeltäter gehandelt. Jeder weiß doch, daß da etwas vertuscht wurde. Warum bist du plötzlich so neugierig? Ich weiß, du verschwendest nie unnötig meine Zeit – deshalb kann ich dich auch so gut leiden.«

»Spar dir deine Komplimente. Was denkst du denn, wie viele Männer an dem Anschlag beteiligt waren?«

»Hast du etwa vor, mich zu zitieren?« fragte er vorsichtig. Er war auf der Hut, und das konnte ich ihm nicht verdenken. Schließlich versuchten wir alle, uns zu schützen, so gut es ging.

»Zum Teufel, nein. Obwohl du ja vor laufenden Kameras deinen Mund bereits ziemlich weit aufgerissen hast.«

»Ja, aber man hat mir inzwischen klargemacht, daß ich das besser lassen sollte.«

»Wer hat dir das gesagt?«

»Die Typen von der Universität natürlich. Diese Idioten sagen, ich würde damit mich und auch sie lächerlich machen.«

»Verstehe. Also wie viele?«

»Ich würde sagen, daß mindestens zwei, wahrscheinlich sogar drei Leute auf Havilland geschossen haben. Rückendeckung, verstehst du? Wenn zwei der Typen kalte Füße bekommen oder ihre Kanonen nicht funktioniert hätten, wäre da immer noch der dritte Mann gewesen. Das ist meine Theorie, und es gibt einige Leute, die sie unterstützen. Verstehst du?«

»Ja. Wie kann ich an die Informationen herankommen, über die niemand spricht?«

»Was meinst du damit?«

»Autopsieberichte, die nie veröffentlicht wurden. Fotografien von Havilland und seiner Kleidung, und so weiter.«

»Meine Güte, hast du das alles noch nicht gesehen?« fragte Peltz überrascht.

»Nein. Bis jetzt hatte ich auch keinen Grund, mich darum zu kümmern. Ich habe einige Dinge gesehen – aus rein persönlichem Interesse. Aber jetzt will ich mehr wissen. Frag mich bitte nicht, warum. Ich weiß nur, daß ein Leichenspezialist wie du seine Quellen hat.«

Peltz atmete hastig aus. »Du Arschloch.« Seine Stimme klang so sanft, als würde er ein Baby in den Schlaf wiegen.

Ich grinste. Nur gut, daß Peltz mich nicht sehen konnte. »Vielen Dank, daß du mir wieder einmal sagst, wie schlau ich bin. Als Gegenleistung stelle ich meinen Körper nach meinem Tod der Wissenschaft zur Verfügung.«

»Hoffentlich bald.«

»Reg dich nicht auf, Peltz. Ich weiß, daß du einige einflußreiche Leute kennst. Ich möchte mir die Berichte über Haviland ansehen, die in Washington herumliegen und normalerweise für ordinäre Normalbürger wie mich nicht zugänglich sind. Mich interessiert alles, wovon du denkst, ich sollte es mir einmal anschauen, okay?«

»Harker?« Er schwieg eine Zeitlang, und ich befürchtete schon, der untersetzte weißhaarige Deutsche würde mir jetzt einen zweifelhaften Antrag machen.

»Ja?«

»Ich möchte nicht, daß mein Name dabei erscheint. Hast du mich verstanden?« Edmund Hale Peltz' Stimme klang nicht böse, aber sehr bestimmt. Ich fragte mich, ob es mir auch einmal so ergehen würde, wenn ich älter wäre – würde man mich dann auch so unter Druck setzen und dafür sorgen, daß ich das Spiel mitspiele? Ein schrecklicher Gedanke.

»Ich verspreche es dir, Peltz. Nenn mir nur ein oder zwei Namen. Du kannst deine Leute vorher anrufen – ich melde mich dann wieder. Was kostet mich der Spaß?«

»Dein linkes Ei, du Schwachkopf.« Er klang jetzt ein wenig verärgert, aber das war bei ihm ganz normal. »Hast du etwas zu schreiben bei dir?«

Ich seufzte. »Meine Güte, was für eine blöde Frage!«

Tucker John Delk stand immer noch gegen seinen Wagen gelehnt, beobachtete die Mädchen, die vorbeikamen, und strich sich den Backenbart glatt.

»Wie war's, Harker?« fragte er.

»Drei zu zwei für mich.«

»Verdammt, das ist ein durchschlagender Erfolg, Jim. Laß uns fahren.«

»Wohin?«

»Während du ein Schwätzchen gehalten hast, habe ich im Büro angerufen und einen Mitarbeiter gebeten, bei Estevez' *Hacienda* vorbeizuschauen. Estevez ist zu Hause – anscheinend hat auch er einen Weg gefunden, von dem Schiff herunterzukommen. Die Mannschaft wird wahrscheinlich jetzt keine Affenkostüme mehr übrig haben.« Er grinste unverschämt.

Als ich daran dachte, wie schwer die Gesichtsmaske gewesen war, runzelte ich die Stirn. »Das ist nicht besonders witzig, Tucker John.«

Er grinste immer noch. »Natürlich nicht, Harker. Natürlich nicht.«

14

»Harker?«

»Ja, ich sehe sie.«

Vor Estevez' Haus parkten zwei Streifenwagen und ein Krankenwagen. Ein ungutes Gefühl in meiner Magengrube sagte mir, daß Estevez' Tage gezählt waren.

Tucker John Delk benahm sich jetzt wieder ganz wie ein Polizist. Seine Augen verengten sich wie bei Gary Cooper, wenn er versuchte, in der Wüste etwas zu erkennen. Er setzte sich auf, drückte die Schultern nach hinten und die Brust nach vorne. »Wir fahren am besten weiter. Um die Ecke gibt es ein Restaurant – es heißt Alma's. Du wartest dort auf mich. Sobald ich herausgefunden habe, was hier gespielt wird, rufe ich dich an. Wie lautet dein zweiter Vorname?«

»Soll das ein Witz sein?« Meinen zweiten Vornamen wollte ich nicht einmal auf meinem Grabstein gedruckt sehen.

»Hör auf damit, Harker. Jetzt geht es zur Sache. Ich bin Polizist. Weißt du, was das bedeutet? Wenn deinem Freund Estevez etwas zugestoßen ist, wird jeder, der sich hier herumtreibt, vernommen werden? Hast du das verstanden?«

Mir dämmerte allmählich, was er meinte – und es gefiel mir gar nicht. Aber Tucker John hatte wohl recht – wie so oft. Er versuchte mir zu helfen, während ich mich hauptsächlich darum kümmerte, meine eigene Haut zu retten. Das Leben bot wirklich immer wieder Überraschungen – wie zum Beispiel einen Cop, der sich um andere sorgte.

Verdammt, ich brannte wirklich darauf herauszufinden, was mit Estevez geschehen war, aber Tucker John machte mir klar, daß ich unter keinen Umständen zu einem der Einsatzkommandos gehen und mich erkundigen könnte.

»Hör zu, Harker – wir bewegen uns hier am Rand des Gesetzes. Wenn in dem Haus wirklich etwas schiefgelaufen ist und du bei mir bist, muß ich dich mitnehmen, um dich zu verhören. Und ich denke nicht, daß das für deine Arbeit förderlich ist. Du stiegst hier aus und gehst zu Alma's. Dort wartest du einfach ab. Bestell dir Reis und Bohnen, aber zahle bar. Keine Kreditkarten, bitte. Gib ein Trinkgeld, das im Rahmen liegt – nicht zu viel und nicht zu wenig. Und tu nichts, womit du Aufmerksamkeit auf dich lenken könntest, verstanden?«

Er fuhr an den Straßenrand und bremste, ließ den Motor aber laufen. Mir war es schon immer schwer gefallen, mich zu bedanken. »Jetzt hilfst du mir schon wieder aus der Klemme, Tucker John. Und das, obwohl ich aus dem Norden komme. Was ist nur mit all den dickbäuchigen Bullen aus dem Süden geschehen, die ständig Dr. Pepper trinken, Hippies auf den Kofferraum ihrer Einsatzfahrzeuge binden und bei Vollmond in der Gegend herumrasen?«

Er blickte so starr auf die Straße, als wäre ich schon verschwunden. »Davon gibt es noch eine Menge«, sagte er ernst. »Weniger als ihr aus der Stadt glaubt, aber mehr, als uns gut tut. Vielleicht...« Er schwieg und dachte offensichtlich daran, was er als Gouverneur in diesem Land alles bewegen könnte. Dieser Mann war wirklich überzeugend.

»Albert«, sagte ich und öffnete die Wagentür. Dann sah ich mich vorsichtig nach beiden Seiten um. »Mein zweiter Vorname ist Albert.« Ich stieg aus und schlug die Tür zu. »Aber sag das niemandem, sonst...«

»Kaum zu glauben!« Er grinste. »Albert! Meine Güte!« Als er losfuhr, lächelte er immer noch.

Ich sah mich kurz um. In der nächsten Umgebung befanden sich eine Menge Cafés. Das starke Aroma von kubanischem Kaffee lag in der Luft, und vor den Türen standen eine Menge Leute, die so genüßlich an ihren Tassen nippten, als würden sie gerade für einen Werbespot gefilmt. Der Duft stieg mir in die Nase, und ich beeilte mich, zum ›Alma's‹ zu kommen.

Alma's war ein kleiner, einfacher Laden, in dem es so stark roch wie in einem chemischen Labor. Natürlich war es eine Frage des Geschmacks, aber für mich war der Geruch von Knoblauch, mit dem die Kubaner ihre Mahlzeiten kräftig würzten, kaum zu ertragen. Niemand beachtete mich, als ich mit der Speisekarte herumspielte und dabei an Estevez dachte. Vielleicht waren die Polizisten und Sanitäter nicht wegen ihm auf der Straße – möglicherweise hatte es einen anderen erwischt.

Ich hatte gerade ein paar Löffel Bohnen mit Reis gegessen und lehnte mich zurück, als das Telefon neben der Kasse klingelte. Eine schlanke Frau mit dunkler Brille, haarigen Armen und einem Gesichtsausdruck, der es einem unmöglich machte, sie anzulächeln, nahm den Hörer ab. »Alma's«, meldete sie sich unfreundlich. Dann hielt sie die Hand über die Muschel und sah sich um. »Alberto? Señor Alberto?« fragte sie tonlos.

Ich beugte mich wieder über meinen Teller, um weiter zu essen, als es mir plötzlich dämmerte. Señor Alberto. Alberto. Zum Teufel, sie meinte mich!

»*Sí.*« Ich stand auf und ging rasch zu ihr hinüber. Meine Serviette landete auf dem Fußboden. »Señor Alberto. *Sí*. Ich. Das bin ich«, stammelte ich. Meine Güte, seit wann drückte ich mich so unartikuliert aus? Als sie mir den Hörer reichte, stellte ich fest, daß man aus den Haaren auf ihren Armen mit Leichtigkeit Zöpfe flechten könnte.

»Ja, hier ist Alberto.« Ich packte den Hörer mit beiden Händen und sah mich mißtrauisch in dem Lokal um. Alle Reporter hatten manchmal einen leichten Anflug von Verfolgungswahn.

»Hallo, Albert, mein Lieber.« Tucker Johns Stimme verriet mir, daß etwas im Busch war – das nahm mir den Appetit auf den Rest meiner kargen Mahlzeit. »Du mußt von hier verschwinden«, fuhr er fort. »Geh irgendwohin. Ich will dein Ziel nicht wissen. Estevez ist tot. Jemand hat ihm eine dieser Manschetten um den Hals geschnallt, mit denen man normalerweise den Blutdruck mißt. Dann hat derjenige das Ding aufgepumpt, bis Estevez dunkelrot anlief und ihm die Augen beinahe aus dem Kopf traten. Wer auch immer ihn erwürgt hat, muß eine Menge Fantasie haben. Bist du noch dran, Albert?«

Meine Kehle war wie zugeschnürt, und ich mußte meine ganze Willenskraft aufbieten, um ein Wort herauszubringen. Einen Moment dachte ich schon, die Bohnen und der Reis würden wieder hochkommen, aber dann atmete ich tief ein und unterdrückte den Brechreiz. Ich war in großen Schwierigkeiten – und das lag sicher nicht an dem Essen.

»Ja, ich bin noch da.«

»Hau ab, so schnell du kannst«, erwiderte Tucker John und legte auf.

15

»Das ist ein ziemlich dreckiges Loch, Harker«, meinte Trotman. »Ich dachte, ihr Journalisten hättet ein Spesenkonto.« Er schnaubte verächtlich. Ich kam mir vor wie ein Schwarzer, dem man eine Chance gegeben hatte, sich in der weißen Gesellschaft zu bewähren, der aber dann auf einer Grillparty in die Bowleschüssel gepinkelt hatte.

Ich war müde. Und benahm mich unfreundlich. »Natürlich haben wir ein Spesenkonto. Ich schlafe heute deshalb hier, weil ich den morgigen Tag noch erleben möchte. Wenn mir nachts jemand die Augen aus dem Kopf schießt, kann ich schließlich den Sonnenaufgang nicht mehr bewundern, verstehen Sie?«

Zu viele Flüge an einem Tag. Zu viele Leute, die mich zwangen, Dinge zu tun, für die ich nicht in der richtigen Verfassung war. Ein Tritt in die Rippen von einem dreckigen Kubaner in einem gelben T-Shirt. Kein Wunder, daß ich gereizt war. Meine Nerven waren gespannt wie Drahtseile, und einige Leute zupften kräftig daran herum.

»Wohl nervös, wie?« Trotman lehnte sich auf dem einzigen Stuhl, der in dem winzigen Zimmer stand, zurück, schlug die fetten Beine übereinander und verschränkte die Riesenpranken vor dem Bauch. Seine Hände waren immer noch groß genug, um ein Rhinozeros damit zu erdrosseln.

»Ja, ich bin nervös. Verdammt, wer wäre das nicht an meiner Stelle? Ich schaffte es gerade noch, aus Florida abzuhauen, bevor die Polizei mir unangenehme Fragen stellen konnte.« Ich saß auf der Bettkante und massierte mit Daumen und Zeigefinger vorsichtig meine Schläfen. Eigentlich hatte ich früh ins Bett gehen wollen. Ich hatte nur noch einige Anrufe erledigen wollen, um mit Leuten zu sprechen, die Peltz mir empfohlen hatte, um mich dann endlich richtig ausschlafen zu können.

Nachdem ich allerdings mit Mrs. Karakas in New York telefoniert hatte, war mir klar, daraus würde nichts werden. Sie sagte mir, ›Horace‹ habe angerufen. Es handle sich um einen Notfall. Dann hatte sie mir die Telefonnummer einer Bar in der E-Straße in Washington gegeben, die anscheinend sicher war. Während ich auf Trotman wartete, hängte ich mich ans Telefon und vereinbarte mit einigen von Peltz' Leuten Termine für den nächsten Tag.

Trotman verschwendete keine Zeit. Schon wenig später besuchte er mich im Hotel Auden an der Constitution Avenue. Das sogenannte Hotel war eine dieser Absteigen, in die man für einen Quickie mit einer Frau verschwand, mit der man bei Tageslicht nicht gesehen werden wollte.

»Sie konnten also gerade noch verschwinden«, sagte Trotman langsam. Ich bemerkte plötzlich, daß er rote Socken trug.

»Ja. Kennen Sie Estevez-Blanco? Einen schmierigen Kubaner mit Goldzähnen und einem Gesicht wie eine Ratte mit Plattnase?«

Trotman nickte kurz. »Eine Art Mittelsmann. Er hat in meinem Auftrag einige Kubaner ausbezahlt, die für uns arbeiteten.« Seine Augen verengten sich, und er sah mich forschend an. Es hatte den Anschein, als befürchtete er, etwas zu hören zu bekommen, was ich seiner Meinung nach besser nicht wissen sollte. Mir wurde klar, daß ich Trotman nicht unbegrenzt vertrauen konnte. Wieweit konnte ich ihm überhaupt trauen? Verdammt, ich war einfach zu müde, um mir darüber Gedanken zu machen.

Außerdem zweifelte man nicht laut an der Integrität eines Mannes, der so kräftig war, daß er allein mit seinem Daumen ›extreme Vorurteile‹ ausräumen konnte. Ich erwiderte Trotmans Blick und fragte mich, was in dem gerissenen Kerl jetzt vorging. Er strich sich mit einem fetten Daumen langsam über die rote Nase. Das war bei ihm wohl als nervöse Geste zu deuten.

»Was ist mit Estevez?« fragte er.

»Er ist tot. Und er hat zu Lebzeiten mehr unternommen, als nur Geld zu überbringen. Er arbeitete in Kuba mit der Mafia zusammen – vielleicht auch hier. Ich bin mir da nicht ganz sicher.«

Trotman strich sich wieder über die Nase und verzog die Lippen, als hätte er in eine saure Zitrone gebissen. Sein starrer Blick schien direkt durch mich hindurch zu gehen.

»Tot?« Trotman runzelte die Stirn, bis seine buschigen schwarzen Augenbrauen eine geschlossene Linie über der dicken roten Nase bildeten. Offensichtlich dachte er angestrengt nach.

»Mausetot. Jemand hat seinen Blutdruck gemessen, die Manschette, die Ärzte normalerweise dafür verwenden, allerdings um seinen Hals gelegt und sie aufgepumpt, bis Estevez tot umfiel. Sie wollten mir doch etwas sagen, oder?«

Trotman kratzte sich am Schenkel und seufzte. Dann lehnte er sich zurück und starrte an die Decke, als wollte er den Anstrich überprüfen.

»Ich bin hierhergekommen, um Ihnen zu sagen, daß Sie in der Firma einige Aufregung verursacht haben«, sagte er dann, ohne mich anzusehen. »Roy Lupus hat den höheren Herrschaften erzählt, daß er Sie in Indiana getroffen hat. Sie führen sich auf wie wild, weil sie nicht wollen, daß die Geschichte mit den Überläufern an die Öffentlichkeit gelangt. Es macht ihnen eine Scheißangst, die Leute könnten erfahren, daß wir unsere Mitarbeiter nicht ausreichend schützen. Wenn Sie wieder in New York sind, werden Sie feststellen, daß man einen enormen Druck auf Ihre Redaktion ausübt. Die Oberbosse scherzen nicht – sie meinen es bitterernst. Es könnte sogar sein, daß der Chef persönlich ein Wörtchen mit Ihnen sprechen will.«

»Oh? Und wer soll das sein?« Ich gähnte – nicht, weil Trotman mich langweilte, sondern weil ich todmüde war.

»Ich meine jemanden vom Weißen Haus.«

»Das wäre nicht das erste Mal. Aber ich bin schwer beeindruckt. Normalerweise machen sie sich die Mühe nicht.«

Trotman wandte mir den Blick zu. »Da ist noch etwas. Ich kann es nicht genau beschreiben, aber ich habe das Gefühl, daß noch jemand Druck macht. Irgend jemand von außerhalb sitzt unseren Leuten im Nacken, damit sie die Geschichte von den Überläufern schnellstmöglichst aus der Welt schaffen. Wer auch immer das sein mag – er muß eine Menge Geld haben. Und Macht. Und er setzt beides geschickt ein.« Trotman kannte sich damit aus.

Ich öffnete meine müden Augen ein Stück weiter. Unter mir ächzten die billigen Federn der Matratze. »Sie meinen, es ist jemand, der nicht zur Firma gehört? Könnte es sich um Thomas Merle DeBlase handeln?«

Noch während ich die Frage stellte, wußte ich, daß Trotman auch daran gedacht hatte. Er biß sich auf die Unterlippe, atmete tief aus und zuckte mit den Schultern. Ein Mann wie er äußerte sich zu einem solchen Thema nicht geradeheraus – er kreiste es ein.

»Warum erwähnen Sie gerade ihn?« Seine Stimme klang plötzlich um einige Oktaven tiefer.

»Wegen der Fotos von mir und Fragan. Sie wurden nicht von CIA-Agenten geschossen. Sie haben sie vielleicht der Firma abgeluchst, aber sie wurden von einem anderen Spaßvogel gemacht.«

»Von wem?« Er neigte den Kopf nach rechts und beobachtete mich so scharf wie wahrscheinlich alle Personen, mit denen er es zu tun hatte. Ich zwang mich dazu, nicht daran zu denken, was einigen dieser Personen später zugestoßen war.

»Diese Aufnahmen wurden vor zwei Wochen gemacht, als ich in Indiana war. Wir hatten geglaubt, der CIA oder der KGB hätten Fragan beschattet, um ihn bei passender Gelegenheit fertigzumachen. Weit gefehlt. DeBlase hat diese Fotos von seinen Schlägern, also seinen Sicherheitsleuten machen lassen. Als Vorsichtsmaßnahme, falls ihm etwas zustoßen sollte. Auf diese Weise können seine Jungs jederzeit handeln, ohne den langwierigen, gesetzlichen Weg zu gehen. Sie verstehen, was ich meine? Offensichtlich haben Sie diese Schnappschüsse von Ihren Leuten bekommen. Darf ich Sie fragen, unter welchen Umständen?«

Ein flüchtiges Lächeln huschte über das breite rote Gesicht – das hatte ich bei diesem Mann noch nie erlebt.

»Es war eigentlich ein Zufall – so wie die meisten guten Dinge im Leben. Ich war in Langley und trieb mich in der Nähe eines Fotolabors herum, um dort mit den Jungs zu quatschen und Augen und Ohren offenzuhalten – ich wollte mehr über die Sache mit den Überläufern herausfinden. Und plötzlich...« Trotman schnippte mit den Fingern. Es klang, als würde jemand eine Eiche fällen. »Ja, einfach so«, fuhr er fort. »Einer der Kerle in dem Fotolabor lachte und winkte uns herüber, damit wir uns die Bilder ansehen konnten. Wir fanden es alle sehr komisch, wie Sie losrannten, damit nicht einer der Studenten, die durch die Luft flogen, auf Ihrem Kopf landete. Alle lachten. Sie wissen wahrscheinlich, daß es ein großes Straßenfest geben wird, wenn Ihnen etwas zustößt.«

»Gut zu wissen, daß ich mit meiner Arbeit einen guten Zweck erfülle. Aber die Fotos...«

»Ich habe sie mir einfach unter den Nagel gerissen, als ich eine Möglichkeit dazu hatte. Es lagen eine ganze Menge davon herum, und als niemand hersah, steckte ich ein paar davon ein. Das war alles. Niemand hat Fragans Namen erwähnt. Alle haben sich nur köstlich darüber amüsiert, wie Sie in Deckung gingen.« Er grinste bei dem Gedanken daran.

»Trotman? Wer ist Voltaire?«

Er zuckte zusammen und hob den Blick. Seine Augen weiteten sich, und er sah mich so verblüfft an, als hätte er mich noch nie zuvor gesehen. Dann zog er seinen großen Kopf auf die mächtigen Schultern und hob das Kinn. Die Atmosphäre in dem kleinen Raum änderte sich plötzlich. Ich hatte eine Grenze überschritten, war in einen Bereich vorgedrungen, in dem Männer auf der ganzen Welt Spiele spielten, die damit endeten, daß jemand ins Gras beißen mußte. Oder damit, daß seine Eier unter Strom gesetzt wurden.

»Voltaire?« flüsterte er leise.

»Ja, Sie haben mich schon verstanden.« Meine Stimme war wesentlich lauter als seine.

»Woher haben Sie diesen Namen?«

»O nein. So nicht.« Ich beugte mich vor und deutete mit dem Zeigefinger auf einen Mann, der stark und gemein genug war, um mich jederzeit mit einer Kettensäge zu bearbeiten. Nur so funktioniert ein Verhör – man mimt den starken Mann und hofft, weit weg zu sein, wenn der Schwindel auffliegt.

»Hören Sie zu, Trotman: Sie wollten doch, daß ich Bescheid weiß. Also sagen Sie mir jetzt, was ich wissen will. Wer zum Teufel ist Voltaire?«

Ich stand auf und brüllte den letzten Satz heraus, als wollte ich ein Footballteam anfeuern.

Trotman wich meinem Blick aus. Er starrte auf eine Kommode, die aussah, als hätte man sie schon zwölfmal von einem Hochhaus fallen lassen.

Seine Stimme klang so leise, daß ich Mühe hatte, ihn zu verstehen. »Gaylord Ran Harley. Ein Fachmann, was Kuba betrifft. Und die Karibik. Er leitete einige unserer Operationen in Kuba. Ein verdammter Individualist, der Kerl. Ein wilder Bursche. Er war zuständig für den Überläufer Walter Fragan. Ich war ihm damals direkt unterstellt und hielt den Kontakt zu Fragan und seinem Team.«

Ich rutschte ein Stück auf der ausgeleierten Matratze zurück. »Harley. Gab es unter ihm ein Todeskommando für euch?«

»Verdammt, Sie haben sich wirklich umgehört, Harker.« Er schien weder beunruhigt noch froh darüber zu sein. »Sagen wir einfach, er hatte eine Gruppe von Leuten um sich versammelt, die keine großen Fragen stellten, warum sie etwas tun sollten. Seine Mitarbeiter taten, was er von ihnen verlangte, oder sie wurden schnellstens versetzt.«

»Gab es ein Todeskommando oder nicht? Hat der CIA einige Killer angeheuert, die im Namen der Vereinigten Staaten Leute umgelegt haben? Ja oder Nein?«

Trotman sah mich kurz an, senkte wieder den Blick auf seine roten Socken und nickte. »Verdammt, Harker, warum fragen Sie mich etwas, was Sie sowieso schon wissen?«

Der Mann traute mir einiges zu, und ich hütete mich, ihm zu widersprechen. Diese Information hatte ich von Estevez bekommen, bevor ihn jemand daran gehindert hatte, weiterhin Zwerge und hübsche Mädchen zu vermitteln. Als ich Trotman beobachtete, wie er seine roten Socken anstarrte, beschloß ich, ihn nicht danach zu fragen, ob er jemals für Gaylord Ran Harley getötet hatte. Schlafende Hunde sollte man nicht wecken.

»Sind Harley und seine Männer Typen, die sich selbständig machen? Agenten, die ihre eigenen Wege gehen?«

»Ja, das könnte man so sagen. Dieses Problem hatte die Firma schon immer. Zu viele junge Leute, die sich etwas auf ihren Job einbildeten und sich nicht mehr kontrollieren ließen. Wenn ein Befehl von ganz oben kommt, wandert er durch eine Menge Hände. Und wenn er dann endlich dort angekommen ist, wo er hingehört, weiß der Empfänger oft nicht mehr, was er eigentlich bedeutet, oder er hat mittlerweile so viel Spielraum, daß er tun und lassen kann, was er mag. Ein Kerl wie Harley schafft es immer, alles nach seinem Geschmack auszulegen.«

»Gehört dazu auch, Leute umzulegen?«

»Hören Sie zu, Harker, manchmal mußte das einfach sein. In einigen Fällen gab es keine andere Lösung.« Er starrte mich an, und ich fühlte mich sehr unwohl in meiner Haut. Wahrscheinlich war ich im Moment einfach zu nervös.

»Natürlich, Trotman. Wie bei der Operation ›Phoenix‹ in Vietnam. Zwanzigtausend Leute wurden dabei gequält und mußten sterben. Und die Firma hatte ihre Arme bis zu den Ellbogen in Blut getaucht.«

»Mir gefiel das auch nicht. Viele Leute hatten etwas dagegen. Meine Güte, zwanzigtausend Menschen wurden getötet. Einige Kerle wissen einfach nicht, wann sie aufhören müssen. Sie machen immer weiter. Ja, Harley war ein einsamer Wolf und führte sich auf, als wäre er allein für alles verantwortlich. Wir waren nur dazu da, um ihm zu applaudieren und für finanziellen Nachschub zu sorgen. Mein Gott, dieser Harley.«

Trotman schüttelte den Kopf. Anscheinend konnte er Harley nicht leiden. Ich hatte aber das Gefühl, daß er sich trotzdem der Firma verpflichtet fühlte. Das war normal – die Firma sorgte immer dafür, daß ihre Mitarbeiter ein ausgeprägtes Loyalitätsgefühl entwickelten. Es wurde irgendwann so stark, daß nichts anderes mehr zählte. Selbst das eigene Land und die Bevölkerung traten in den Hintergrund.

»Harley verließ den CIA vor etwa zehn Jahren«, bemerkte ich.

»Ja, das stimmt.« Trotmans Stimme klang jetzt wieder fester. »Er wurde der oberste Sicherheitsmann von...« Er sah mich an. »Von DeBlase. Er arbeitet jetzt für DeBlase.«

Ich lächelte. Trotman war keine Intelligenzbestie, aber auch kein Idiot. Wenn man ihm die richtige Richtung wies, stolperte er meistens über die Sache, nach der er gesucht hatte.

»Als Ran Harley anfing, für DeBlase zu arbeiten, hat er einige seiner Leute mitgenommen. Er hat sich alle gut angesehen, bevor er sie angeheuert hat.«

»Warum sind Sie nicht mit ihm gegangen?«

»Er hat mich nicht darum gebeten. Wir haben uns nicht besonders gut verstanden. Manchmal überschritt er gewisse Grenzen, und das hat mir nicht gefallen.« Trotman schlug die Beine übereinander und fummelte an dem Kragen seines Hemds herum, um den Schweiß vom Hals zu wischen. Anscheinend hatte er doch gewisse Skrupel – drei Kerle umzulegen war in Ordnung, aber beim vierten rührte sich sein Gewissen.

Ich rutschte ein Stück zurück und wäre beinahe in der löchrigen Matratze versunken, auf der ich heute nacht schlafen sollte. »Harley hat also die Firma verlassen und einige seiner Anhänger mitgenommen«, sagte ich. »Und er hat sich die Leute genau ausgesucht. Das geschah alles zu der Zeit, als Victor Evan Havilland ermordet wurde.«

»Na und?«

»Der CIA konnte ihn nicht leiden, stimmt's?«

»Fangen Sie jetzt auch noch damit an, Harker?« Trotman hob abwehrend eine Hand und rutschte auf dem Stuhl hin und her. »Scheiße, sein Bruder und alle anderen haben sich damit schon beschäftigt. Hören Sie doch damit auf! Wir haben Havilland nicht umgelegt. Warum hätten wir das tun sollen?«

»Das sollten Sie mir erklären. Alle Ermordeten dieser Art gehen nicht ohne das Einverständnis der großen Bosse über die Bühne – und ich meine damit wirklich die Spitze der Organisation.«

Als Trotman aufstand, rutschte mir das Herz in die Hose. Gegen diesen wuchtigen Mann hatte ich keine Chance. Erleichtert sah ich, daß er anfing, in dem kleinen Zimmer auf- und ab zu gehen. »Nehmen wir einmal an, daß Ihre Behauptungen stimmen, Harker. Sie sagen selbst, alle Projekte müssen von oben abgesegnet werden. Würde das nicht bedeuten, daß Victor Hallivand mit uns gemeinsame Sache gemacht hat?«

»Ja, aber nur, bis er seine Meinung änderte. Es ist ja auch etwas anderes, ob ein Senator einen Anschlag gutheißt, oder der Präsident der Vereinigten Staaten.«

Trotman blieb kurz stehen und starrte auf die verkratzte Kommode, dann marschierte er wieder los. Er hatte einiges zu verdauen. Jetzt ging es nicht mehr nur um Überläufer, die umgelegt wurden, sondern um eine Menge mehr.

»Wäre Gaylord Ran Harley fähig, einen Präsidenten aus dem Weg zu schaffen, der seinem geliebten CIA Schaden zufügte? Würde er ihn umbringen?« Ich sprach so leise, daß Trotman mich gerade noch verstehen konnte. Mein Blick wanderte von seinem ernsten Gesicht hinunter auf die riesigen Hände, die er zu gewaltigen Fäusten geballt hatte. Er drehte mir den Rücken zu, blieb stehen und legte die Hände an die Wand. Dann nickte er wortlos. Wir schwitzten beide und atmeten heftig. Es dauerte eine Weile, bis ich begriff, daß Trotman – dieser Riesenkerl, der zu einigen Gemeinheiten fähig war – weinte.

Ich räusperte mich und stand auf. Einen so großen Mann weinen zu sehen, machte mich fertig. Natürlich verlor er dadurch nicht in meinen Augen. Ich hatte auch schon oft geweint und würde es sicher wieder tun. Ein beliebter amerikanischer Präsident war noch vor Amtsantritt erschossen worden, und Trotman schien plötzlich die Wahrheit begriffen zu haben. Deshalb weinte er. Wahrscheinlich hatte er sich lange Zeit selbst etwas vorgemacht, und jetzt war der Knoten geplatzt. Ich betrachtete ihn traurig – im Moment konnte ich nichts für ihn tun.

»Trotman?« fragte ich schließlich leise.

»Ja?« Er drehte mir immer noch den Rücken zu und senkte betrübt den Kopf.

»Ich habe heute nachmittag in Miami mit Estevez und Fragan gesprochen. Beide waren davon überzeugt, daß DeBlase hinter ihnen her ist und außerdem dafür sorgen will, daß ich mit niemandem ins Gespräch komme. Die Ermordung der Überläufer ist nur ein Täuschungsmanöver. Hinter der ganzen Sache steckt DeBlase – und das nur, weil ich zufällig mit Walter Fragan fotografiert wurde. Sie müssen mir einen Gefallen tun, Trotman. Ich brauche Sie jetzt.«

Er schwieg und blieb unbeweglich stehen.

»Ich brauche Akten, Trotman«, fuhr ich fort. »Ich brauche die Unterlagen, die Ihre Leute über die Ermordung Havillands haben. Die Kommission hatte damals keine eigenen Untersuchungsbeamten – sie hat alles von CIA und FBI prüfen lassen. Ich weiß, daß es eine Menge Unterlagen gibt, die nie veröffentlicht wurden. Es ist sehr wichtig, daß ich mir alles anschauen kann, was bisher unter Verschluß gehalten wurde. Mir ist klar, daß ich damit einiges von Ihnen verlange, aber ich brauche diese Akten. Verdammt, ich brauche sie wirklich!«

Scheiße – ich hatte keine Ahnung, wie er darauf reagieren würde. Und ob ich seine Reaktion überleben würde.

Er drehte mir immer noch den Rücken zu und schniefte leise. Ein großer, starker, stolzer Mann.

»Trotman, ich brauche Sie.« Ich verlegte mich aufs Betteln. Die Havilland-Story schien plötzlich das Wichtigste in meinem Leben zu sein. Ich war vom College geflogen, hatte mir beide Beine ausgerissen, um meinem alten Herrn zu gefallen, hatte meine Mutter weinen sehen, als man ihr sagte, ich würde es wohl nie zu etwas bringen, und hatte gemeinsam mit Loni geweint, als wir erkannten, daß ich meinen Beruf so sehr verfallen war, daß ich mich kaum jemandem oder etwas anderem widmen konnte.

Jetzt wollte ich die Wahrheit herausfinden. Und derjenige sein, der sie an die Öffentlichkeit brachte.

»Hören Sie zu, Trotman. Harley hat einige von Ihren Leuten dazu überredet, für ihn zu arbeiten. Ich weiß nicht, was er ihnen alles versprochen hat, aber durch sie kommt er an alle vertraulichen Informationen heran. Verdammt, hören Sie mir überhaupt zu?« Ich war wütend. Beinahe hätte ich ihn am Arm gepackt und herumgedreht. Aber nur beinahe.

Ohne mir auch nur einen Blick zu schenken, verließ er den Raum. Er sagte kein einziges Wort

Ich atmete tief aus. Guter Versuch, Harker, aber vergeblich. Nichts. Null. Alle meine Bemühungen waren umsonst gewesen.

16

Das Telefon klingelte genau neunmal, bevor sie abhob – ich zählte mit.

Anscheinend hatte sie schon geschlafen. Ihre Stimme klang zögernd und verletzlich, wie bei allen Frauen, die aus dem Schlaf gerissen werden.

»Ja? Wer ist dran?« Sie räusperte sich ein paar Mal.

Ich schluckte und starrte an die Decke. Das Hotelzimmer

war dunkel. Ich lag nackt auf dem Bett und hielt mit meinen schwitzigen Händen den Hörer umklammert.

»Wer ist denn da?« Ihre Stimme wurde lauter, und ich konnte hören, daß ihre Verwirrung sich in Ärger verwandelte – kein Wunder, wenn man von jemandem aufgeweckt wurde, der sich dann nicht gleich zu erkennen gab. Ich freute mich trotzdem, ihre Stimme zu hören.

»Ich bin's«, sagte ich schließlich. Mir war heiß, und ich fühlte mich einsam. Außerdem hatte ich Angst. Deshalb hatte ich Loni in New York angerufen.

»Wie?« fragte sie ungehalten. Anscheinend erwartete sie von einem erwachsenen Mann, daß er sich mit seinem Namen meldete. »Harker? Bist du das?«

Ich setzte mich auf. Die Matratze schwankte hin und her wie ein Boot, war aber wesentlich härter. »Ja, Loni, ich bin's. Ich dachte, du hättest den Anrufbeantworter eingeschaltet. Hab' trotzdem versucht, dich zu erreichen, obwohl ich das blöde Tonband noch nie ausstehen konnte. Ich... ich...«

Meine Güte – ich wußte einfach nicht mehr, was ich sagen sollte. Ausgerechnet mir, dem Starreporter, fehlten plötzlich die Worte. Hilflos fuhr ich mit einer Hand durch die Luft und mühte mich ab, der Frau, die mir soviel bedeutete, etwas sagen zu können.

»Geht's dir gut, Harker? Stimmt etwas nicht?«

Im Leben eines jeden Menschen gibt es etwas, wonach er sich sehnt, was er aber nicht haben kann. Es kann sich um kalorienreiches Essen, Alkohol, Sex mit Tieren, Drogen, Raserei auf der Autobahn oder einen Sprung aus einem Flugzeug handeln. Manche sehnen sich danach, ausgepeitscht zu werden, Glasscherben zu schlucken, zu spielen, auf das Dach eines fahrenden Autos zu klettern oder Terpentin zu trinken. Mein unerfüllter Wunsch war Loni.

Zwei Dinge hatte ich mit den Leuten gemeinsam, die sich nach etwas verzehrten, was sie nicht haben konnten: es war nicht gut für mich, und ich wollte es trotzdem.

»Du kennst mich doch, Baby«, sagte ich. »Eine Katze landet immer auf den Füßen.«

»Weißt du eigentlich, wie spät es ist, Harker?«

»Kurz vor drei Uhr morgens. Ich konnte nicht schlafen. Mir gehen einfach zu viele Dinge durch den Kopf. Habe ich dich gestört? Ich meine, bist du...« Es tat verdammt weh, diese Fragen zu stellen, aber Loni verstand mich.

»Ich bin allein«, antwortete sie. »Was ist denn los? Ist es wirklich drei Uhr morgens?« Sie schien verblüfft zu sein, daß eine solche Uhrzeit überhaupt existierte.

Ich fühlte mich einsam und hatte Angst. Und es war mir schwer gefallen, sie anzurufen. Aber es hatte keinen Sinn, in Selbstmitleid zu versinken. »Du kennst mich doch«, sagte ich. »Ich weiß nie, wann ich wieder Gelegenheit haben werde zu telefonieren, deshalb dachte ich...« Die Matratze gab wieder ein Stück unter mir nach. Ich fühlte mich wie auf einer Hängematte – nur leider fehlten die schattenspendenden Bäume um mich herum.

»Also hast du einfach eine Nummer gewählt und zufällig meine erwischt«, erwiderte sie gelassen.

»Ja, genau so war es. Ich wollte noch einmal eine freundliche Stimme hören, bevor man mich abholt.«

Ich schwelgte wirklich in Selbstmitleid – deshalb hatte ich Loni angerufen. Glaubte ich denn tatsächlich, jemand hätte es auf mein Leben abgesehen? Wollte ich noch einige Dinge regeln, bevor ich mich ins Jenseits verabschiedete? Oder dramatisierte ich die ganze Geschichte, weil ich eine Entschuldigung suchte, um Kontakt mit Loni aufzunehmen?

Sie seufzte, wie eine Frau, die es gelernt hat, mit Männern und ihren Launen umzugehen.

»Du bist wohl in Schwierigkeiten«, meinte sie dann. »Wie üblich bist du ganz besessen von einem Fall, und wahrscheinlich wird sich herausstellen, daß es sich um etwas Aufsehenerregendes handelt. Was immer es auch sein mag.«

Ich lachte leise. »Ist das nicht immer so? Du klingst gut.«

»Um drei Uhr morgens? Warte einen Moment. Ich hole mir rasch eine Zigarette.«

Sie legte den Hörer zur Seite. Im Hintergrund hörte ich einige leise Geräusche.

»Bin wieder da.« Sie ließ das Feuerzeug aufschnappen. »Brauchst du Geld?«

Ich schüttelte den Kopf. »Nein, danke. Die Zeitung bezahlt immer noch meine Auslagen.«

»Ich wollte dir nur meine Hilfe anbieten.«

»Danke – das weiß ich zu schätzen. Wie lange sind wir schon geschieden?«

»Sechs Monate. Warum?«

Ich lehnte mich zurück und starrte an die Decke.

»Ich habe mich nur gefragt, ob das wirklich die richtige Entscheidung war.«

Sie blies Rauch aus und schwieg einen Moment. »Harker, das haben wir doch alles schon besprochen«, sagte sie dann. »Ich meine, wir...«

»Ja, ja, ich weiß. Interessenkonflikte auf beiden Seiten, Euer Ehren. Kann ich irgend etwas für dich tun?«

»Hm, im Augenblick nicht. Du könntest mir vielleicht ein Schlaflied singen. Wahrscheinlich werde ich Schwierigkeiten haben, wieder einzuschlafen.« Sie blies Rauch in die Muschel, und ich bekam eine Gänsehaut, als ich daran dachte, was sie mit dem Ohr eines Mannes anstellen konnte, wenn sie wollte.

»Wie gefällt dir deine neue Wohnung?« fragte ich.

Sie lachte kurz auf – es klang bezaubernd. »Sie ist vor allem teuer. Mach dich bloß nie selbständig.«

Das tat weh. Ich glaube nicht, daß sie mich verletzen wollte, aber die Bemerkung schmerzte. Ich ließ den Kopf sinken und legte das Kinn auf die Brust.

»Harker? Harker, bist du noch dran?«

»Ja.«

»Stimmt etwas nicht?«

»Es ist nur die Hitze. Hier ist es wie in einem Backofen – ich fühle mich wie eine Pizza.«

»Ich schicke dir ein paar Anschovis vorbei.«

Wir lachten beide höflich. Nicht zu laut, und nicht zu lang. Wir konnten noch nicht so entspannt miteinander umgehen, daß wir gemeinsam herzhaft lachen konnten. Früher war das kein Problem gewesen. Das Telefonat entwickelte sich langsam zu einem Gespräch, das wohl jeder in seinem Leben einmal führt, einem Gespräch, bei dem man sich eigentlich nichts zu sagen hat.

Loni war ein Callgirl. Das war sie auch gewesen, als wir uns kennengelernt und ineinander verliebt hatten. Nach unserer Scheidung hatte sie ihren Beruf wieder aufgenommen.

Während unserer Ehe hatte sie mit ›diesem Leben‹, wie sie es nannte, nichts zu tun gehabt. Zumindest hatte sie das behauptet – und ich hatte ihr nicht geglaubt. Aber ich hatte mich geirrt. Mein Mißtrauen war einer der Gründe, warum wir uns trennten. Vielleicht war es einfach nur Gewohnheit – in meinem Beruf traute man niemandem. Keinem Politiker, keinem General oder Minister. Nach einer gewissen Zeit ging einem das in Fleisch und Blut über. Letztendlich hatte mich mein Mißtrauen das gekostet, was ich am meisten begehrte: Loni.

Natürlich war da auch noch meine Art zu leben. Durch meinen Beruf war ich ständig auf Achse. Ich reiste um die halbe Welt und war oft wochenlang nicht zu Hause. Meine Arbeit fraß mich auf – sie verzehrte sowohl meine körperlichen als auch seelischen Energien und ließ mir keine Kraft für meine Ehe übrig. Loni fühlte sich einsam. Ich hätte ihr mehr Vertrauen entgegenbringen sollen, aber das kapierte ich erst, als es zu spät war. Inzwischen war mir klar, daß sie mir treu gewesen war. Als unsere Ehe scheiterte, beschloß Loni, daß es besser sei, ihr altes Leben wieder aufzunehmen, anstatt Tag und Nacht auf mich zu warten und sich dann meine Vorwürfe anhören zu müssen.

Sie kam mit ›diesem Leben‹ gut zurecht. Als Callgirl von der edleren Sorte hatte sie ein gutes Einkommen. Sie bekam wertvolle Börsentips und reiste mit Kleiderfabrikanten in die Karibik. Sie genoß ihre Freiheit und das Gefühl der Macht. Die Kirche billigte das sicher nicht, aber sie fühlte sich wohl dabei. »Für dich ist Macht doch auch wichtig«, hatte sie mir einmal während eines Streits an den Kopf geworfen. »Warum kannst du dann nicht verstehen, daß es mir genauso geht?«

Loni war keine gewöhnliche Hure. Sie war schön, intelligent, kultiviert und gebildet. Sie kannte sich in Diplomatie ebenso aus wie in Weinkunde oder Mode und war in den besten Hotels auf den Bahamas wie zu Hause. In der Renaissance oder während der Ära des Sonnenkönigs in Versailles hätte sie eine prächtige Kurtisane abgegeben. Wahrscheinlich hätte sie dann als angesehene Gastgeberin mächtigen Kardinälen und Prinzen Tee serviert.

Aber wir befanden uns im 20. Jahrhundert, und Loni besaß keinen Palast. Ihr Apartment in der eleganten Gegend um den Sutton Place kostete sie siebenhundertfünfzig Dollar Miete im Monat, aber dafür war die Nachbarschaft das Beste, was in Manhattan zu finden war. Und das galt auch für ihre Kundschaft. Sie knüpfte ihre Kontakte durch Mundpropaganda, und ihre Kunden waren in der Regel Männer, die mehr erwarteten als nur einen schönen Körper. Sie wollten mit einer Frau gesehen werden, die sie sowohl zu einem diplomatischen Empfang als auch zu einem Geschäftsessen in St. Croix mitnehmen konnten, ohne sich zu blamieren. Und sie waren gern bereit, dafür eine ansehnliche Summe zu investieren.

Ich bezahlte auch meinen Teil, und damit meine ich nicht Unterhaltszahlungen. Loni hatte sich geweigert, auch nur einen Pfennig von mir anzunehmen. Mein Beitrag war der Schmerz in meinem Herzen, der mich nicht losließ. Meine wunderschöne, schlanke Loni. Achtundzwanzig Jahre alt, zarte Haut, grün-braun gesprenkelte Augen, dunkelbraunes Haar. Irgendwie war es ihr gelungen, von mir Besitz zu ergreifen, und ich konnte mich nicht dagegen wehren. Ich liebte sie immer noch. Zwei Jahre waren wir verheiratet gewesen und nun seit sechs Monaten geschieden, aber sie beherrschte nach wie vor meine Gedanken. Ich glaubte, daß auch sie noch etwas für mich empfand. Das hoffte ich zumindest. Aber sie lebte jetzt ihr eigenes Leben, und wenn jemand daran Anstoß nahm, war das sein Problem. Sie war ein Callgirl, weil sie das Einkommen, die Macht und die Freiheit schätzte, die ihr dieser Beruf verschaffte.

Eigentlich war nicht sie diejenige, die damit Probleme hatte, sondern ich.

»Loni?«

»Ja?«

»Ich komme bald wieder nach New York zurück, und ich...«

»Meine Güte, ich habe ganz vergessen, dich zu fragen, wo du steckst.«

»In Washington. Du würdest deinen Augen nicht trauen, wenn du das Hotel sehen könntest.«

»Ist der berühmte Harker etwa in einer Absteige gelandet?«

»So ist es. Aber es gibt einen guten Grund dafür.«

»Wie immer.«

Ich grinste. Normalerweise war ich mit den Recherchen für eine Story so beschäftigt, daß ich um mich herum nichts mehr wahrnahm – ich wollte nur noch die Wahrheit herausfinden. Bevor ich Loni kennengelernt hatte, war mir alles egal gewesen. Ich hatte nur für meinen Beruf gelebt und immer nur Reporter sein wollen. Seit es Loni in meinem Leben gab, dachte ich auch über andere Dinge nach.

»Ich würde dich gern anrufen, wenn ich zurück bin. Ist das in Ordnung, ich meine...«

»Ja«, erwiderte sie einfach. Ihre Stimme klang entspannt.

Ich atmete tief aus und lehnte mich auf der ausgeleierten Matratze zurück. Es kam mir wie eine Ewigkeit vor, daß ich mich so gelöst gefühlt hatte.

»Versuch jetzt zu schlafen, Harker.«

»Ja. Du auch. Und paß auf dich auf.«

»Ja.« Sie legte auf.

Ich preßte den Hörer an mein Ohr. »Ich liebe dich, Baby«, flüsterte ich.

Dann legte ich den Hörer auf die Gabel und ließ mich wieder auf das Bett fallen. Kurz darauf schlief ich ein.

17

Harriet Rita Good trug eine Brille mit rosa getönten Gläsern. Die Fassung war aus dünnem silberfarbenem Metall und bildete einen scharfen Kontrast zu ihrem schwarzen Haar. Sie war Jüdin und in einem Alter, in dem man plant, noch drei Jahre lang neunundzwanzig zu bleiben. Ihr weißblaues Sommerkleid hatte kurze Ärmel und stand am Hals so weit offen, daß ich und der Rest der Welt sehen konnten, daß es mit ihrem Busen nicht weit her war. Ihre nackten Beine – Gott sei Dank sorgfältig rasiert – waren allerdings nicht zu verachten. Sie war eigentlich recht hübsch – nicht gerade umwerfend, aber ganz nett anzusehen. Anscheinend bemühte sie sich wirklich, etwas aus sich zu machen. Leider hatte sie die Angewohnheit, den Mund immer leicht zu öffnen. Man hatte ständig den Eindruck, daß sie etwas sagen wollte, aber vergessen hatte, worum es ging.

Wir saßen in ihrem Wagen, den sie einige Blocks entfernt vom Nationalen Archiv geparkt hatte, in dem sie arbeitete. Sie gehörte zu den Leuten, die mir Edmund Peltz empfohlen hatte. Es war 9.30 Uhr morgens, und sie war die erste, mit der ich mich an diesem Tag verabredet hatte.

»Das können Sie behalten«, erklärte sie. Ihre Stimme klang leicht nasal. »Ich habe heute morgen eine Kopie für Sie gemacht. Gegen acht Uhr war noch niemand da, der mir dumme Fragen hätte stellen können. Ich habe einfach gesagt, ich müßte meinen Wagen in die Werkstatt bringen.«

»Sehr schlau.« Ich schenkte ihr das berühmte Harker-Lächeln.

Sie hatte mir eine Liste kopiert, auf der die verschwundenen Beweise im Fall Havilland aufgeführt waren.

»Wer weiß sonst noch davon?« fragte ich.

Sie zuckte mit den Schultern. »Nicht viele. Ein oder zwei Mitglieder des Kongresses, ein paar Pathologen, die sich für die Autopsie interessierten. Diese Aufstellung wurde nie veröffentlicht. Mein Onkel weiß das.« Harriet Goods Onkel war Edmund Peltz, aber beiden schien daran gelegen, daß davon niemand etwas wußte. Harriet arbeitete als Forscherin im Nationalen Archiv.

»Diese Dinge wurden dem Archiv nach dem Anschlag übermittelt.« Sie tippte mit einem rosalackierten Fingernagel auf die Liste. »Damals arbeitete ich noch nicht hier, aber ich habe später herausgefunden, daß sie einfach verschwunden sind. Und zwar unmittelbar, nachdem der Ausschuß seine Untersuchungen abgeschlossen hatte.«

Die Aufstellung war wirklich interessant. Zu den vermißten Dingen gehörten Victor Havillands Gehirn, das blutverschmierte Hemd, der Mantel und die Krawatte, eine Kopie seiner Reiseroute und persönliche Korrespondenz, die er an diesem Tag bei sich gehabt hatte. Außerdem fehlten die Bilder von den Einschuß- und Austrittswunden der Kugeln sowie die konträren Autopsieberichte.

Harriet Rita Good lehnte sich zu mir herüber. Ihr Parfüm roch nach Rosen und Zitronen. Sie berührte leicht meine Hand, als sie sich über die Liste beugte.

»Die meisten dieser Dinge waren bereits verschwunden, als ich hier zu arbeiten anfing. Einige gingen erst später verloren, aber alle sind aufgelistet. Das ist Vorschrift. Wer immer die Sachen verschwinden ließ, konnte nicht alle Aufstellungen beseitigen.« Sie lächelte triumphierend.

Ich erwiderte ihr Lächeln. Warum auch nicht? Irgend jemand hat einmal gesagt, ein Lächeln kann Schirm und Schutz sein.

»Verraten Sie mir etwas, Harriet. Warum ist es so schwer, Zugang zu diesen Unterlagen zu bekommen?«

Sie schürzte die Lippen, drehte sich auf dem Sitz zu mir herüber, soweit sie konnte und klatschte einmal in die Hände. Zeit für eine kleine Rede.

»In dieser Stadt kommt es nur darauf an, wen man kennt. Hier geht es nur um Macht und sonst nichts, das können Sie mir glauben. Auf jeden Mann kommen vier Frauen, und das ist nicht besonders witzig. In der ganzen Stadt regiert das Verbrechen. Der Anschlag auf Havilland kam mir schon immer komisch vor. Wissen Sie, daß etwa achtzig Leute, die mit dem Attentat etwas zu tun hatten, getötet wurden?«

»Wie sind diese Leute gestorben?«

Sie beugte sich so weit vor, daß ich ihre flache Brust sehen und den Duft ihres Parfüms wahrnehmen konnte. »Nun, bei einigen sah es nach Zufall aus, bei anderen weniger. Manchmal ist bei uns nicht so viel zu tun – das gibt mir Gelegenheit, mich ein wenig umzusehen. Und viel zu lesen. Lesen Sie auch gern?«

»Natürlich.«

»Was lesen Sie denn so?«

»Eigentlich alles. Von Männermagazinen bis zum Kongreßprotokoll.«

Sie lehnte sich zurück und winkte verächtlich ab. »Mit dem Kongreßprotokoll würde ich nicht einmal den Boden meines Vogelkäfigs auslegen. Ich lese auch sehr viel. Auch Ihre Artikel. Sie sind wirklich sehr gut. Es freut mich, Sie kennenzulernen, nachdem ich all die Jahre Ihre Berichte verfolgt habe.« Sie lächelte und sah plötzlich viel jünger aus.

»All die Jahre? Was soll das heißen? Immerhin bin ich erst dreiunddreißig.«

Sie zuckte mit den Schultern, dachte aber nicht daran, mir ihr Alter zu verraten. Ich fragte nicht nach – sollte sie ruhig noch einige Jahren neunundzwanzig bleiben. »Diese Unterlagen kann ich wohl nicht behalten?« fragte ich und wedelte mit einigen Papieren vor ihrer Nase herum.

Sofort wurde sie ernst. »Großer Gott, nein! Sie würden mir die Daumen abschneiden, wenn sie wüßten, daß ich sie mitgenommen habe. Machen Sie sich Notizen oder sprechen Sie alles auf Band. Auf jeden Fall muß ich die Papiere zurückbringen.« Sie hob die Augenbrauen und lächelte schwach, als wollte sie mich um Verständnis bitten. Dann legte sie ihre Hand auf meine – sie fühlte sich kühl an.

»Alles klar, Harriet Rita Good.« Ich stupste sie leicht mit der Faust am Kinn, wie James Cagney es zu tun pflegte. Offensichtlich gefiel ihr das.

Dann begann ich eilig, mir Notizen zu machen.

In den Unterlagen waren viele interessante Informationen – bis viertel nach zehn kritzelte ich wie wild. Meine Finger schmerzten, und meine Unterhose war wieder verrutscht. Das passierte mir immer, wenn es heiß war und ich in unbequemer Haltung in einem Auto saß – ich haßte es, wenn meine empfindlichsten Teile zusammengedrückt wurden.

Aber immerhin konnte ich mir einige wesentliche Fakten notieren.

Mindestens dreißig Zeugen hatten vor der Kommission ausgesagt, daß die Schüsse, die sie gehört, oder das Mündungsfeuer, das sie gesehen hatten, nicht von einem Schützen stammen konnte, der sich hinter Victor Evan Havilland befunden hatte. Perry Joseph hatte Havilland aber angeblich von hinten erschossen.

Etliche Leute hatten bestätigt, daß Perry Joseph, der unehrenhaft aus der Armee entlassen worden war, ein schlechter Schütze war. Die Schüsse, die an diesem Tag in New Orleans auf Havilland abgefeuert worden waren, wurden allerdings präzise plaziert. Havilland hatte sich in einer langen Wagenkolonne in einiger Entfernung befunden, und Perry Joseph hatte die tödlichen Schüsse angeblich mit einem Gewehr aus einem gemieteten Apartment heraus abgegeben.

Es gab auch Beweise, daß Havillands Route dreißig Minuten vor der Abfahrt noch einmal geändert worden war – nur dadurch kam er direkt an dem Fenster vorbei, hinter dem Perry Joseph wartete.

Dann gab es noch etliche Zeugenaussagen, nach denen Perry Joseph sich in Mexiko, Kuba, Rußland, Frankreich, Santo Domingo und einigen Ländern der Vereinigten Staaten aufgehalten hatte – und das alles zur gleichen Zeit. Wie konnte ein Mann allein das schaffen? Es bestand anscheinend die Möglichkeit, daß es nicht nur einen Perry Joseph gegeben hatte. Das war wirklich interessant.

Noch interessanter war allerdings die Tatsache, daß all diese Informationen, die ich jetzt notierte, in dem zwanzig Bände umfassenden Bericht der Kommission, der sich auf Zeugenaussagen und Interviews mit über zwanzigtausend Menschen stützte, nicht auftauchten. Diese Untersuchungsergebnisse waren der amerikanischen Bevölkerung alle vorenthalten worden. Anscheinend hatte sich die Kommission ganz auf die Berichterstattung von CIA und FBI verlassen. Was also war mit diesen Beweisen geschehen? Nichts. Sie waren einfach ignoriert worden.

Als ich endlich fertig war, sah ich Harriet Good an. »Danke.«

Sie lächelte. »Wofür? Ich habe ja noch nichts getan.« Ihr Lächeln wurde vertraulicher. »Sie arbeiten wirklich hart. Die ganze Zeit haben Sie nur geschrieben und keine Pause eingelegt. Kein Wunder, daß Sie schon einige Preise gewonnen haben.«

Ja, ja. Ich gewann Preise und verlor Frauen. Ich drückte Harriets Hand. »Sie sind wundervoll, Harriet. Ich kann Ihnen nicht genug danken.«

»Wenn ich noch irgend etwas für Sie tun kann...« Sie ließ meine Hand nicht los.

»Wer weiß? Aber ich möchte Ihnen keine Umstände machen.«

»Kein Problem. Sie machen mir kein Umstände. Sie sind hier ziemlich berühmt.« Sie sah mich mit großen Augen so bewundernd an, als wäre ich ein zweiter Robert Redford.

»Nun, falls sich noch etwas ergeben sollte...«, sagte ich.

»Ich gebe Ihnen meine Privatnummer. Rufen Sie mich einfach an.« Sie streckte die Hand nach meinem Kugelschreiber und dem Notizblock aus. Warum eigentlich nicht? Sie war ganz in Ordnung. Außerdem – warum sollte ich ihre Gefühle verletzen? Ich reichte ihr den Stift und den Block, und sie malte sorgfältig ihre Telefonnummer darauf. Schließlich leben wir alle von der Hoffnung.

18

»Hat Mrs. Evans selbst nach mir gefragt, oder waren es nur Patsy, Maxine und Laverne?« Damit meinte ich Julius Ramey, den Chefredakteur, Jack Sommers, den Geschäftsführer und Ruben Weiner, den leitenden Lokalredakteur. »Wer war es?«

»Alle drei«, betonte Mrs. Karakas.

Das bedeutete Druck von oben. Jemand bearbeitete die Redaktion, und die gab den Druck an mich weiter.

»Wie hörten sie sich an, als sie nach mir fragten? Nervös, verärgert oder gut gelaunt?«

»Gut gelaunt sicher nicht. Die anderen beiden hatten sich

unter Kontrolle, aber Rameys Stimme klang ziemlich aufgeregt. Ständig schicken sie mir jemanden vorbei oder lassen ihre Sekretärinnen anrufen. Wenn sie Ihren Namen erwähnen, hört es sich so an, als hätten sie Angst vor Lepra oder einem Flugzeugabsturz.«

Ich grinste und spielte mit meinem Kugelschreiber herum. Trotman hatte recht. Das Spiel hatte begonnen, und einige Leute waren anscheinend ganz heiß auf mich.

»Sagen Sie jedem, der sich nach mir erkundigt, daß ich zurückkomme, wenn ich soweit bin.« Falls ich es jemals bis New York schaffen würde.

»Das wird ihnen sicher gefallen.«

»Die können mich alle mal. Jetzt schießen Sie los. Hat jemand für mich angerufen?«

»Ja. Ich hätte es beinahe vergessen. Patrick Maxian wollte Sie sprechen. Er hat sich erkundigt, wann Sie wieder im Büro sind.« Mrs. Karakas klang beeindruckt – aber nur ein wenig.

»Patrick Maxian?«

»Genau der.«

Patrick Maxian. Ich nannte ihn Mr. Textil. Er gab in einem Jahr mehr Geld für Klamotten aus als einige Länder für Lebensmittel und Flugzeuge zusammen. Patrick Maxian war der reichste und brillanteste Mitarbeiter in Mrs. Evans Rechtsabteilung. Ein hochbezahlter Wachhund, der auf das Vermögen der großen Dame aufpaßte. In den letzten Jahren hatte er das zweifelhafte Vergnügen gehabt, meine Geschichten auf Beleidigungen oder andere Bemerkungen abzuklopfen, die einen Prozeß nach sich ziehen konnten. Einige Male hatte er vorgeschlagen, diesen oder jenen Absatz zu streichen. Ich hatte mich dann lauthals gewehrt, und Patrick Maxian hatte mir mit der ölglatten Stimme eines Verkäufers klar gemacht, daß Mrs. Evans Geld und nicht mein eigenes auf dem Spiel stand, wenn es zu einer Gerichtsverhandlung kommen sollte. Alles, was ich vor Gericht tun konnte, war, mit der Bibel in der Hand den Blick himmelwärts zu richten.

Ich mochte seine Logik nicht, mußte mich damit aber abfinden.

Der Mann sprach, als wären er und Gott gute Freunde. In einer anderen Ära wäre er wohl ein Kirchenfürst gewesen. Manchmal fragte ich mich, ob er nicht heimlich eine rote Kardinalsrobe in seinem Schrank aufbewahrte. Und einen Hüfthalter.

Patrick Maxian war weiß, reich und hatte gute Beziehungen. Er war aalglatt und glaubte fest daran, daß er jeden von allem überzeugen konnte. Meistens gelang ihm das auch. Eigentlich gab es keinen Grund, ihn nicht zu mögen, deshalb hatte ich beschlossen, ihn ohne Grund zu verabscheuen.

»Sagen Sie Maxian das gleiche wie den anderen. Es ist mir egal, ob er mit einigen Senatoren Bridge spielt oder jeden dritten Tag nach Hawaii fliegt, um sich seine Bräune zu erhalten.«

»In Ordnung. Ich habe noch einige andere Nachrichten für Sie.«

»Schießen Sie los.«

»Regis Cooler hat angerufen. Seine Nummer haben Sie ja. Außerdem Malcolm Mullen und ein Juan Gomez.«

Ich hörte auf zu schreiben. »Juan Gomez? Ich kenne keinen... Warten Sie. Hey, das kann nur bedeuten...«

»Was ist los?« Mrs. Karakas klang, als wäre sie entschlossen, mir auf der Stelle eine Mund-zu-Mund-Beatmung zu verpassen.

»Nichts.« Ich schlug mit der Faust gegen die Wand vor mir. Juan Gomez. Das konnte nur Walter Fragan sein.

»Hat Gomez eine Nummer hinterlassen?«

»Nein. Er sagte, er würde wieder anrufen. Eigentlich klang er nicht wie ein Spanier. Ist er...«

»Fragen Sie nicht. Wenn er wieder anruft, soll er eine Nummer hinterlassen, unter der ich ihn erreichen kann. Er weiß dann schon Bescheid.«

19

Als ich Regis Cooler anrief, traute ich kaum meinen Ohren. »Verdammt, Regis, du willst mich wohl verschaukeln«, schrie ich. Er hatte mir gerade mitgeteilt, daß Thomas Merle DeBlase mich sehen wollte.

Ich schloß fest die Augen und riß sie dann wieder auf, aber es hatte sich nichts geändert. Ich stand immer noch in der feuchtheißen Telefonzelle. Auf einer kleinen braunen Ablage aus Blech vor mir lagen meine Kreditkarten und Notizbücher. Wenn ich mich umdrehte und streckte, konnte ich einen Blick auf das Washington Monument werfen, das aussah wie ein langer grauer Finger, der direkt auf Gott zeigte.

»So lautet die Botschaft. Wie im Evangelium.« Regis Cooler war einer der New Yorker, die sich supercool benahmen. Das bedeutete, er bevorzugte den knappen Stil der Hip-Magazine – seine Ausdrucksweise klang wie eine Mischung aus der Sprache eines schlechten Modereporters, eines schwarzen Zuhälters aus der Eighth Avenue und eines schwachsinnigen Rockstars. Wenn es irgendeine abgedroschene Phrase gab, die im Augenblick kursierte, hatte Regis sie auf Lager, um sie jederzeit einsetzen zu können. Er war zweiundvierzig und bemühte sich sehr, jünger zu wirken.

»Regis, haben wir vielleicht eine schlechte Verbindung?«

»Harker, Baby, alles ist prima, mein Freund. Der große reiche Mann gewährt dir eine Audienz, mein Süßer. Mich überrascht es auch. Die ganze Zeit ließ er mich in dem Glauben, du wärst nicht mehr wert als ein Haufen Hundescheiße.«

»Du kannst mich mal.«

»Haben wir dafür genug Zeit?« fragte er betont gelangweilt.

»Hör auf mit diesem Mist, Regis. Wann will DeBlase mich sehen?« Ich zwang mich, gründlich nachzudenken. DeBlase hatte versucht, mir das Licht auszublasen. Und jetzt wollte er mich sprechen. Meine Güte.

»Gestern, mein Freund. Der Mann hat seinen eigenen

Kopf, glaub mir. Anscheinend hält er ein Gespräch mit dir für äußerst wichtig. Er wollte wissen, wo er dich erreichen kann.«

Er wollte also wissen, wo er mich erreichen konnte. Dieser verdammte Mistkerl. Erst versuchte er, mich in einem Getreidefeld in den Boden zu stampfen, und jetzt wollte er wohl, daß ich zu ihm kam und mich freiwillig vor eine seiner Dampfwalzen warf.

Trotzdem war die Einladung verlockend – so aufregend wie Fallschirmspringen. Jetzt wußte ich, wie eine Motte sich fühlte, die auf ein Feuer zuflog. Dein Verstand sagt dir, du solltest es nicht tun, aber du willst es trotzdem. Ich dachte an Loni – ja, dieses Gefühl kannte ich.

»Hat er gesagt, warum er mich sehen will?«

»Nein. Betrachte es als Ehre, mein Lieber. Es haben sich schon viele angemeldet, aber alle wurden abgewiesen.« Er lachte mit geschlossenem Mund in sich hinein. »Harker? Harker, mein Freund, bist du noch dran?« fragte er dann. Der blasierte Tonfall in seiner Stimme weckte in mir den Wunsch, ihm kräftig eine aufs Maul zu hauen. Er tat so, als wäre ich überwältigt von dem Gedanken, Thomas Merle DeBlase persönlich zu treffen. Das war auch so, aber ich konnte es nicht leiden, daran erinnert zu werden.

Endlich fand ich meine Stimme wieder. »Wo soll das Treffen stattfinden?«

»In Washington, mein Lieber. D. C., natürlich. Er wird dann verreisen – wahrscheinlich, um sich mit einigen mächtigen Männern der Welt zu treffen. Diese Reise ist *top secret*, Jack. Keiner der Normalsterblichen weiß genau, wohin er fährt.«

O doch, einer von uns schon, dachte ich.

Das war wirklich eine Herausforderung. Wenn ich jetzt abhaute und mich versteckte, könnte ich vielleicht überleben. Ich müßte nur etwas über ihn schreiben, und der alte Mistkerl würde klein beigeben müssen. Andererseits hatte ich die Chance, etwas zu tun, was seit fünfunddreißig Jahren keinem Reporter gelungen war – ich konnte mit Thomas Merle DeBlase persönlich sprechen. Natürlich konnte es sich auch um eine Falle handeln. Vielleicht machte ich mir nur selbst etwas vor, wie es manchmal meine Gewohnheit war. Die Gelegenheit war einfach zu gut, um sie nicht wahrzunehmen. Meine Neugier als Reporter war geweckt. Wenn ich mich mit ihm an einem Ort in der Öffentlichkeit verabreden könnte...

Ich atmete tief durch. »Heute abend?«

»Ja. Klar. Gib mir deine Nummer, damit wir dich zurückrufen können.«

»Nein. Sprich mit DeBlase oder seinen Leuten. Frag sie, welchen Flugplatz er benützt. Sag DeBlase, wir treffen uns auf dem Flugplatz. Verstehst du? Und sag ihm, ich werde nicht allein sein.« Das sagte Harker, der Mann, der über einer Betonfläche an einem dünnen Seil hing und zuhörte, wie die Menge unter ihm schrie: Spring endlich, du Idiot!«

»Harker, bist du verrückt geworden?« Regis Coolers Stimme klang unnatürlich hoch.

»Nein, Regis. Ich werde mich wieder melden, und dann...«

»Warte einen Moment. Ich werde sehen, was ich tun kann. Am Flughafen? Du bist wirklich ein irrer Typ, weißt du das?«

Ich lehnte mich gegen die Rückwand der Telefonzelle. Thomas Merle DeBlase wollte mich sprechen. Das war unglaublich. Und Harley würde eventuell auch da sein. Mein Magen fing an zu rebellieren. Ich fragte mich, ob der Beruf eines Reporters wirklich bedeutete, daß man in einen Löwenkäfig steigen und der Bestie einen Tritt versetzen mußte.

Regis Cooler meldete sich kurz darauf wieder. »Okay, heute abend. Neun Uhr. In Dulles. Frag an der Information nach Voltaire. Mr. Voltaire.«

Ich hielt den Atem an. Die Hand, in der ich den Kugelschreiber hielt, fing an zu zittern und meine Augen wurden feucht. Ich fühlte mich, als hätte ich eine dieser mysteriösen Substanzen intus, die man im Gefängnis von der Polizei verabreicht bekam. Allerdings hatte ich in meinem ganzen Leben noch keine Drogen angerührt. Was mich so aus der

Bahn warf, war die Tatsache, daß ich den Mann treffen würde, der höchstwahrscheinlich das Verbrechen des Jahrhunderts eingefädelt hatte. Harker und Voltaire würden sich von Angesicht zu Angesicht gegenüberstehen.

»Harker?«

»Ja, ja. Ich bin noch dran. Heute abend. Dulles. An der Information. Voltaire.«

»Meine Güte, du klingst wie ein Geistesgestörter.«

»Wir hören uns wieder, Regis.« Ich legte rasch auf. Dann spazierte ich eine gute Stunde ziellos durch die Gegend, bis ich mich mit dem Gedanken an mein abendliches Rendezvous angefreundet hatte.

20

Malcolm Mullen war offensichtlich in Eile. Alle dreißig Sekunden unterbrach er mich und warf hastig eine Bemerkung ein. Der alte Soldat wollte nicht zu spät zu dem Kriegsspiel kommen. Anscheinend packte er gerade. Das Kriegsspiel – und das Treffen von DeBlase und Harley mit den Sicherheitschefs – fing erst in vier Tagen an, aber Malcolm Mullen konnte es kaum erwarten, seine alten Kameraden wiederzusehen. Er wollte jetzt schon losfahren und gab mir am Telefon gerade so viel Zeit, wie ich normalerweise brauchte, um mir die Nase zu putzen. Rasch schrieb ich mir die acht Namen auf, die er herunterrasselte. Es waren die Namen von Harleys Sicherheitschefs.

Gaylord Ran Harleys Leute schienen alle von der schüchternen Sorte zu sein. Sie würden sich sicher nicht neben dem Swimmingpool fotografieren lassen, um Frau und Kinder zu Hause zu beeindrucken. Sie gaben den Eindruck von einfachen Geschäftsleuten, die sich in Vegas in die Sonne legten, eine Runde Golf spielten, ein kleines Spiel wagten und sich vielleicht für eine Nacht mit einer Tänzerin trafen, die ihr Einkommen als Edelnutte aufbesserte. Und inmitten dieses Vergnügens in der Wüste würde sicher jemand fragen: »Gibt's etwas zu besprechen?« Gaylord Ran Harley und seine Freunde könnten dann sicher ein Thema zur Sprache bringen, das bereits zehn Jahre zurücklag.

Wenn es dann um aktuellere Dinge ging, würde zweifellos das Gespräch auf ein Foto kommen, das vor zwei Wochen geschossen worden war. Eine grobkörnige Aufnahme von einem Angestellten einer Bücherei in Indiana und einem Reporter aus New York.

Ich hatte mir natürlich überlegt, ob es einen Sinn hatte, mich von den Bullen beschützen zu lassen. Aber was sollte ich ihnen sagen? Wer sollte verhaftet werden? Und aus welchem Grund? Ich wollte eine Story schreiben, die mich am Leben erhielt und auch mein Bedürfnis an Wahrheit, Ruhm und Geld befriedigte.

Ich hatte schon einiges in der Hand, was DeBlase, den CIA und die Havilland-Story betraf. Aber ich brauchte noch mehr Beweismaterial. Ich brauchte Unterlagen von Augenzeugen, die gesehen hatten, was wirklich passiert war. Einige Leute in der Firma hatten sich offensichtlich jahrelang an der Macht berauscht, und Victor Havilland hätte sicher dafür gesorgt, daß sie wieder nüchtern geworden wären.

Außerdem gab es da einen CIA-Agenten mit großen Händen, der mehr wußte, als er zugeben wollte. Er wußte, daß einige seiner Mitarbeiter ihre Aufgabe manchmal zu ernst nahmen. Und dann war da noch die Untersuchung des Attentats. Sie war schlampig ausgeführt worden und ließ eine Menge ungeklärter Fragen offen. Beweismaterial war verschwunden, Berichte geheimgehalten worden, und die Regierung hatte das alles unverständlicherweise ignoriert.

Victor Evan Havilland, ein Mitglied der geheimen Kommission, die dem CIA Informationen über verdeckte Operationen gegeben hatte, hatte sich sein eigenes Grab geschaufelt. Selbst wenn ich belegen könnte, daß er einer solchen Kommission angehört hatte, hätte ich noch gewaltige Schwierigkeiten, um beweisen zu können, was ich bisher ausgegraben hatte.

Es wurde Zeit, mit diesen Grübeleien aufzuhören – ich hatte eine Menge zu tun. Unter anderem wartete ich darauf, daß Trotman sich wieder mit mir in Verbindung setzte. Ich wollte die acht Namen mit ihm abklären. Mein Instinkt sagte mir, daß sie alle auf irgendeine Weise mit Gaylord Ran Harley in Verbindung standen. Aber ich wollte ganz sichergehen. Hatten diese Männer mit Harley zusammengearbeitet? Wenn ja, wann?

Nur Trotman konnte mir in dieser Sache weiterhelfen. Wer konnte schon sagen, auf wen Gaylord Ran Harley seinen Einfluß ausübte? Auf jeden Fall hatte er Mitarbeiter in der Firma, die Fotos für ihn entwickeln ließen und ihn mit Namen und Adressen versorgten. Wer wußte schon, warum sie Gaylord halfen? Vielleicht log er ihnen etwas vor. Möglicherweise wurden sie bestochen, arbeiteten um der alten Zeiten willen für Gaylord oder weil er Bibeln an der Haustür verkaufte und dabei Unterstützung brauchte. Eines war sicher: er hatte Freunde in den höchsten Kreisen.

Also mußte ich mich auf Trotman verlassen. Egal, was der wuchtige Mann vorhatte – er würde keinesfalls zu Gaylord laufen.

21

Meine Unterhaltung mit Lanford Greeve Paugh begann damit, daß ich seinen Nachnamen falsch aussprach. Er berichtigte mich mit dem Charme der Südstaatler. Seine tiefe Stimme war so beeindruckend, daß er damit jederzeit glaubhaft den Untergang der Welt hätte verkünden können.

»Poe«, sagte er. »Poe, wie bei Edgar Allan Poe.« Seine Stimme klang freundlich, ein wenig müde und verriet den typischen Kentucky-Akzent.

Er hörte sich so gut an, daß ich mir am liebsten irgendeine Geschichte von ihm hätte erzählen lassen. Vor sechs Jahren war er aus der Politik ausgestiegen, aber jeder nannte ihn immer noch Senator Lanford Greeve Paugh. Nachdem ich diese faszinierende Stimme gehört hatte, konnte ich das verstehen.

»Ich hoffe, Sie haben nichts dagegen, wenn ich mir während unseres Telefonats einen kleinen Drink gönne, Mr. Harker«, sagte er. »Selbst in der Bibel steht schon geschrieben, daß man nichts verschwenden soll. Ich bin sicher, daß Sie das verstehen.«

Ich grinste. »Natürlich, Senator.«

»Großartig! Peltz liegt anscheinend völlig richtig – zu Ihnen kann man Vertrauen haben. Ich lese hin und wieder Ihre Artikel – Sie sind ein sehr interessanter junger Mann. Washington scheint genau der richtige Ort zu sein, an dem Sie sich verwirklichen können.« Seine Baßstimme vibrierte angenehm an meinem Ohr. Aber Lanford Greeve Paugh hatte noch mehr zu bieten als seine umwerfende Stimme. Er war kein Speichellecker, kein Politiker des Südens, der ständig die Bibel zitierte. Er war intelligent und zeigte soviel Rechtschaffenheit, wie die Politik es zuließ. Vielleicht war er nicht so, wie sich die Kirche das wünschen würde, aber meiner Meinung nach war er den anderen Kongreßmitgliedern um einiges voraus.

»Ich hoffe, das war ein Kompliment, Senator.« Ich war mir da nicht so sicher.

»Aber ja.« Er lachte leise. Mit seinem Drink in der Hand fühlte er sich offensichtlich sehr wohl. Lanford Greeve Paugh lebte jetzt in Lexington, Kentucky und arbeitete dort als Anwalt. Hin und wieder lehrte er an der staatlichen Universität. Peltz hatte mir erzählt, daß seine Kurse immer ausgebucht waren. Das konnte ich gut verstehen. Jeder, der ihn einmal sprechen gehört hatte, mußte einfach begeistert sein. Paughs Stimme verschaffte ihm Freunde, konnte Leute beeinflussen und faszinierte alle.

Ich wollte mit ihm darüber sprechen, was sich ereignet hatte, während er Mitglied des Untersuchungsausschusses im Fall Havilland gewesen war.

Am anderen Ende hörte ich ein Geräusch, das klang, als ob jemand einen Baseball verschlucken würde. Wenn ich je daran gezweifelt hatte, daß der Senator ein guter Denker und Trinker war, änderte ich jetzt meine Meinung.

»Mr. Harker, Peltz hat mir erzählt, daß Sie sich für das Attentat auf Havilland interessieren.« Ein leichter Unterton in seiner Stimme ließ mich wissen, daß er sich fragte, warum. Er wollte den Grund wissen, aber ich war nicht bereit, ihm darüber Auskunft zu geben. Obwohl es mir nicht leichtfiel, ihm nichts darüber zu sagen.

»Ja, das stimmt, Senator. Es geht nur um unbestimmte Vermutungen.«

»Ich verstehe.« Er lachte in sich hinein. Dieser Mann war es gewohnt, Geheimnisse zu bewahren.

»Senator, waren Sie von Anfang an als Mitglied der Kommission vorgesehen?«

»Aber ja, Sir. Ich war einer der ersten, die man dafür auswählte. Sie wollten einen guten Durchschnitt haben – was immer das auch bedeuten mag. Und sie verschwendeten keine Zeit, uns aus dem Norden und Süden herbeizuholen. Havillands Leiche war noch warm, als man uns sagte, daß die Sache so schnell wie möglich über die Bühne gehen müßte.«

»Das hat man Ihnen gesagt?«

»Ja. Sie sagten, wir sollten uns beeilen und uns einig werden. Der Bericht sollte möglichst noch am gleichen Tag fertiggestellt sein.« Die kurze Pause sagte mir, daß er wieder einen Schluck aus seinem Glas nahm.

»Wer hatte es denn so eilig?«

»Was denken Sie denn? Vizepräsident Byron Graham Wilcox natürlich. Er trat prompt Havillands Nachfolge an und rannte schneller los als seine Rennpferde, die er in Texas züchtet.« Paugh war anscheinend mehr an der Vergangenheit als an der Gegenwart interessiert. Das war wohl bei Menschen über siebzig normal.

»Wilcox?« fragte ich.

»Jawohl. Der Mann aus Texas. Der Kerl, der im Oval Office die Stiefel auf den Tisch legt und vor dem Weißen Haus sein Pferd anbindet.«

Lanford Paugh sprach zugleich wohlwollend und zynisch über den Texaner, der dazu gezwungen worden war, seine eigenen Ambitionen zurückzustellen und die Entscheidung der Partei zu akzeptieren, einen anderen Präsidentschaftskandidaten aufzustellen.

Ich sah von meinem Notizblock auf und kaute einige Sekunden an meinem Kugelschreiber. »Hat sich jemand im Komitee darüber beschwert, daß er so gedrängt wurde?«

»Ach, du meine Güte! Das taten wir alle, aber es hatte keinen Zweck. Wir hatten nicht einmal einige Leute, die die Untersuchung durchführten, sondern mußten uns damit zufriedengeben, was FBI und CIA für uns ausgruben. Natürlich gaben sie nur die Informationen an uns weiter, die sie uns zudachten.«

»Sie machen wohl Scherze.«

»Mein Sohn, ich bin dreiundsiebzig. In diesem Alter hat man keine Zeit mehr für Scherze. Das FBI, der CIA und die Polizei von New Orleans haben uns Geschichten aufgetischt, die Sisson und ich einfach nicht glauben konnten.«

»Sisson?«

»Verdammt, mein Junge, wie alt sind Sie eigentlich? Ich spreche von Riley Sisson. Dem Senator von Georgia. Er saß mit mir im Komitee.«

»Ja, ja. Jetzt erinnere ich mich. Er starb bei einem Flugzeugabsturz, nicht wahr?«

Er schwieg eine Zeitlang. Als er antwortete, klang seine Stimme wie Donnergrollen. »Das stimmt. Senator Riley Sisson starb bei einem Flugzeugabsturz.«

Dieser Satz schrie geradezu danach, daß man zwischen den Zeilen las.

»Hören Sie, Senator, vielleicht bilde ich es mir nur ein, aber ich habe das Gefühl, daß Sie mir etwas verschweigen.«

Er ließ mich warten. Ich fragte mich, ob es an dem Drink lag, aber als er antwortete, hörte er sich genauso nüchtern an wie zu Beginn unseres Gesprächs.

»Hat Peltz Ihnen von Riley erzählt?« Seine tiefe Stimme klang jetzt sanft. »Wir waren gute Freunde. Er kam nur drei Jahre nach mir in den Kongreß. Wir konnten uns wirklich gut leiden – und wir wurden am gleichen Tag in das Komitee berufen.« Seine Stimme wurde leiser. Anscheinend hatten ihn die Erinnerungen überwältigt.

»Nein, Senator, Peltz hat mir kein Wort darüber verraten.« Ich hielt den Hörer fest an mein Ohr gepreßt. Plötzlich spürte ich, daß ich etwas Wichtiges zu hören bekommen würde.

»Riley wollte einen eigenen Report über den Anschlag herausbringen, und ich hatte vor, mich anzuschließen. Ihm gefiel es nicht, was CIA und FBI darüber berichtet hatten. Auch die Polizei von New Orleans brachte ihn gewaltig auf die Palme. Ja, ja, Riley war ein rühriger alter Gockel. Er erzählte mir einmal, daß er gern Präsident geworden wäre. Stellen Sie sich das vor – ein Bauerntölpel aus Georgia als Präsident! Und ich denke sogar, er hätte es schaffen können – so wahr mein Namen Lanford Greeve Paugh ist!«

»Was war mit dem Bericht, Sir? War er…?«

»Immer mit der Ruhe, mein Lieber. Riley Sisson war mein Freund. In meinem Alter hat man immer das Gefühl, daß die Freunde bereits darauf warten, daß man zu ihnen kommt.«

»Ich verstehe, Senator.«

»Nun, wir hatten nicht das Gefühl, daß man uns ständig etwas vormachte. Sicher hat man uns hin und wieder belogen, meistens aber unsere Fragen gar nicht erst beantwortet. Wir stellten dem CIA fünfzehn Fragen zu dem Mordanschlag und nur auf drei davon bekamen wir eine Antwort. Beim FBI war es die gleiche Geschichte. Und die Polizei von New Orleans erzählte uns auch nicht mehr.«

Ich schüttelte ungläubig den Kopf. »Wie konnte das nur so ablaufen, Senator? Es handelte sich schließlich nicht um einen Verkehrsunfall, sondern um die Ermordung des nominierten amerikanischen Präsidenten in New Orleans, kurz bevor er…«

»Ich weiß, ich weiß, mein Freund.« Seine Stimme klang jetzt wieder ganz tief. »Ihr jungen Leute versteht das nicht. Diese Sache liegt mehr als zehn Jahre zurück. Damals hat niemand den CIA oder das FBI in Frage gestellt. Verstehen Sie, was ich damit meine?«

Natürlich tat ich das – ich war weder taub noch blöd. Die amerikanische Presse hatte sich lange Zeit so feige verhalten, daß sich die Bevölkerung daran gewöhnt hatte. Nachdem sich herausgestellt hatte, daß man über Vietnam, Watergate und Kambodscha nur betrügerischen Mist geschrieben hatte, und FBI, CIA und IRS* tief in die Politik verstrickt waren, stellten sich die Leute endlich Fragen.

Wer hatte damals wen und warum gedeckt?

»Ich glaube, daß ich manche Dinge jetzt besser verstehe, Senator.«

»Dann gehörten Sie zu einigen wenigen, mein Sohn«, brummte er. »Leider ist es in Mode, daß man seine Meinung nicht frei äußern kann. Riley Sisson konnte sich damit nicht abfinden. Trotzdem wollte er nicht, daß sein Name unter einem Bericht über den Anschlag stand. Er glaubte nicht daran, was man uns erzählte, fühlte sich aber auf verlorenem Posten. Er fragte mich, ob ich mitmachen würde. Gott vergebe mir, daß ich es nicht getan habe.«

Er schwieg wieder, und mir wurde klar, daß das nicht an dem Drink lag.

»Senator? Rileys Unfall...«

»Ja. Ich erinnere mich gut daran. Ich sah mir gerade hier in der Nähe ein Footballspiel an, als mir jemand die Nachricht überbrachte, daß Riley mit einem Privatflieger abgestürzt war. Angeblich hatte er mit einem Freund – einem Gefängnisaufseher aus Texas – auf die Jagd gehen wollen. Die beiden und der Pilot starben, als das Flugzeug irgendwo in Texas abstürzte.«

Lanford Greeve Paughs Stimme klang, als hätte er Zweifel daran, daß Riley Sissons Tod ein Unfall gewesen war.

»Senator Paugh, ich habe das Gefühl, daß Sie...«

»Daß ich glaube, Riley Sissons Tod fand unter fragwürdigen Umständen statt? Lassen Sie mich es so formulieren: Ich möchte nicht mit einer weiteren Lüge vor den Herrn treten. Und jetzt entschuldigen Sie mich einen Moment – ich muß ein Glas auffüllen.« Er brauchte nicht lange dazu. Schon nach wenigen Sekunden war er wieder am Hörer.

»Hören Sie zu, mein Sohn. Schreiben Sie etwas von dem auf, was ich Ihnen erzähle?«

»Jede Silbe.«

* Abkürzung für Internal Revenue Service = US-amerikanische Behörde, svw. Steuer-, Finanzamt *Anm. d. Red.*

»Das ist gut. Es gibt eine ganze Menge Bücher über das Attentat, aber die meisten sind nur Quatsch. Den Leuten ging's nur darum, schnell Geld damit zu machen. Von Ihnen erwarte ich etwas mehr.«

Das gab mir ein gutes Gefühl. Ich hoffte nur, daß ich so lange leben würde, um seine Erwartungen erfüllen zu können.

»Lassen Sie mich Ihnen etwas sagen, mein Sohn: Riley Sisson haßte die Jagd.«

»Was?« Mir fiel beinahe der Kugelschreiber aus der Hand. Ich stand in einer Telefonzelle an einer Straßenecke, die glücklicherweise von den Vandalen bisher verschont geblieben war.

»Sie haben mich schon richtig verstanden. Riley hätte eher seine Frau erschossen als ein Tier. Er haßte die Jagd. Außerdem konnte er Privatflugzeuge nicht ausstehen. Er traute den Dingern nicht. Bevor er in so eine Maschine einstieg, mußte man ihn schon betrunken machen. Seine Frau kann Ihnen das bestätigen. Sie lebt in Virginia, Alexandria.«

»Also gab es keinen Bericht von ihm?«

»Nein.« Er seufzte. Anscheinend erinnerte er sich nicht gern daran. »Es gab keinen Bericht. Riley starb, und wir anderen ließen es zu, daß Wilcox, das FBI und der CIA uns wie Vieh zusammentrieben. Wir unterzeichneten alle den offiziellen Bericht über das Attentat und ließen ihn veröffentlichen«, erklärte er verbittert. Offensichtlich tat es ihm leid, daß er sich nicht dagegen gewehrt hatte. Riley Sisson hatte es getan – aber es hatte Konsequenzen für ihn gehabt.

»Hat Riley Ihnen verraten, mit wem er außerhalb des Komitees über die Sache gesprochen hat?«

»Nein. Leider nicht. Ich denke, als er sah, daß er in der Sache ein Einzelkämpfer war, traute er niemandem mehr – nicht einmal mir. Vielleicht weiß seine Frau etwas. Die hübsche kleine Delia. Ja, sie könnte etwas wissen.« Langford Paugh trank wieder einen Schluck und dachte nach. Der Alkohol schien seine Denkfähigkeit nicht zu beeinträchtigen. Wahrscheinlich war seine Leber stark genug, um durch einen Atomreaktor geschossen zu werden und unbeschädigt wieder aufzutauchen.

»Können Sie mir etwas über die Berichte von CIA und FBI über das Attentat sagen, Senator?«

»Verdammt wenig, mein Sohn. Verdammt wenig. Auf den Unterlagen sitzt jemand ganz fest, das ist sicher. Ich habe nur einige Gerüchte gehört. Eines davon lautete, daß Perry Joseph für das FBI gearbeitet haben soll. Eventuell auch für den CIA.«

»Das habe ich auch schon gehört.«

»Man sprach davon, aber niemand hat etwas unternommen. Als Riley Sisson es erwähnte, stieß er auf eine Mauer des Schweigens. Wir haben auch nie eine Antwort auf die Frage bekommen, ob es vielleicht nicht nur einen Perry Joseph gegeben hat.«

»Das verstehe ich nicht, Senator. Wie meinen Sie das?«

»Das würde erklären, daß er Informant für gewisse Leute war. Und so konnte er auch gleichzeitig überall sein. Das FBI und der CIA sind Spezialisten, wenn es darum geht, jemanden einzuschleusen. Warum sollten sie also den Namen Perry Joseph nicht des öfteren für einen ihren Männer verwenden, um ihn in diversen Organisationen unterzubringen? Der Perry Joseph, den wir überprüften, war so gefährlich wie ein Pappbecher. Trotzdem deutete das verfügbare – ich betone: das verfügbare – Beweismaterial darauf hin, daß dieser Waschlappen fähig gewesen sein soll, einen Präsidenten umzubringen. So ein Mist.« Er schwieg wieder. Entweder nahm er wieder einen Schluck oder dachte darüber nach, warum er vor zehn Jahren nicht den Mut aufgebracht hatte, seinen Zweifeln Ausdruck zu geben.

Ich kaute nachdenklich auf meinem Kugelschreiber herum. Der Perry Joseph, von dem wir alle sprachen, war ein achtundzwanzigjähriger Versager gewesen, den man unehrenhaft aus der Armee entlassen hatte und dem es danach nicht gelungen war, einen Job zu behalten. Seine Frau hatte ihn verlassen, und er hatte keine Freunde. In dem Bericht der Armee hieß es, er sei eine totale Niete, der weder schießen noch einen Jeep fahren könne. Anscheinend hatte er keine herausragenden Fähigkeiten gehabt. Aber er hatte einen Präsidenten getötet. Mit einem treffsicheren Schuß über einige Entfernung. Und dann war er praktischerweise bei einem Gefängnisausbruch in New Orleans gestorben.

»Verzeihen Sie, Senator, wissen Sie etwas über seine Fähigkeit im Umgang mit Schußwaffen? In dem Bericht der Armee steht, er hätte es kaum geschafft abzudrücken, aber an dem Tag in New Orleans hat er anscheinend einen Meisterschuß abgegeben.«

»Verdammt, das war auch etwas, was Riley sauer aufgestoßen ist. Ich weiß nicht, woher er die Information hatte, aber er erzählte mir, daß Perry Joseph Linkshänder war. Natürlich war das kein Geheimnis, aber wußten Sie, daß das Gewehr, mit dem Joseph angeblich geschossen hat, auf einen Rechtshänder ausgerichtet war?«

»Ich kann mich nicht erinnern, das in dem Bericht gelesen zu haben. Allerdings muß ich zugeben, daß ich nicht alle zwanzig Bände durchgesehen habe. Vielleicht ...«

»Das stand nicht in dem offiziellen Bericht«, erwiderte er so gelassen, als hätte ich ihn nach dem Wochentag gefragt.

»Sie meinen ...«

»Einige Dinge, die die Kommission herausgefunden hat, wurden in dem offiziellen Bericht nicht erwähnt.«

»Zum Beispiel?«

»Die Aussagen der Zeugen, die bestätigen, daß die Schüsse aus verschiedenen Richtungen kamen. Das haben immerhin dreißig Leute bezeugt, aber in dem Bericht wurde davon kein Wort erwähnt. Wußten Sie, daß Havillands Route nur dreißig Minuten vor seiner Abfahrt geändert wurde? Dreißig Minuten bevor er durch die Stadt fuhr, ordnete jemand eine andere Fahrtstrecke an. Und die führte ihn genau an dem Haus vorbei, wo Perry Joseph auf ihn wartete. Ist das nicht ein unglaublicher Zufall?« Er machte keinen Hehl daraus, daß er daran nicht glauben konnte.

»Ja, Sir. Das könnte eine Erklärung dafür sein, daß einiges Beweismaterial verschwunden ist. Havillands private Korrespondenz und sein Terminplan wurden nicht mehr gefunden. Vielleicht hat er sich Notizen darüber gemacht, wer die Veränderungen veranlaßt hat. Ja, so muß es gewesen sein!« Ich war so aufgeregt, daß ich beinahe ein Loch in die Tür der Telefonzelle getreten hätte. Meine Güte! Kein Wunder, daß jemand versuchte, Beweismaterial verschwinden zu lassen!

»Sie haben sich wohl im Nationalen Archiv umgehört, mein Sohn? Ja, ich habe davon gehört. Sogar sein Gehirn soll verschwunden sein. Verdammt, das wundert mich nicht! Eine Untersuchung seines Gehirns hätte bewiesen, daß er nicht nur durch einen Schuß von hinten durch den Hals getötet wurde. Das Gehirn hätte gezeigt, daß die dreißig Zeugen recht hatten, die beschworen, es seien auch Schüsse von vorne abgegeben worden. Die Aussagen dieser Zeugen wurden einfach ignoriert. Wissen Sie, daß einige Ärzte behaupten, Havilland wurde ein Teil der vorderen Schädelplatte weggerissen?«

»Ja, Sir. Aber keiner hat darüber gesprochen.«

»Das stimmt. Wenn sie das getan hätten, hätten sie zugeben müssen, daß es nicht nur die eine Kugel gab, die Havilland von hinten traf und seine Kehle durchschlug – und jemand verletzte, der vor ihm saß. Das würde bedeuten, daß mehrere Leute an dem Anschlag beteiligt waren. Und niemand war bereit, diese Theorie zu unterstützen. Ich wünschte, Sie könnten diesen Drink kosten. Verdammt gutes Zeug.« Er seufzte zufrieden.

»Das glaube ich Ihnen, Sir. Sie erwähnten, daß Zeugenaussagen ignoriert wurden.«

»Ja, Mr. Harker. Das Komitee, in dem ich saß, ließ alle Zeugenaussagen und Beweise unbeachtet, die dagegen sprachen, daß *ein* Mann mit *einer* Kugel den Präsidenten getötet hatte. Alles, was nicht auf die Schuld Perry Josephs hindeutete, wurde abgelehnt, in den Papierkorb geworfen. Und FBI und CIA weigerten sich, Fragen zu beantworten. Damals glaubten wir alle, die Regierung wäre ein Heiligtum. Deshalb standen wir vor einer riesigen Mauer, die niemand zu übersteigen oder einzureißen wagte. Selbst unser Herrgott hätte es unter diesem Druck von den Obersten des Landes schwer gehabt, die Wahrheit herauszufinden.«

Er klang nicht verbittert, nur nachdenklich und ein wenig wehmütig darüber, erst jetzt alles begriffen zu haben. Sicher wünschte er sich eine neue Chance, alles anders machen zu können.

»Mr. Harker?« Er sprach meinen Namen auf eine Weise aus, daß ich mich fühlte wie der Mann, der ihm eine riesige Steuerschuld abnehmen könnte, er aber noch nicht sicher war, ob er darauf einsteigen sollte. Sicher würde ich seine Stimme vermissen – man gewöhnte sich daran.

»Ja, Senator?«

»Sie haben nicht zufällig Freunde, die Ihnen Kopien der Berichte von CIA und FBI zukommen lassen könnten?« Seine Stimme wurde noch eine Oktave tiefer – er hörte sich an wie ein Wanderprediger. Ich hatte direkt Bedenken, ihm zu sagen, daß auch ich schon an so etwas Hinterlistiges gedacht hatte.

»Nun, Senator, dieser Gedanke ging mir bereits durch den Kopf.«

Das schien ihn zu freuen. »Sie bleiben in Verbindung mit mir, hören Sie?«

»Natürlich, Sir. Ich hätte noch eine Bitte.«

»Schießen Sie los.«

»Könnten Sie Riley Sissons Witwe anrufen? Bitte sagen Sie ihr, daß ich mit ihr über ihren Mann sprechen möchte. Ich wäre Ihnen sehr dankbar, wenn Sie mir ihre Adresse und Telefonnummer geben könnten.«

»Das werde ich tun, Mr. Harker, aber ich kann Ihnen nichts versprechen. Nach Rileys Tod hat sie sich sehr zurückgezogen. Wir sprechen hin und wieder miteinander, aber sie lebt sehr abgeschieden. Sie trifft sich selten mit jemandem. Die Kirche besucht sie regelmäßig, aber in Washington war sie schon seit Jahren nicht mehr. Ohne Riley konnte sie es in Georgia nicht mehr aushalten, deshalb ist sie für immer nach Alexandria gezogen. Als Riley noch im Kongreß war, hatten sie ein Haus dort. Ich werde sie anrufen und ihr sagen, daß Sie sich mit ihr in Verbindung setzen werden. Erwarten Sie allerdings nicht zuviel von der alten Lady. Obwohl Riley schon seit zehn Jahren tot ist, hat sie sich noch nicht damit abfinden können. Ich denke, sie ist sehr verbittert, weil sie nicht an ein Unglück glaubt.«

»Was denkt sie denn, was Riley zugestoßen ist?«

Lanford Greeve Paugh atmete tief ein und schwieg dann wieder eine Zeitlang. Ich kaute an meinem Kugelschreiber, zwinkerte und wartete.

»Sie glaubt, ihr Ehemann wurde vorsätzlich ermordet, weil er sich zu nahe an die Havilland-Sache herangewagt hatte. Einmal deutete sie an, daß Riley wüßte, wer den Präsidenten wirklich umgebracht hat. Dann schwieg sie rasch, als ob sie bereits zuviel verraten hätte. Ich denke, nach Rileys Tod hat sie den Glauben an die Menschen verloren. An alle Menschen.«

»Ich verstehe«, flüsterte ich so leise, daß der Senator mich wahrscheinlich nicht hörte. Die Hitze in Washington war mir plötzlich egal. Ich dachte an Riley Sisson, den Senator von Georgia. Ein Mann, der die Jagd und das Fliegen haßte. Ein Mann, der in einem Flugzeug umkam, als er sich auf dem Weg zur Jagd befand. Ein Mann, der mit einem texanischen Gefängniswärter ums Leben kam.

Ich legte auf, verließ die Telefonzelle und starrte auf den Verkehr. Meine Hände zitterten. Mir war klar, daß ich kurz davor stand, die Wahrheit herauszufinden.

Das war alles, was ich jetzt wollte. Ich wollte es in diesem Moment sogar mehr als Loni. Und das hieß schon einiges.

22

»Lanford Paugh hat mich angerufen, Mr. Harker. Er ist ein guter alter Freund und bat mich, Sie zu empfangen. Ich habe nicht mehr oft Besuch – hoffentlich verstehen Sie das.« Delia Sisson saß ganz aufrecht in einem Sessel – so wie man es in einem Mädchenpensionat in den Südstaaten lernt. Sie war klein – vielleicht knapp einen Meter fünfzig –, wog sicher nicht mehr als fünfzig Kilo; sie mußte bereits weit über sechzig sein und trug eine randlose Brille und vernünftige

Schuhe. Ihr Haar war weiß, kurz geschnitten und streng zurückgekämmt. Sie sprach mit leichtem Südstaatenakzent. Ihre Stärke lag nicht in ihrer äußeren Erscheinung, sondern in ihrem Herzen und ihrer Seele. Delia Sisson hatte ausgezeichnete Umgangsformen, Würde und eine eindrucksvolle Haltung, die heute niemand mehr seinen Kindern beibringt.

»Natürlich, Madam. Ich danke Ihnen, daß ich kommen durfte.«

Sie nickte hoheitsvoll – eine wahre Königin des alten Südens.

Ich saß ihr gegenüber auf einer Couch. Darauf lag eine Decke, die mit roten Rosen in der Größe von Basketbällen bestickt war. Delia Sissons Haus war so klein wie sie selbst und so sauber, wie Häuser eben sind, wenn die Bewohner außer Putzen nichts mehr zu tun haben. Die Böden waren alle sorgfältig gewachst und glänzten wie Pomade im Haar eines Schauspielers.

»Sie wollten mit mir über Riley sprechen.«

Ihr winziges Gesicht ließ kaum Platz für Augen, Nase und Mund. Ihre Lippen waren eingesunken, die blauen Augen wirkten verblaßt. Ich fragte mich, ob häufiges Weinen die Augenfarbe verändern konnte.

»Ja. Es geht um die Ermordung Havillands, Madam.« Ich hielt den Atem an und musterte die kleine weißhaarige Frau aufmerksam. Sie trug ein kurzärmeliges braunes Kleid, einen Hauch pinkfarbenen Lippenstifts, braune solide Schuhe und einen einfachen goldenen Ehering.

»Das dachte ich mir.«

»Senator Paugh sagte mir, Ihr Mann habe einen eigenen Bericht darüber verfassen wollen.« Es gab keinen Grund, um den heißen Brei herumzureden. Sie war nicht der Typ, bei dem das notwendig war. Verstohlen holte ich meinen Notizblock und einen Kugelschreiber aus der Tasche. Ich war nicht nervös. Aber ein wenig angespannt.

»Das stimmt. Aber wie Sie wissen, war der offizielle Bericht einstimmig, Mr. Harker.« Sie sagte das sehr höflich und mit Würde, ließ aber keinen Zweifel daran, was sie wirklich dachte. Für sie war der Bericht über die Ermordung Havillands ebenso glaubwürdig wie ein Kindermärchen.

»Was denken Sie, warum sich alle darauf geeinigt haben, Mrs. Sisson?«

»Sie standen unter Druck, Mr. Harker. In gewissen Kreisen glaubte man, das Land würde in Stücke gerissen, wenn der Report nicht so bald wie möglich erschiene. Um Anarchie und einen möglichen Bürgerkrieg zu vermeiden, wurde der Bericht vielleicht etwas zu hastig erstellt.« Delia Sisson faltete die Hände in ihrem Schoß, und ich konnte die hervortretenden blauen Venen und Altersflecke sehen. Sie hielt ihre Finger ganz ruhig – nur einmal berührte sie leicht ihren Ehering. Ihre Stimme klang immer noch würdevoll. Ich hatte das Gefühl, mit einer ganz besonderen Lady zu sprechen. Riley Sisson hatte eine gute Wahl getroffen.

»Darf ich annehmen, daß Ihr Mann das wußte und davon nicht begeistert war?« fragte ich.

Ihre Lippen verzogen sich zu einem leichten Lächeln, doch dann wurde sie wieder ernst. Wahrscheinlich war der Gedanke an ihren Mann zu schmerzhaft für sie.

»Mein Mann war sehr wütend, Mr. Harker. Die Männer im Süden, die gläubig sind, können einen enormen Zorn entwickeln, wenn etwas geschieht, was sie vor ihrem Gewissen – und vor Gott – nicht verantworten können. Und er stand ganz allein da. Allein.« Jetzt lächelte sie wieder. Riley Sisson konnte kein gewöhnlicher Bauer aus Georgia gewesen sein, der ständig nur Kautabak spuckte, sonst hätte Delia Sisson ihn nicht geheiratet.

»Ich verstehe, Madam. Wurde sonst noch Druck ausgeübt?«

»Aber ja, Mr. Harker. CIA und FBI legten größten Wert darauf, daß der Bericht so ausfiel, wie sie sich das dachten. Sie konnten meinen Mann nicht leiden, das beruhte auf Gegenseitigkeit. Dann begann der Kampf. Meine Güte, Riley war ein Dickkopf. Er hätte auch Jesus bekämpft, wenn er davon überzeugt gewesen wäre, daß er etwas Unrichtiges getan hat.«

Ich lächelte sie an und konnte plötzlich gut verstehen, daß sie auf ihren Ehering stolz war.

»Ich hätte Ihren Mann gern kennengelernt, Mrs. Sisson.«
Sie seufzte leise. »Er war ein wunderbarer Mensch, Mr. Harker. Nach seinem Tod habe ich mich zurückgezogen. Die Trauer um ihn hat mich dazu bewogen, aber das war nicht der einzige Grund.«
»Welche Gründe hatten Sie sonst noch?«
»Abscheu. Und Angst.« Sie sah mich freimütig an, ohne mit der Wimper zu zucken. Diese kleine weißhaarige Frau hatte sich vollständig unter Kontrolle – sie hätte eine wunderbare First Lady im Weißen Haus abgegeben. Wenn Riley Sisson ihr ähnlich gewesen war, hatte Amerika sich um einen hervorragenden Präsidenten gebracht.
Ich fragte mich, warum Delia Sisson so offen mit mir sprach. Soviel mir bekannt war, hatte sie seit dem Tod ihres Mannes mit keinem Reporter mehr geredet.
»Ja, Abscheu, Mr. Harker. Mein Mann arbeitete sehr hart, um die Wahrheit herauszufinden. Und deshalb ist er gestorben. Nach seinem Tod war ich entsetzt darüber, was geschah. Alles wurde vertuscht. Die Wahrheit wurde den Menschen vorenthalten. Außerdem hatte ich Angst um mein Leben, Mr. Harker.« Sie sagte das so gelassen, daß ich ihr kaum glauben konnte. Aber Delia Sisson war keine Frau, die abgedroschene Phrasen benützte.
Sie lächelte mich an. Diese Frau war wirklich charmant.
»Er war einer Sache auf der Spur, Mr. Harker. Er war dabei, herauszufinden, wie Victor Havilland wirklich ums Leben kam. Und wer hinter dem Anschlag steckte.«
»Könnten Sie mir das genauer erklären, Madam?« Mein Herz schlug plötzlich schneller. Die Sonne war mittlerweile in dem sauberen Wohnzimmer bis zu meinem Bein gewandert und verbrannte mir beinahe den Oberschenkel, doch das war mir egal.
»Natürlich, Mr. Harker. Mein Mann war nicht nur in Georgia, also dem Staat, in dem er geboren wurde, bekannt, sondern im ganzen Süden. Es bestand kein Zweifel daran, daß er einer der wenigen Südstaatler war, die es zu mehr als zum Senator hätten bringen können. Deshalb hatte er viele Kontakte. Zu großen und kleinen, schwarzen und weißen, armen

und reichen Leuten. Eine der Personen war Wallace Uttman, Gefängniswärter in Texas. Ich denke, dieser Mann hatte auch Angst – ich bin mir allerdings nicht sicher, ob vor den Menschen oder vor Gott. Uttman setzte sich kurz nach der Gründung des Komitees mit meinem Mann in Verbindung. Er sagte ihm, daß Perry Joseph den nominierten Präsidenten nicht getötet habe, aber er wisse, wer die Täter seien. Es handle sich um drei Gefangene aus dem Gefängnis, in dem er arbeite.«

In dem kleinen Wohnzimmer wurde es ganz still, bis auf das Ticken einer Uhr hinter mir. Draußen fuhr ein Eisverkäufer vorbei und läutete mit einer Glocke. Die Sonne brannte inzwischen auf meine Hüfte und meinen Oberschenkel. Ich sah Delia Sisson schweigend an.

»Haben Sie mich verstanden, Mr. Harker?«

»Ja, Madam«, krächzte ich mühsam. Meine Kehle war wie zugeschnürt.

»Es waren drei Männer aus dem Gefängnis, in dem Uttman Aufseher war. Ihre Namen lauteten Willard Justin, Joe Delgado und Roger Joel.«

»Verzeihen Sie, Madam, aber wie...«

»Uttman hat sich mit Riley in Verbindung gesetzt. Er erzählte ihm, die drei Männer, deren Namen ich Ihnen eben genannt habe, seien regelmäßig aus dem Gefängnis abgeholt worden. Angeblich ging es um ärztliche Untersuchungen. Wahrscheinlich wurden sie bei diesen Gelegenheiten eingeweiht und gründlich vorbereitet. Am Tag vor dem Attentat fand ihr letzter Ausflug statt. Nach der Ermordung des Präsidenten wurden sie zurückgebracht. Eine Woche später starben alle drei bei einem Aufruhr im Gefängnis.«

»Wer steckte dahinter, Madam?«

»Thomas Merle DeBlase.« Sie hob das Kinn. »Er hat auch meinen Mann und den Gefängniswärter Uttman umgebracht. Ich kann es nicht beweisen, aber ich bin mir ganz sicher«, sagte sie und senkte den Kopf wieder. Ich fragte mich, warum sie nicht weinte – wahrscheinlich hatte sie schon seit langer Zeit keine Tränen mehr.

»Hat Uttman Ihnen jemals erzählt, warum DeBlase Haviland umbringen ließ?«

»Der übliche Grund. Reiche Männer löschen alles aus, was ihre Macht behindern könnte. Victor Havilland wollte einiges in diesem Land verändern. Unter anderem hätte das bedeutet, daß Schwarze gleichberechtigt behandelt werden sollten. DeBlase und eine Menge anderer Südstaatler waren entsetzt. Texas gehört DeBlase – er kann mit diesem Staat und seiner Bevölkerung tun und lassen, was er will. Es war keine Schwierigkeit für ihn, an die drei Gefangenen heranzukommen. Die Selbstgerechtigkeit des Südens hat Havilland umgebracht.«

Sie stand auf, kam herüber und setzte sich neben mich auf das Sofa. Aus der Nähe sah sie aus wie eine Frau, die sich vor nichts und niemandem fürchtete. Ich fragte mich, wann ihr Haar weiß geworden war. Als sie hörte, daß ihr Mann bei einem Flugzeugabsturz ums Leben gekommen war, oder als sie erfahren mußte, daß er umgebracht worden war?

»Ich habe einige Unterlagen, die Sie interessieren werden. Es handelt sich um Briefe des Gefängniswärters Uttman an meinen Mann sowie einige von Rileys privaten Notizen. Riley traute niemandem, deshalb hat er sie in einem Tresorfach unter einem anderen Namen aufbewahrt. Sicherlich werden die Briefe Ihnen weiterhelfen; ich werde sie Ihnen gleich holen. Mein Mann ist angeblich auf dem Weg zur Jagd mit einem kleinen Privatflugzeug verunglückt. Die Wahrheit ist, daß Riley sich mit Mr. Uttmann treffen wollte, um mehr über das Attentat zu erfahren. Er haßte die Jagd, und Privatflugzeuge jagten ihm eine fürchterliche Angst ein.«

»Ich weiß, Madam. Senator Paugh hat es erwähnt.«

»Und es stimmt, Mr. Harker. Mein Mann hätte niemals freiwillig einen solchen Ausflug unternommen. Aber kein Mensch wollte mir damals zuhören. Niemand. Ich erkannte schon bald, daß es besser für mich war. Es war sowieso niemand dazu bereit, sich mit den Umständen von Rileys Tod zu beschäftigen. Vielen Leuten kam es sehr gelegen, daß er von der Bildfläche verschwunden war, denn das bedeutete, es würde keinen Bericht von ihm geben. Damit war der offizielle Bericht unantastbar. Ich hatte plötzlich Angst um mein Leben, befürchtete, daß die Leute, die Victor Havilland und meinen Mann umgebracht hatten, auch mich ermorden würden. Doch jetzt habe ich keine Angst mehr.«

»Ja, Madam«, sagte ich, obwohl ich nicht verstand, wie sie das meinte.

»Ich werde bald sterben, Mr. Harker. An Knochenkrebs. Ich habe letzte Woche die endgültige Diagnose bekommen.«

Sie stand auf und lächelte mich freundlich an. »Ich werde jetzt die Briefe holen. Kann ich Ihnen etwas zu trinken anbieten?«

23

Mit Uttmans Briefen an Riley Sisson konnte ich meine Story beinahe abschließen. Uttman nannte Namen, Daten und Orte. Er erwähnte, wer ihn wann wegen der drei Gefangenen kontaktiert hatte. Wo sie sich getroffen hatten. Wer die nötigen Formulare besorgt hatte, die es ermöglichten, daß die drei Männer mehrmals aus dem Gefängnis abgeholt werden konnten. Angeblich waren sie nach Houston ins Krankenhaus gebracht worden, um dort an medizinischen Versuchen teilzunehmen. Auch Thomas Merle DeBlases Name wurde erwähnt. Und es war die Rede von einem gewissen Voltaire.

Uttmans handgeschriebene Briefe – es waren insgesamt fünf –, widerspiegelten seine wachsende Furcht. Außerdem hatte ihn sein Gewissen geplagt. Egal, ob DeBlase ihn mit Geld oder Drohungen erpreßt hatte – seine Angst vor dem höchsten Gericht war schließlich stärker gewesen. Uttman war unter dem Druck zusammengebrochen. Vielleicht hatte er zu Beginn gedacht, die Verbindung zu DeBlase sei eine gute Sache, doch später fühlte er sich wie in der Hölle. Der erste Brief war an ein Postfach geschickt worden, die anderen trugen Riley Sissons Adresse.

Den letzten Brief hatte Uttman zwei Wochen vor dem tödlichen Flugzeugabsturz geschrieben. Er verriet am deutlichsten seine Angst. Uttman befürchtete inzwischen, daß man ihn beschattete, daß seine Post geöffnet und sein Telefon abgehört wurde. Er traute niemandem mehr – er schrieb, ›sie‹ seien überall. In diesem Brief schlug er ein Treffen vor, um Riley Sisson von dem Aufstand im Gefängnis zu berichten, bei dem die drei Männer ums Leben gekommen waren. Danach wollte er das Land verlassen, falls es Sisson nicht gelänge, jemanden davon zu überzeugen, daß es sich um eine Verschwörung gehandelt hatte. Uttman hatte große Angst gehabt – zu Recht, wie sich herausstellte.

»Möchten Sie noch Eistee, Mr. Harker?« Delia Sisson berührte mich mit ihrer kleinen kühlen Hand leicht am Arm und deutete auf den Krug mit dem köstlichsten Eistee, den ich jemals getrunken hatte.

»Ja, bitte. Sie sagten, diese Briefe waren in einem Tresor?«

»Das stimmt. Ich habe sie erst letzte Woche abgeholt. Nachdem ich die Untersuchungsergebnisse von meinen Ärzten bekommen hatte, habe ich einige Entscheidungen getroffen. Man möchte schließlich alles noch rechtzeitig in Ordnung bringen, nicht wahr?« Es hatte den Anschein, als sei sie froh, diese Welt bald verlassen zu können. Sie schenkte mir noch einmal großzügig nach und stellte dann den Krug auf einen kleinen grünen Untersetzer aus Bast.

Dann setzte sie sich neben mich, strich sich das Haar glatt und zupfte den Rock zurecht. Ich bemerkte, daß sie wieder kurz mit einem Finger ihren Ehering berührte, bevor sie die zarten Hände in den Schoß legte. Es schien für sie eine vertraute Geste zu sein, ein Gedenken wie frische Blumen auf einem Grab.

Ich wußte jetzt, warum sie eingewilligt hatte, mit mir zu sprechen, und sich so ruhig und gelassen verhielt. Sie hatte nun alles in Ordnung gebracht und war bereit für etwas sehr Wichtiges, für das Ereignis, das uns alle einmal erwartet. Raymond Chandler nannte es ›den großen Schlaf‹. Wenn man für den Tod bereit sein will, müssen alle Dinge im Leben geregelt sein. Das Treffen mit mir war nur ein weiterer Teil ihrer Vorbereitungen.

»Mrs. Sisson, diese Briefe... Kann ich sie...?«

»Ja, Mr. Harker, Sie können sie behalten. Die Notizen meines Mannes ebenfalls. Mr. Paugh behauptet, Sie seien wie der Mann, den T. S. Eliot einmal beschrieben hat. Er meint damit, Sie könnten eine richtige Landplage sein und im Universum einen gewaltigen Wirbel verursachen.«

Ohne mich zu erheben, deutete ich eine Verbeugung an und lächelte. Wirbel im Universum – der Ausdruck gefiel mir. Jetzt besaß ich also Briefe und Aufzeichnungen eines Mannes, der bereits seit zehn Jahren tot war. Wenn ich an unser Rechtssystem dachte, zweifelte ich allerdings, ob irgendwelche Beweise stark genug waren, um Thomas Merle DeBlase und seine Freunde vor Gericht zu bringen. Aber, verdammt, das war auch nicht mein Job. Meine Aufgabe war es, Nachforschungen anzustellen und dann eine Story zu schreiben. Den Rechtsweg überließ ich den überbezahlten Anwälten und Richtern, die eine gute Stunde am Tag arbeiteten, wenn sie im Gericht erschienen.

»Haben Sie sich die Notizen meines Mannes schon angesehen, Mr. Harker?«

»Ich habe sie überflogen, Madam, und mir ist sofort klar geworden, daß Ihr Mann eine bestimmte Spur verfolgt hat. Anscheinend gab es eine Verbindung zwischen den drei Gefangenen und einem Kubaner, der ›Cuchillo‹ genannt wurde.«

»Chuchillo ist ein Spitzname, ein Deckname. Es bedeutet ›Messer‹. Der Kubaner, der sich so nannte, bot Riley Informationen über das Attentat gegen entsprechende Bezahlung an. Mein Mann war nicht sicher, ob er ihm die Wahrheit sagte. Leider konnte mir Riley den richtigen Namen des Kubaners nicht mehr verraten. Was ist das nur für eine Welt, in der man falsche Namen benützt? Cuchillo erzählte Riley, daß Perry Joseph nur ein Frontmann war, der Informationen besorgte.«

»Für wen?«

»Für den CIA, das FBI – wer immer ihn bezahlte. Das wurde aber alles vertuscht. Wenn man herausgefunden hätte, daß der Perry Joseph, der angeblich Havilland erschossen hatte, für FBI oder CIA oder sogar beide gearbeitet hatte, wären gründliche Untersuchungen eingeleitet worden. Und das sollte auf jeden Fall verhindert werden.«

»Bitte erzählen Sie mir mehr von Cuchillo, als Señor Messer.«

»Señor Messer war bestechlich. Er forderte von Riley eine große Summe, doch mein Mann weigerte sich zu zahlen. Sie blieben trotzdem in Kontakt. Meistens rief Cuchillo meinen Mann an. Er erzählte ihm, er habe Perry Joseph in Havanna getroffen und mit ihm gesprochen. Perry habe ihm gesagt, er arbeite für die amerikanische Regierung. Als Undercover-Agent. Anscheinend war er ein Aufschneider, der damit prahlte, daß er für seine geheimen Aufgaben gut bezahlt wurde und eine Menge einflußreicher Leute kannte.«

»Cuchillo könnte Perry Joseph mit dem CIA oder dem FBI in Verbindung gebracht haben.«

»Möglicherweise, Mr. Harker. Er machte Riley gegenüber immer nur Andeutungen, um Geld aus ihm herauszuholen. Cuchillo stand angeblich ebenfalls mit den drei Gefangenen in Verbindung – das behauptete er zumindest, um Riley neugierig zu machen.«

»Tatsächlich?«

»Ja. Während die drei Häftlinge Ausgang hatten, um vorgeblich in einem Krankenhaus der medizinischen Forschung zu dienen, feilten sie anscheinend nicht nur an der Taktik des Anschlags auf den Präsidenten. Sie haben sich auch mit Frauen getroffen – mit Prostituierten. Ich nehme an, ein Mann entwickelt im Gefängnis gewisse Bedürfnisse. Señor Cuchillo behauptete, er hätte den drei Männern diese Frauen besorgt.«

Ich nahm noch einen Schluck von dem Eistee und ließ einen Eiswürfel über meine Zunge rollen. Also handelte es sich um einen Kubaner, der für die Totschläger von Thomas Merle DeBlase und Gaylord Ran Harley den Zuhälter gespielt hatte.

»Sagt Ihnen der Name Enrique Estevez-Blanco etwas?« fragte ich. »Hat Ihr Mann diesen Namen jemals erwähnt?«

Delia Sisson runzelte die Stirn. Ihr schmales Gesicht schien noch kleiner zu werden. Sie neigte den Kopf zur Seite, dachte sorgfältig nach und schüttelte dann den Kopf. Ihre Bewegungen erinnerten mich an ein Kätzchen. »Nein, Mr. Harker. Ich kann mich nicht an diesen Mann erinnern. Warum? Ist er in die Sache verwickelt?«

»Er war es.« Wieder etwas, was ich nachprüfen mußte. Cuchillo war mit großer Wahrscheinlichkeit identisch mit dem verblichenen Mr. Estevez-Blanco, einem Mann, der während der entsprechenden Zeit in Havanna gewesen war und eine Menge Leute gekannt hatte.

»Erwähnte Ihr Mann die Möglichkeit, daß es nicht nur einen Perry Joseph gegeben haben könnte?«

»Aber ja, Mr. Harker. Dieser Cuchillo war nicht der einzige, der mit Riley darüber sprach. Andere Zeugen beschworen diese Tatsache vor der Kommission, aber natürlich kam dabei nichts heraus. Man wollte, ja forderte, daß in dem offiziellen Bericht nur ein Mann und eine Kugel erwähnt wurden.«

Bekräftigend schlug sie leicht die Hände zusammen. Diese Lady sah dem Tod ins Auge. Sie hatte keine Zeit zu lügen. Hätte ich nicht gewußt, daß es mit mir selbst bald aus sein konnte, wäre ich auf dem bestickten Sofa auf- und abgehüpft wie einer dieser Idioten in einer Quizsendung.

»Mein Mann war nicht der einzige, der daran glaubte, daß es nicht nur einen Perry Joseph gab.« Ihre Stimme klang jetzt lauter. »Perry Joseph war ein rückgratloser Versager, das können Sie mir glauben, Mr. Harker. Ich kenne Männer – vor allem erkenne ich einen richtigen Mann, wenn ich einem begegne. Ich war schließlich mit einem verheiratet. Perry Joseph war ein Schwächling, der nur vorgab, ein Mann zu sein. Er gab sich als radikaler Sympathisant aus. Das ermöglichte ihm Zugang zu bestimmten Kreisen. CIA und FBI nützten das aus und bezahlten ihn für dieses zweifelhafte Privileg. Wenn Sie gründlich nachforschen, werden Sie sicher in einem offiziellen Bericht darauf stoßen. Sie wissen wahrscheinlich, daß sowohl CIA als auch FBI eigene Berichte über das Attentat erstellt haben, die allerdings nie veröffentlicht wurden.«

»Ja, Madam. Daran arbeite ich gerade.«

Sie lächelte, und als ich ihr zuzwinkerte, vertiefte sich das Lächeln. »Ich wünsche Ihnen dabei alles Gute, Mr. Harker.

Dieses Land muß vor den Leuten beschützt werden, die es regieren. Sie scheinen zu vergessen, daß dieses Land nicht ihnen, sondern uns gehört. Sie sind unsere Diener und nicht unsere Aufseher.« Sie nickte bekräftigend.

»Ich denke, das ist ein außergewöhnlicher Zufall, Madam.«

»Was meinen Sie, Mr. Harker?«

»Drei Häftlinge sterben bei einem Aufstand in einem Gefängnis in Texas. Perry Joseph und ein Mithäftling kommen in New Orelans bei einem Ausbruchversuch ums Leben. Fünf Männer starben also in zwei Gefängnissen. Und alles ereignete sich innerhalb einer Woche nach dem Anschlag auf Victor Havilland.«

Mrs. Sisson goß mir noch einmal Eistee ins Glas. Sie hielt den Krug in den beiden blaugeäderten Händen und beugte leicht den Kopf. »Ja, Mr. Harker«, sagte sie sanft. »Das ist wirklich ein ungewöhnlicher Zufall.«

Sie stellte den Krug wieder auf das Bastdeckchen, faltete die Hände im Schoß und sah mich ausdruckslos an.

Ich holte meine Kreditkarten heraus. Es wurde höchste Zeit zu telefonieren. Wieder einmal. »Mrs. Sisson, ich muß ein Ferngespräch führen. Ich lasse die Gebühren von meinem Konto abbuchen.«

»Kein Problem.« Sie ging in die kleine Küche und schmierte mir einige Brote mit selbstgemachter Marmelade, Kopfsalat, Mayonnaise und einigen Scheiben Tomate. Ich hatte viel Arbeit vor mir und brauchte sämtliche Energien, die ich aufbringen konnte. Außerdem war die zierliche Dame eine ausgezeichnete Köchin. Riley Sisson hatte wirklich Glück gehabt.

Ich rief Ray Stance in Houston an. Er arbeitete dort für eine Zeitung und versorgte uns manchmal mit Lokalreportagen. Wir sprachen eine halbe Stunde miteinander.

Als ich auflegte, wußte Ray, was er zu tun hatte. Er sollte mir die Artikel in den größten fünf texanischen Zeitungen heraussuchen, die von dem Gefängnisaufstand berichteten, bei dem unter dem Aufseher Uttman drei Häftlinge ums Leben gekommen waren. Um keinen Verdacht zu erregen, hatte ich Ray gebeten, alle Stories über Gefängnisaufstände in Texas zu besorgen, die sich zwei Jahre vor und bis zu zwei Jahren nach dem bestimmten Tag ereignet hatten. Wenn jemand neugierig wurde, dann sah es hoffentlich so aus, als würde Ray Stance sich für Informationen über Gewalt in Gefängnissen in einem Zeitraum von vier Jahren interessieren. Und nicht mehr.

Ich brauchte diese Information so schnell wie möglich. Deshalb befahl ich Ray Stance, alles stehen und liegen zu lassen und sich sofort dieser Aufgabe zu widmen. Dann sollte er mir die Zeitungsausschnitte nach Washington bringen und im Dulles Airport in einem Schließfach hinterlassen lassen. Der Schlüssel dazu sollte in einem an mich adressierten Kuvert am Informationsschalter hinterlegt werden. Ich mußte meinen Namen angeben, weil es mir dann nicht erspart blieb, mich auszuweisen. Hoffentlich würde es mir ohne Zwischenfälle gelingen, die Unterlagen abzuholen. Ich konnte es mir nicht leisten, auf Post zu warten. Irgendwie hatte ich auch das dumpfe Gefühl, daß das Briefgeheimnis bei meiner Post nicht mehr gewährleistet war.

Diese Zeitungsausschnitte waren meine einzige Chance, Fotos und Hintergrundmaterial über die Häftlinge zu bekommen, die bei dem Aufstand in Uttmans Gefängnis gestorben waren. Während ich mit Ray Stance verbunden war, hatte er rasch einige Telefonate für mich erledigt. Ich erfuhr, daß bequemerweise etliche Akten bei dem Aufstand zerstört worden waren. Von den meisten Gefangenen, die sich an der Meuterei beteiligt hatten, gab es keine Unterlagen mehr. Natürlich gab es neue Akten von den Überlebenden. Wohlgemerkt: neue Akten. Und nur von den Überlebenden. Das betraf also Roger Joel, Joe Delgado und Willard Justin nicht.

Ray rief auch bei dem Krankenhaus in Houston an, das Uttman in seinen Briefen an Riley erwähnt hatte. Niemand wußte von Versuchen im Dienste der medizinischen Wissenschaft zu jener Zeit, und es gab auch keine Unterlagen darüber.

Auch das Staatliche Institut für Medizin konnte uns nicht weiterhelfen – über solche Informationen verfügten sie nicht.

Das Staatliche Institut für Strafvollzugsakten schloß sich an. Es gab keinerlei Unterlagen über Häftlinge, die bei dem Aufruhr getötet wurden. Ich fragte mich, ob es jemandem vielleicht sogar gelungen war, sich im Himmel einzuschleichen und das Goldene Buch zu fälschen.

Ich lauschte, wie Ray Stance auf der anderen Leitung versuchte, etwas über das medizinische Team der Klinik in Houston herauszufinden, das damals angeblich die wissenschaftlichen Untersuchungen an den Häftlingen durchgeführt hatte. Der Arzt, der Wissenschaftler und die beiden Schwestern waren alle nicht mehr in diesem Krankenhaus.

Der Arzt war eines Abends nach Hause gekommen und hatte einen Einbrecher auf frischer Tat ertappt. Der Arzt wurde ermordet, der Einbrecher nie erwischt.

Der Wissenschaftler starb an einer Überdosis Schlaftabletten. Angeblich hatte er schon einige Wochen an Depressionen gelitten, bevor er sich umbrachte.

Eine der Schwestern ertrank in ihrer Badewanne. Es gab keine Anzeichen von Gewaltanwendung.

Die zweite Schwester war einfach verschwunden. Da sie unverheiratet und über einundzwanzig war, hatte sich die Polizei von Houston keine allzu große Mühe gegeben, sie ausfindig zu machen. Warum sollte sie auch? Es gab immerhin keine Anzeichen eines Verbrechens. Auch ihren Freunden und Familienangehörigen gelang es nicht, sie zu finden.

Ich wollte nicht, daß Ray Stance seinen Kopf für diese Fragen hinhielt, deshalb schlug ich vor, die Telefonate unter einem anderen, allerdings tatsächlich existierenden Namen zu führen. So stellte er die Nachforschungen über Unterlagen und fiktive wissenschaftliche Untersuchungen unter dem Namen eines Angestellten des Gouverneurs von Texas an. Das klang offiziell, aber keiner kannte den Mann. Wenn jemand neugierig werden sollte, konnte er sehen, wie er diese Nuß knacken würde.

Den *World Examiner* würde das eine Stange Geld kosten, aber wozu war ein Spesenkonto sonst gut? Ray Stance würde sich auf mich beziehen und dem Blatt eine Rechnung stellen. Er selbst bekam fünfhundert Dollar. Dann waren da noch die

Reisekosten und einhundert Dollar extra für die Person, die die Zeitungsausschnitte nach Washington bringen würde. Ich bat Ray, jemanden von seiner Zeitung damit zu beauftragen – möglichst einen jungen, naiven Reporter, der noch staunend durch die Welt lief und dumm genug war, zu tun, was ihm aufgetragen wurde, ohne Fragen zu stellen.

Ray machte ich klar, daß er unter allen Umständen den Mund zu halten hatte. Ich erklärte ihm, ich habe ein sehr gutes Gedächtnis. Er verstand, was ich damit meinte.

Jemand hatte sich sehr viel Mühe gegeben, die drei Häftlinge loszuwerden. Vielleicht war es diesem Jemand aber nicht gelungen, jegliche Berichterstattung über den Aufstand zu vernichten. Ich baute darauf, daß einige Fotos und Artikel darüber in der Presse erschienen waren, die DeBlase und Harley entgangen waren.

Ich stand auf und nahm die Briefe und Notizen zur Hand. Was für ein verdammter Tag! So etwas hatte ich schon lange nicht mehr erlebt. Es war sehr aufregend, auszugraben, was andere Leute seit so langer Zeit geheimhielten. Andererseits war ich nicht sonderlich überrascht. Als Reporter erwartete ich von den Menschen erst einmal das Schlechteste. Und meistens lag ich damit richtig.

Delia Sisson war allerdings ein anderer Fall. Eine große Überraschung. Ein Juwel in einem Misthaufen. Viele Reporter, die sich als Retter der Republik einen Namen gemacht hatten, verdankten diesen Ruf Menschen wie ihr. Menschen, die sich auf eine Weise um dieses Land kümmerten, die aus der Mode gekommen war.

»Ich habe mich über Ihren Besuch gefreut, Mr. Harker.« Sie stand auf und reichte mir die Hand. »Sie arbeiten hart. Das hat Riley auch getan. Er hätte gewollt, daß jemand wie Sie diese Unterlagen bekommt.«

Verdammt, ich fühlte mich wie eine Ratte. Ich hatte vorgehabt, die Papiere auf jeden Fall an mich zu bringen, aber diese Lady hatte sie mir einfach gegeben. Freiwillig. Auch ich hatte manchmal Skrupel – glücklicherweise kam das nicht sehr häufig vor. Mrs. Riley Sisson war eine bewundernswerte Dame.

Ich ging schuldbewußt einen Schritt auf sie zu und bemerkte, daß ich diese alte Lady wirklich gern hatte. Ich sah zu ihr hinunter. Wenn jetzt einer von uns beiden in Tränen ausbrechen würde, dann ganz bestimmt ich. »Vielen Dank, Mrs. Sisson. Nicht nur für die Papiere und die Sandwiches.«

»Keine Ursache, Mr. Harker. Viel Glück bei allem, was Sie tun. Möge der Herr seine Hand über Sie halten.«

Leider ist es oft nur ein Finger, dachte ich. »Ja, Madam«, erwiderte ich.

Mrs. Sisson stand an der Tür, als ich das kleine Haus in Alexandria, Virginia, verließ. Sie winkte mir nach, als wäre ich ihr Sohn oder ein guter Freund. Ich hätte nichts dagegen gehabt.

24

»Sprechen Sie lauter«, sagte ich. »Ich kann Sie nicht verstehen. Was zum Teufel ist das für ein Krach im Hintergrund?«

»Meinen Sie die Musik?« fragte Walter Fragan.

»Nein, den Krach. Wenn das Musik sein soll, dann bin ich ein Beuteltier.« An der Vorwahl der Nummer, die mir meine Sekretärin gegeben hatte, konnte ich erkennen, daß Fragan sich immer noch in Florida aufhielt. Als ich ihn anrief, versuchte er, die lateinamerikanische Barmusik zu überschreien, die so laut war, daß mir beinahe die Ohren platzten. Jeder Vogel wäre vor Schreck vom Himmel gefallen.

»Warten Sie einen Moment!« brüllte er in den Hörer. »Ich schließe rasch die Tür.«

Ich befand mich in einem Kino in einer der Schwarzensiedlungen Washingtons. Da die Schwarzen in dieser Stadt sechsundsiebzig Prozent der Bevölkerung ausmachen, ist es nicht schwer, eine solche Gegend zu finden. Ich war sicher, daß DeBlase und Harley die Jagd auf mich noch nicht aufgegeben hatten, und hoffte, sie würden nicht auf den Gedanken kommen, mich hier zu suchen. Schließlich gab es keinen vernünftigen Grund, warum ich mich ausgerechnet in so einem Viertel aufhalten sollte.

»Können Sie nach Florida zurückkommen?« fragte Walter Fragan ernst. Sein überhebliches Gehabe war verschwunden. Der Mann hatte Angst.

Ich grinste. »Höre ich da einen Anflug von Panik?« Ich konnte es mir nicht verkneifen, ihn ein wenig zu ärgern. »Woher wollen Sie denn wissen, daß ich nicht in Florida bin?«

»Ich bin besorgt, Mr. Harker. Das ist alles. Und ich weiß, daß Sie nicht in Florida sind, also verschwenden Sie nicht meine Zeit mit solchem Unsinn. Ihre Sekretärin war natürlich sehr diskret – ihr dürfen Sie keine Schuld geben. Es gibt einige Gerüchte, die besagen, daß Sie sich im Norden aufhalten.«

»Ach ja?« Jetzt war ich an der Reihe, nervös zu werden. »Was erzählt man sich sonst noch?«

Er seufzte. Entweder aus Langeweile oder aus Ungeduld. Auf jeden Fall war er in keiner guten Stimmung.

»Wenn Sie nicht nach Florida kommen können, müssen wir uns irgendwo treffen. Bald.«

»Müssen wir das?« Dieser Idiot. Als ich mit ihm hatte sprechen wollen, hatte er sich aus dem Staub gemacht und mich in einem Affenkostüm schwitzen lassen. Jetzt wollte er sich plötzlich mit mir treffen, und ich sollte mich gleich überschlagen.

»Müssen wir das, Colonel?« wiederholte ich. »Warum?«

»Noch vor kurzem waren Sie ganz wild darauf, mit mir zu reden, Mr. Harker. Haben Sie Ihre Meinung geändert? Was ist passiert?«

Er hatte es plötzlich so eilig, als wäre ein hungriger Leopard hinter ihm her. Estevez' Ermordung hatte ihn wohl davon überzeugt, daß DeBlase und Harley es ernst meinten. Ihm war klar geworden, daß das kein Spiel war.

»Ich habe einige zusätzliche Informationen bekommen«, erklärte ich. »Und die sind wahrscheinlich um einiges besser, als alles, was ich von Ihnen hätte erfahren können.« Ich sah für einen Moment auf die Leinwand. Clint Eastwood schoß gerade in einem Italo-Western wild um sich.

»Ich verstehe. Nun, ich habe gehofft, wir könnten uns zusammentun.« Seine Stimme klang beinahe entschuldigend. Irgend etwas mußte geschehen sein. Der Mann hatte wirklich Angst.

»Falls wir uns treffen sollten, dann sicher nicht in Florida. Mir ist es gerade noch gelungen abzuhauen, bevor man mir unangenehme Fragen stellen konnte. Wenn ich zurückkomme, wird die Polizei mit mir über den verblichenen Señor Estevez sprechen wollen.«

»Ja, ich weiß. Ich weiß«, sagte er traurig.

»Estevez war doch eigentlich nicht Ihr Typ«, stellte ich fest. »Wenn Sie ehrlich sind, müssen Sie zugeben, daß er ein Prolet war. Sie haben immerhin einen gewissen Schliff. Was hat Sie beide nur all die Jahre zusammengehalten?«

Er klang müde, wie ein alter Mann, der einen anstrengenden Weg hinter sich hatte. Seine Stimme war gepreßt.

»Wir waren Geschäftspartner. Ich besaß Anteile an seiner Zeitung und seiner Künstleragentur. Es gab für mich nicht viele Möglichkeiten zu investieren. Ich mußte mir einen Bereich suchen, wo niemand Fragen stellte. Deshalb arbeitete ich mit jemandem zusammen, der mich kannte – jemandem, dem ich nichts erklären mußte. In Amerika nennt man das wohl Kapitalismus.«

Es war wirklich traurig. Da war ein hervorragend ausgebildeter, mehrsprachiger KGB-Offizier mit einem Talent für Spionage, das man bei meinen Landsleuten kaum fand, dazu verdammt, seine Geschäfte auf eine billige Zeitung und eine miese Künstleragentur zu beschränken, die von einem kubanischen Zuhälter geleitet wurden. Das Leben spielt uns allen Streiche. Ich fragte mich, was mich noch erwartete.

»Das erklärt alles«, meinte ich. Ich stellte mir vor, wie ein intelligenter Mann wie Fragan ein Käseblatt wie *La Luz Fuerte* las. Genau dieses Revolverblatt hatte Harleys Bluthunde und auch mich auf die Spur des Colonels geführt.

»Mr. Harker, wir müssen uns treffen«, drängte Fragan. Seine Stimme klang jetzt gar nicht mehr selbstsicher.

»Sie bringen mich nicht zurück an den schönen Sandstrand, Fragan. Unser texanischer Freund hat seine Schläger auf uns beide angesetzt. Wenn die Polizei mich auch nur für vierundzwanzig Stunden festhält, wird er einen Weg finden, Hackfleisch aus mir zu machen. Nein, danke.«

Zwei schwarze Jugendliche gingen lachend an mir vorbei und klatschten in die Hände. Auf der Leinwand ballerte Clint Eastwood immer noch wild herum.

»Ich verstehe, was Sie meinen, Mr. Harker. Estevez' Tod war ein Schock für mich. Wir kannten uns schon sehr lange. Haben Sie heute schon Zeitung gelesen?«

»Nein. Ich glaube nicht, daß Estevez' Tod außerhalb Floridas in der Presse erwähnt wird. Die Cops in Florida denken wahrscheinlich, es handelt sich wieder einmal um einen Streit zwischen Kubanern. Ob einer für oder gegen Benes ist, was ist da schon der Unterschied? Wir beide wissen es besser. Aber außer uns weiß es niemand, und es interessiert auch niemanden.«

»Das meine ich nicht, Mr. Harker. Ich spreche über die Schießerei in Las Vegas. Cannizzaro. Richard Cannizarro. Letzte Nacht hat ihn jemand umgelegt. Kopfschuß.«

»Was hat das mit Ihnen zu tun? Ich habe von Richard C. gehört. Er erledigte eine Menge Geschäfte für die Mafia in Vegas und hielt sich immer in der Nähe von Filmstars und Showgirls auf. Das Showbusiness hatte es ihm angetan. Nun hat ihm jemand das Licht ausgeblasen. Na und?« Richie C. mußte ungefähr fünfundsechzig gewesen sein.

»Mr. Cannizzaro hatte geschäftlich mit Mr. Harley zu tun. Erinnern Sie sich, daß Estevez seine eigenen Geschäfte mit einigen Leuten in Havanna erwähnte? Es ging um Glücksspiel. Erinnern Sie sich?«

Ich biß mir beinahe auf die Zunge. Und ob ich mich erinnerte.

»Ja. Estevez erzählte etwas über die Geschäftsinteressen einiger Leute in Havanna.« Dazu gehörte auch, den kubanischen Staatschef zu ermorden, fügte ich in Gedanken hinzu.

»Cannizzaro war einer der Männer, denen Estevez Geld überbracht hatte. Auch ein politisches Attentat kostet Geld, Mr. Harker. Cannizzaro leitete das Unternehmen, das amerikanische Geschäftsleute in Gang gesetzt hatten, um die Situation in Kuba zu bereinigen.«

»Haben Sie dafür Beweise? Estevez' Wort genügt mir nicht.«

»Ja, ich habe Beweise; das heißt, ich kenne jemanden, der welche hat. Dieser Jemand ist ebenfalls sehr besorgt. Der Tod von Estevez und Cannizzaro hat diese Person nervös gemacht. Ich war in Havanna, als man Cannizzaro abgeschoben hat. Er hatte sich an Spielkasinos und Drogenhandel beteiligt.«

»Das ist allgemein bekannt. Wer ist diese Person, die sich Sorgen macht?«

»Natürlich ist es kein Geheimnis, daß die Mafia in Havanna tätig ist. Weniger bekannt dürfte allerdings sein, daß Gaylord Harley Cannizzaro Geld zur Verfügung gestellt hat. Geld, um Waffen, Sprengstoff und Schiffe zu kaufen. Was die Person betrifft, die...«

»Warten Sie einen Moment, mein Freund. Wollen Sie damit sagen, Sie kennen jemanden, der beweisen kann, daß Harley an den Anschlägen auf Benes beteiligt war?«

»Das meinte ich damit, ja. Das Geld wurde in Banken in Mexiko City und Panama hinterlegt. Cannizzaro und einige andere Personen hoben es dann unter falschen Namen ab.« Im Hintergrund hörte ich immer noch lateinamerikanische Musik. Leise zwar, aber trotzdem unangenehm für meine Ohren. Ein Sänger quälte sich so mühsam mit einem unverständlichen Text ab, als hätte er Bauchschmerzen.

»Womit kann Ihr Freund das beweisen?« fragte ich.

»Mit Einlagebüchern, telegrafischen Anweisungen, Einzahlungsscheinen. Mein ›Freund‹, wie Sie ihn nennen, bewahrte diese Unterlagen als Versicherung auf. Er ging für einige Jahre nach Kuba zurück, weil er sich dort sicherer fühlte. Dann bekam er Probleme mit der Polizei und mußte das Land schnellstens verlassen. Er kam nach Miami und lebte dort bis vor kurzem in Frieden. Die vielen unerwarteten Todesfälle in letzter Zeit haben ihn jetzt allerdings nervös gemacht. Ich habe ihm erklärt, daß eine Story von Ihnen sein Leben retten könnte.«

»Verdammt, nicht nur seines. Auch Ihres und meines. Wer ist Ihr Freund?«

»Nennen wir ihn einfach Julio Miranda.« Fragan klang wieder blasiert wie eh und je. »Und noch etwas, Mr. Harker«, fuhr er fort. »Mein Freund kann Ihnen etwas darüber erzählen, wie das Attentat vorbereitet wurde. Seine Aufgabe bestand unter anderem darin, Frauen zu einem Übungsplatz zu bringen, wo einige Männer sich mit Waffen und Straßenkarten beschäftigten. Männer, die seit langer Zeit keine Frauen mehr zu Gesicht bekommen hatten. Männer, die ...«

»Meine Güte!« Delia Sisson hatte mir gesagt, daß man den drei Häftlingen aus Uttmans Gefängnis Prostituierte besorgt hatte. Estevez und Miranda hatten für Harley als Zuhälter fungiert.

»Wann können Sie und Julio in den Norden kommen, Fragan?« Ich preßte meine Lippen so nah an den Hörer, daß ich ihn beinahe verschluckt hätte. Mein Herz war kurz davor, sich selbständig zu machen und aus meinem Brustkorb zu springen.

»Warum in den Norden?«

»Weil ich nicht in den Süden kommen werde. Sie mich aber brauchen. Na gut, sagen wir, wir brauchen uns gegenseitig. Machen Sie sich einfach auf den Weg nach Norden und bleiben Sie über mein Büro bei der Zeitung mit mir in Verbindung. Es gibt keine andere Möglichkeit, in Kontakt zu bleiben. Sie müssen Florida verlassen.«

»Das wird nicht einfach werden«, erwiderte er. »Die Flughäfen und Kais werden überwacht. Ich weiß nicht, ob von unserem texanischen Freund oder von der amerikanischen Regierung. Im Augenblick kann man keinem von beiden trauen. Aber es bleibt mir wohl nichts anderes übrig, als Ihren Rat zu befolgen. Ich werde mir einen Wagen mieten.«

Er hörte sich ziemlich erledigt an. Das ruhige Leben hatte ihn mehr Kraft gekostet, als ihm bewußt war. Auch wenn der Colonel hin und wieder noch einen Trick auf Lager hatte, war er nicht mehr der unverwüstliche junge Kerl, der in Moskau und Havanna gefeiert worden war.

Verdammt, dieses Attentat zog immer weitere Kreise. Je mehr ich darüber nachdachte, um so stärker spürte ich, wie die Angst meine Glieder lähmte. Also hörte ich auf nachzudenken und lief los, um mir eine Zeitung zu besorgen.

In meinem Kopf drehte sich alles, als hätte ich gerade von einem Profiboxer einen Schlag versetzt bekommen.

VEGAS MAFIA-BOSS ERMORDET – POLIZEI BEFÜRCHTET BANDENKRIEG, lautete die Schlagzeile.

Victor Evan Havilland war nun seit zehn Jahren tot, aber die Verschwörung, die ihn das Leben gekostet hatte, war noch nicht aus der Welt. Im Gegenteil. Meine Knie und Knöchel schmerzten – kein Wunder bei der unbequemen Haltung in der nach Urin stinkenden Telefonzelle. Immerhin war ich besser dran als Cannizzaro.

Richie C. Der Mann mit den Fünfzig-Dollar-Krawatten, Einhundertfünfzig-Dollar-Schuhen aus Krokodilleder und dem Diamantring am kleinen Finger. Der Mann, der beim Blackjack nie weniger als hundert Dollar gesetzt hatte. Jetzt stand sein Name in allen Zeitungen. Das hätte ihm gefallen. Er hatte schon immer berühmt werden wollen.

25

»Was zum Teufel meinen Sie damit? Sie können nicht?« fragte ich wütend und schlug mit beiden Händen auf den Tisch. Dann lehnte ich mich zu Trotman hinüber. Es sah wohl so aus, als wollte ich Trotman etwas antun. Eher hätte ich allerdings mit bloßen Füßen ein Loch in eine asphaltierte Straße treten können.

»Ich kann nicht. Das meine ich damit. Ich komme da nicht ran.« Er trank den letzten Schluck Bier und stellte sein Glas langsam auf den Tisch. Trotman hatte mir gerade eröffnet, daß er den unveröffentlichten Bericht des CIA über das Attentat auf Havilland nicht besorgen konnte. Das gefiel mir überhaupt nicht.

»Warum nicht?«

»Es geht irgend etwas vor sich. Ich weiß nicht, ob es sich um DeBlase handelt oder nicht.«

Ich lehnte mich zurück. Wir saßen in einer Sitzecke in Trotmans bevorzugter Bar für geheime Treffen. Der schummrige Schuppen hieß Angelo's. Hier hielten sich hauptsächlich weiße Arbeiter auf. Im hinteren Teil des Ladens befanden sich einige Sitzgruppen mit Blickrichtung auf die Tür.

»Glauben Sie, daß Harley seinen Freunden befohlen hat, die Sicherheitsvorkehrungen zu verschärfen?« Ich schob mein Glas mit Ginger Ale zur Seite.

»Vielleicht. Dieser verdammte Harley. Er hat immer nur getan, was ihm gefiel. Die Firma hätte ihm Schwierigkeiten machen können, aber ich schätze, er wußte zuviel. Und er kannte zu viele Leute. Deshalb entließen sie ihn stillschweigend und vertuschten alles. Damit meine ich aber nicht den... den Mord, verstehen Sie?«

Trotman sah mich an. Er konnte es immer noch nicht über sich bringen, seinen geliebten CIA in einem Atemzug mit dem Attentat auf Havilland zu nennen. Er nannte es Mord. Ja, es war ein Mord gewesen. Der Mord des Jahrhunderts. Zweifellos.

Ich sah nachdenklich in mein Glas. In dem hellbraunen Ginger Ale lösten sich langsam drei Eiswürfel auf. »Das klingt, als hätte Harley einiges hinterlassen, was man vertuschen mußte«, bemerkte ich.

Trotman zuckte mit den Schultern. »Er war nicht der einzige. Viele Jungs nehmen ihren Abschied, weil es besser für uns ist. Einige verlieren die Kontrolle über sich, dann passieren gewisse Dinge, jemand wird umgelegt, also...« Er hob wieder die Schultern.

»Also läßt die Firma diese Leute unbehelligt gehen, weil sie sie nicht vor Gericht stellen und dabei ihr Gesicht wahren kann. Eine Frage, Trotman.« Ich holte eines meiner Notizbücher aus der Tasche und blätterte darin.

»Hier sind die Namen von DeBlases Sicherheitschefs, die

Harley unterstellt sind. Sehen Sie sie sich an. Bitte sagen Sie mir, ob Sie diese Leute kennen. Wenn ja, sagen Sie mir alles, was Sie über sie wissen.«

Er nahm das Notizbuch in die Hand und starrte im Halbdunkel angestrengt auf meine Aufzeichnungen. Zwei- oder dreimal nickte er. Einmal begann er zu lächeln, wurde aber sofort wieder ernst. Ohne aufzusehen sagte er schließlich: »Harleys Jungs. Die meisten haben irgendwann mit ihm zusammengearbeitet. Verdammt, mit einigen habe ich selbst schon gearbeitet. Die anderen waren Anhänger von Harley – sie dachten, er wäre das Größte seit der Erfindung des Kondoms. Alle, bis auf einen.«

Er tippte mit einem riesigen Zeigefinger auf den dritten Namen von oben. »Rossman. Gerard Rossman. Er war keiner von uns.«

»Oh?«

»Er war bei der Polizei in New Orleans.«

Trotman sagte das ganz ruhig. Anscheinend hatte er noch nicht begriffen, was das bedeutete. Ich kaute auf meiner Unterlippe und räusperte mich. Dann nahm ich einen Schluck von meinem Ginger Ale, schmeckte aber kaum etwas. Havilland war in New Orleans erschossen worden. Und Perry Joseph hatte in New Orleans angeblich versucht, aus dem Gefängnis auszubrechen. Es sah so aus, als hätte Harley seine Kameraden aus der Firma angeheuert, um für ihn und DeBlase zu arbeiten. Und er hatte sich ebenfalls einen Mitarbeiter besorgt, der früher bei der Polizei in New Orleans gewesen war. Also eine Schmiergeldaffäre.

Trotman runzelte die Stirn und starrte auf meine Notizen. »Wissen Sie was, Harker? Rossman war bei der Polizei von New Orleans, als... Scheiße! Der Bastard war Polizist, als Havilland umgelegt wurde!« Er nickte heftig und legte dabei die Stirn in Falten, bis ich den Eindruck hatte, man hätte ihm die Runzeln aufgemalt. Trotmans Gehirn funktionierte nicht rasend schnell, aber der Mann war nicht dumm.

Er verzog die Lippen zu einem Lächeln, als er die Namen weiter studierte. »Stein. Dieses verdammte Arschloch. Expertc bei Befragungen. Ein sadistischer Bastard. Es machte ihm richtig Spaß, jemanden zu quälen. Fairley, Pearson, Jakes. Der gute alte Jakes. Er denkt immer noch, alle Frauen stehen auf ihn. Alle diese Typen sind ziemlich verrückt. Woher haben Sie diese Liste?«

Lächelnd nahm ich ihm das Notizbuch aus den Pranken. »Aber, aber! So geht das nicht, junger Mann. Keine Namen. Das kann ich nicht verantworten. Weder Ihnen, noch anderen gegenüber.«

Trotman lächelte schief. »Sie sind eben ein ein herzensguter Mensch, Harker.«

»Tja, so bin ich eben. Um noch einmal auf den Bericht zu sprechen zu kommen...«

»Verdammt, Mann, sie bewachen dieses Ding, als wäre es pures Gold. Ich konnte nur einen kurzen Blick darauf werfen. Keine Aufregung – das hat nicht viel gebracht. Ich mußte den Bericht schnell wieder zurücklegen, bevor der Typ, der ihn bewacht, vom Pinkeln zurückkam. Das war nur eine Sache...«

»Verflixt, warum haben Sie mir das nicht gleich gesagt, anstatt mich ewig hinzuhalten?«

»Ich sah Perry Josephs Namen. Er arbeitete für uns und für die Feebs.«

Feebs. So nannten die anderen Organisationen das FBI.

»Herr im Himmel, Trotman, warum lassen Sie sich nicht noch etwas Zeit?«

Er ignorierte meinen Ärger und meine Ungeduld. Das war wohl auch besser für mich.

»Die Feebs haben ihm eine Nummer gegeben. Eins-Null-Eins. Sie bezahlten ihn regelmäßig für seine Mitarbeit. Und wir führten ihn als einen von uns. Ich weiß nicht, ob das im gleichen Zeitraum stattfand. Wahrscheinlich nicht. Von uns erhielt er ungefähr die gleiche Bezahlung.«

»Wissen Sie das genau?«

»Ja.« Trotman antwortete so leise, als wollte er nicht, daß ich ihn verstand. Sein Gewissen plagte ihn anscheinend sehr.

Kein Wunder, daß CIA und FBI alles unternommen hatten, um Perry Josephs Lebenslauf aus dem offiziellen Bericht zu streichen. Keine Informationen, keine Untersuchung.

»Können Sie irgendwie an diesen Bericht herankommen, Trotman?«

»Sie wollen doch nicht aussteigen, Harker?«

»Zur Hölle, nein. Schließlich möchte ich ein berühmter Mann sein, wenn ich einmal groß bin.«

»Ich werde es versuchen. Aber ich kann Ihnen nichts versprechen. Jetzt muß ich gehen. Dieser Schuppen ist zwar relativ sicher, aber es schadet nichts, vorsichtig zu sein. Ich nehme die Hintertür. Warten Sie zehn Minuten, dann gehen Sie vorne raus.«

Ich nickte. Vor wenigen Tagen hätte ich mich über dieses Geheimspion-Gehabe lustig gemacht, aber die letzten vierundzwanzig Stunden hatten mich eines Besseren belehrt.

Trotman stand auf und sah sich mit seinen harten gelben Augen in der Bar um. Anscheinend war er zufrieden, denn er ging langsam zur Hintertür hinaus – wie ein Mann, der nur den Berufsverkehr abwarten wollte, um nach Hause zu fahren.

Ich sah ihm nach, bis er verschwunden war, und beschloß dann, mir einige Notizen über das Gespräch zu machen. Auf der Suche nach einer leeren Seite blätterte ich gedankenverloren in meinem Buch.

Einer der Männer setzte sich dorthin, wo noch vor kurzem Trotman gesessen hatte. Der andere ließ sich neben mir nieder und versperrte mir so den Weg.

Die beiden jagten mir eine Höllenangst ein, und ich glaube, das sah man mir an.

»Huh!« rief Kalter und zog sein Rattengesicht zu einem Grinsen.

Lamont neben mir sagte nichts. Er lehnte seinen Kopf an die Lehne und starrte an die Decke. Ich schwieg ebenfalls und bemühte mich, meiner Angst Herr zu werden.

Es half ein wenig, daß ich tief durchatmete. Aber nur ein wenig.

»Was ist los, Harker? Ist Ihnen nicht gut?« Kalter faltete die Hände und legte sie auf den Tisch. Sein Grinsen erinnerte mich an einen Kinderschänder, der sein Opfer beobachtet.

Mir wurde übel. Hatten sie mich oder Trotman verfolgt? Verdammter Mist. Wie hatten sie uns nur gefunden?

»He, Lamont«, sagte Kalter. »Harker ist plötzlich so still. Vielleicht liegt das an dir. Womöglich stört es ihn, neben einem Schwarzen zu sitzen. Na, Harker, ist das der Grund? Keine Sorge, Lamont ist in Ordnung. Er ist einer von uns.«

Lamont schwieg. Er heftete den Blick an die Decke, als würde ihm Gott soeben ein paar Zaubertricks vorführen.

»Also gut, Kalter«, sagte ich. »Sie sind hier. Und?«

Er grinste vergnügt. »Jetzt werden wir uns erst einmal ein Bier bestellen. Hallo, Bedienung, zwei Bier und... He, Harker, was ist das für eine Pferdepisse in Ihrem Glas?« Er zog mein Glas zu sich herüber, nippte daran und verzog das Gesicht.

»Ginger Ale«, bemerkte er angewidert. »Wie können Sie nur dieses Zeug trinken? Also zwei Bier und ein Ginger Ale.«

Der dicke Kellner warf sich ein Geschirrtuch über die Schulter und zog ab.

Mein Gott, Sie wissen über Trotman Bescheid, schoß es mir durch den Kopf. Ich mußte ihn so schnell wie möglich warnen. Das schuldete ich ihm. Wie zur Hölle hatten sie das nur herausgefunden? Trotman mußte einen Fehler gemacht haben.

Der Kellner brachte unsere Drinks. Wir warteten, bis er wieder verschwunden war.

Kalters Grinsen verschwand plötzlich aus seinem Gesicht. Roy Lupus war nicht in der Nähe, um ihn im Zaum zu halten, also gab es keinen Grund für ihn, sich höflich zu benehmen.

»Hören Sie zu, Harker. Ihr verfluchten Reporter denkt wohl, ihr seid die Größten. Ständig steckt ihr eure Nase in Angelegenheiten, die euch nichts angehen, und schreibt darüber verdammten Mist. Ihr lügt und fügt unserem Land Schaden zu. Sibirien ist noch zu gut für Sie, wissen Sie das? Sie gehören an einen Ort, wo es ruhig und friedlich ist, wo Sie keine Möglichkeit mehr haben, Ihr großes Maul aufzureißen oder sich an Ihre Schreibmaschine zu setzen und den großen

Mann zu spielen. Ich denke da an ein zwei Meter tiefes Loch.«

Kalter beugte sich zu mir herüber und ließ etwas in mein Glas fallen. Dann lehnte er sich grinsend zurück. Genüßlich trank er einen Schluck Bier und stellte sein Glas wieder auf den Tisch.

Ich warf einen Blick in mein Ginger Ale – er hatte ein Stück Kreide in mein Glas geworfen.

»Wissen Sie, wofür das gut ist?« fragte er höhnisch. »Wahrscheinlich nicht. Nun, wenn die Cops eine Leiche finden, dann ziehen sie eine Kreidelinie um den Körper. Sie sollten die Kreide immer bei sich tragen. Am besten in der Hosentasche. Wenn Sie dann den Löffel abgeben, braucht niemand Kreide zu besorgen. Wir holen sie uns einfach aus Ihrer Tasche und fangen an zu zeichnen. Das spart uns Zeit.«

Ich konnte Kalter nicht ausstehen. Seine sadistische Ader erinnerte mich an die SS. Ich nahm das Glas in die Hand und betrachtete das Ginger Ale einen Moment, als handelte es sich um einen edlen Wein. Dann beugte ich mich vor und kippte das Glas aus. Über Kalters Schoß.

Er sprang auf, als hätte ich ihn mit heißem Öl begossen. »Hey! Du verdammter Bastard!«

Die Leute in der Bar drehten sich um und sahen ihn neugierig an.

Kalter versuchte, die Flüssigkeit von seiner Hose zu schütteln. Sein Gesicht war tiefrot – er war wütend und fühlte sich blamiert.

»Harker, du Arschloch!«

»Beruhig dich, Mann, und führ dich anständig auf.« Lamonts tiefe Stimme klang wie Donnergrollen. Er kommandierte Kalter herum, als wäre er sein Schoßhündchen. »Geh in den Waschraum und komm erst wieder, wenn du dich beruhigt hast.«

Beim Ton von Lamonts Stimme erstarrte Kalter. Seine Hose sah aus, als hätte er hineingepinkelt. Das paßte gut zu ihm. Seine Augen wanderten zwischen mir und Lamont hin und her. Dann warf er mir einen Blick zu, der zeigte, daß er mich am liebsten auf der Stelle umgelegt hätte.

Als er sich verzogen hatte, seufzte Lamont. »Der Kerl ist schwach. Er kann sich nicht unter Kontrolle halten. Warum mußtest du das auch tun?«

»Es hat nicht den Anschein, als ob du mir deshalb böse wärst.«

Er grinste schweigend. Das sagte alles. Ich war erleichtert, daß er nicht sauer war – schließlich wollte ich noch länger leben.

»Ich konnte es nicht länger ertragen«, sagte ich. »Ständig muß ich mir von diesem Großmaul Drohungen anhören, daß ich bald unter der Erde liegen werde. Diesen Scheißkerl soll der Teufel holen.«

»Er kann dich nicht leiden, Mann.«

»Ich mag ihn auch nicht.«

»Wir sollen dafür sorgen, daß du dich von unseren Leuten fernhältst. Du sollst die Stadt verlassen.«

»Das wird euch nicht gelingen.« Was redete ich da eigentlich? Lamont könnte mich wie eine Silbermünze über den Potomac werfen.

»Wir können dir das Leben schwer machen, mein Freund. Das weißt du. Und ich weiß es auch.« Lamont redete nicht lange um den heißen Brei herum.

»Das wird sich in der Presse aber nicht gut machen, Lamont.«

»Nicht mein Problem, Mann. Unsere Leute sind sehr besorgt wegen dir. Sie haben Angst, du könntest ihnen Schaden zufügen. Großen Schaden. Deshalb wollen sie dich für eine Weile aus der Stadt haben. Danach sind sie bereit, die Konsequenzen zu tragen.«

»Konsequenzen wird es auch geben. Ich werde nicht lockerlassen, und deine Leute werden darüber nicht glücklich sein.«

Er grinste. Einen Moment überlegte ich, ob ich an ihm vorbeikommen könnte. Wenn ich ein paar Seile, Steigeisen und ein Team bei mir gehabt hätte, wäre es wohl kein Problem gewesen.

»Ich arbeite nur für diese Leute, Harker. Außerdem kann es für mich von Vorteil sein, wenn einer von ihnen auf die Schnauze fällt. Vielleicht werde ich dann befördert.«

»Viel Glück, Lamont. War das ein Scherz, daß ich aus der Stadt verschwinden soll?«

»Das war kein Spaß, Mann. Du verschwindest. Und zwar jetzt. Es gibt ihnen Zeit, die Dinge zu regeln.«

»Also Zeit, um meine Quellen ausfindig zu machen, ein paar Köpfe einzuschlagen und einige Leute daran zu hindern, mit mir zu sprechen.«

»Du bist nicht so dumm, wie du aussiehst.«

»Danke.«

Kalter kam zurück. Er wirkte ruhiger, aber sein Haß auf mich hatte sich nicht gelegt. Nachdem er Lamont einen Blick zugeworfen hatte, starrte er zuerst an die Decke, dann auf seine Fingernägel. Der Mann kochte vor Wut und hatte Schwierigkeiten, sich zu beherrschen.

»Wir gehen, Harker!« bellte er.

»Zum Teufel, ich werde nirgendwohin gehen. Wenn Sie versuchen, mich zu zwingen, werden wir alle drei im nächsten Polizeirevier landen. Ich komme vielleicht nicht gegen euch an, aber ich kann bestimmt lauter schreien als ihr beide zusammen.« Ich hatte Angst, war aber nicht bereit, kampflos aufzugeben.

»Ganz ruhig, Mann«, sagte Lamont. Dann wandte er sich an Kalter. »Wir sollen nur dafür sorgen, daß er aus der Stadt verschwindet. Das ist alles.«

»Hör zu.« Kalter deutete mit dem Zeigefinger auf Lamont, als wollte er ihn zurechtweisen.

Lamont sah ihn einfach nur an, und Kalter ließ rasch die Hand sinken.

»So ist es, Jack«, sagte Lamont zu mir. »Du mußt verschwinden.«

Plötzlich hatte ich einen Geistesblitz. Ich lächelte und holte tief Luft. »In Ordnung, ich gehe«, sagte ich.

Kalter runzelte die Stirn, und Lamont legte den Kopf zur Seite.

»Ja, ich werde verschwinden«, betonte ich. Verdammt gute Idee, Harker. Einfach brillant.

»Aber erst, wenn ich dazu bereit bin«, fuhr ich fort. »Heute abend. Darauf gebe ich euch mein Wort. Ich werde abhauen.

Ohne Geschrei, ohne Ärger, ohne die Bullen zu verständigen.«

Kalter beugte sich vor und senkte die Stimme. »Jetzt, Harker. Jetzt, du Mistkerl.« Er zischte wie eine Schlange. Sein Gesicht rötete sich wieder.

»Heute abend. Ich könnt mir folgen oder mich später treffen. Ganz, wie ihr wollt. Dann bringt ihr mich zum Flughafen. Dulles Airport.« Dort hatte ich mein Rendezvous mit DeBlase und Harley. Hatte ich das nicht großartig eingefädelt? So würde ich eine eigene Eskorte haben. Zwei der besten Männer der Firma würden mich begleiten.

»Bleib ruhig«, sagte Lamont zu Kalter. »Wir sollen kein Aufsehen erregen. Wir wollen doch nicht, daß jemand die Polizei holt, wenn wir ihn zur Tür hinausschleifen und er brüllt wie am Spieß.« Dann sah er mich an. »Also heute abend. Wann genau?«

»Um halb acht. Wir treffen uns im Auden-Hotel. Dann fahren wir nach Dulles. Aber ich werde in diese schöne Stadt zurückkommen, das kannst du mir glauben. Und das wird einigen Leuten Sorgen bereiten.«

»Wie du meinst«, erwiderte Lamont. »Heute abend bringen wir dich zum Flughafen.« Kalter stand so hastig auf, als hätte ich ihm schon wieder etwas über die Hose gekippt. Er drehte uns den Rücken zu und atmete heftig. Unsere Vereinbarung gefiel ihm nicht, aber er sah anscheinend ein, daß ihm nichts anderes übrig blieb, als mitzuspielen. Wenn ich anfing herumzutoben und zu schreien, würde ich sowohl seine als auch meine Pläne durchkreuzen.

»Ich warte draußen«, brummte Kalter und stampfte zur Tür wie ein verschmähter Liebhaber.

»Der Mann hat Probleme«, meinte Lamont und deutete mit einem großen braunen Daumen in die Richtung, in die Kalter verschwunden war.

»Der Mann ist ein Arschloch. Wie habt ihr mich gefunden?«

»Deine Verbindungsmänner sind zu leichtsinnig. Das solltest du ihnen sagen.«

Trotman. Wo zum Teufel hatte er einen Fehler gemacht?

»Ich werde daran denken. Also bis heute abend. Unterschätze mich nicht, Lamont. Wenn mir jemand zu nahe kommt, muß er mich schon erschießen – sonst schreie ich, als würde ich vergewaltigt werden.«

Lamont stand grinsend auf. »An deiner Stelle würde ich nicht herumlaufen und so etwas verbreiten. Manche Leute haben keinen Charakter. Sie könnten einfach...« Er zuckte mit den Schultern und hob die Hände.

Ich verstand, was er damit meinte.

Nachdem Lamont gegangen war, blieb ich noch lange Zeit sitzen und bemitleidete mich selbst. Warum auch nicht? Niemand sonst hatte Mitleid mit mir.

26

Trotman schien nicht beunruhigt zu sein. Seine Stimme klang sehr ruhig. Zu ruhig.

»Was haben sie sonst noch gesagt?«

»Das war alles«, erwiderte ich. »Meist hat Kalter geredet – und herumgebrüllt. Ihre Leute wollen, daß ich aus der Stadt verschwinde, damit sie Zeit haben, alle undichten Stellen abzudichten. Ihr Name wurde nicht erwähnt, aber die Kerle tauchten nur wenige Minuten auf, nachdem Sie gegangen waren. Ich nehme an, sie wissen Bescheid. Fragen Sie mich nicht, woher. Was zum Teufel haben Sie getan, um sie auf uns aufmerksam zu machen?«

Trotman schien in Gedanken versunken. »Schätze, ich war einfach nicht vorsichtig genug. Wenn man nur einmal nicht aufpaßt...«

»Ja«, bestätigte ich. »Durch eine einzige Unaufmerksamkeit kann man sein Leben verspielen.«

Es war kurz vor halb sechs. Ich stand in einem Café in der Nähe meines Hotels, und Trotman befand sich in einer Tankstelle.

»Mir bleibt nur noch eins übrig, Harker. Ich muß den Kerl, der die Akte bewacht, niederschlagen, ihm den Bericht abnehmen und damit türmen. Die Akte ist durch ein Kombinationsschloß gesichert. Letztes Mal mußte ich zwei Ausweise fälschen, nur um in das Büro zu kommen. Wenn ich den Bericht besorgen soll, muß ich alles riskieren.«

»Sie haben bereits genug getan. Mehr als genug. Ihre Leute wissen Bescheid, Mann. Verstehen Sie mich? Können Sie denen nicht irgendeine Geschichte auftischen?«

»Nein. Ich war einfach nicht vorsichtig genug. Mir ging zu viel im Kopf herum. Diese Sache mit Havilland ... Es fällt mir schwer zu glauben, daß da einiges unter den Teppich gekehrt wurde. Das macht mir Sorgen. Natürlich sind mir schon seit einiger Zeit Gerüchte zu Ohren gekommen, aber ich wollte nicht daran glauben. Das macht mir zu schaffen. Und Sie wollen jetzt die Stadt verlassen?«

»Ja. Heute abend. Linienflug nach New York – Big Apple.«

»Zum Teufel.« Er lachte leise. »Sie haben Sie also wirklich dazu gebracht, daß Sie verschwinden.« In seiner Stimme schwang ein leiser Zweifel mit – das sprach für ihn.

»Sie sollten mich besser kennen. Ich verschwinde, aber es ist nur ein Trick. Dann denken sie, sie hätten die Schlacht geschlagen. Aber das bedeutet noch nicht, daß sie den Krieg gewonnen haben, oder?«

»Also Taktik, nicht wahr?«

»So könnte man es nennen. Wenn sich irgend etwas ereignen sollte, können Sie mich jederzeit über mein Büro in New York erreichen.«

»So einfach ist das nicht. Momentan überwachen sie alles wie die Schießhunde. Sie hören Telefonate ab und beobachten alles und jeden ganz genau. Säuberungsaktion, Sie verstehen? Die Typen sind nervös, und das haben wir Ihnen zu verdanken.«

»Blödsinn. Die Firma hat selbst damit angefangen. Schon vor einiger Zeit haben Ihre Leute begonnen, Geschäfte unter der Hand abzuschließen und die Furcht vor nichtexistenten Feinden zu schüren. Diese Kerle tun doch schon seit langem, was sie wollen. Verdammt, das ist nicht mehr *unsere* Regierung. Die Regierung, das FBI, die CIA – das sind alles Leute, auf die man sich nicht mehr verlassen kann. Was sie tun, tun sie für sich selbst, und nicht für uns. Also schieben Sie nicht mir die Schuld in die Schuhe, Trotman.«

»Ich habe jetzt keine Zeit mehr, mir solchen Mist anzuhören. Ich muß zurück zur Arbeit.«

»Passen Sie auf sich auf, Trotman.« Einen Moment lang tat mir der wuchtige Mann leid. Er glaubte an ein Ideal und mußte nun zusehen, wie es durch das teuflische Spiel von einem Mann wie Gaylord Ran Harley zerstört wurde.

»Klar. Ich werde die Augen offenhalten.« Er hörte sich an wie ein Mann, der kurz davor stand, von einem Hochhaus zu springen.

Dann legte er auf.

»Sei vorsichtig«, flüsterte ich.

Die nächsten eineinhalb Stunden verbrachte ich in zwei verschiedenen Kinos. Ich schenkte der Leinwand keine Beachtung, sondern saß im Dunkeln und machte mir Sorgen. Um sieben Uhr nahm ich mir ein Taxi zum Auden Hotel und ging hinein, um meine Rechnung zu bezahlen. Als ich mich umdrehte, sah ich Kalter und Lamont an der Eingangstür stehen. Ich lächelte und winkte, aber die beiden zeigten keine Reaktion. Also ging ich zu ihnen hinüber.

27

»Wo sollst du deine Leute treffen?« fragte Lamont.

Ich deutete auf den Informationsschalter. »Um neun Uhr, also in fünfzehn Minuten. Um neun Uhr dreißig nehme ich den Flieger zurück nach Amerika.«

Lamont schnaubte verächtlich, aber ich sah an seinen Augen, daß ihn meine Bemerkung amüsiert hatte. Kalter war kurz zuvor weggegangen. Entweder aufs Klo oder zu einer Telefonzelle. Das interessierte mich auch herzlich wenig.

»Was ist mit den Sachen, die du aus dem Schließfach geholt hast?« fragte Lamont. »Haben sie etwas mit den Leuten zu tun, die du treffen willst?«

Ich hatte mir den Schlüssel zu dem Schließfach von einem

dicklichen Angestellten bei der Information abgeholt. Ray Stance hatte mir nach meinen Anweisungen zwei verschlossene Kuverts hinterlegt. Wenn ich endlich allein war, würde ich den Inhalt überprüfen.

»Vielleicht«, antwortete ich. Der schwarze Mann sah mich durchdringend an.

»Du hast uns bis jetzt noch keinen Ärger gemacht.« Er lächelte. Ihm konnte ich nichts vormachen.

»Meinst du damit, daß ich bis jetzt nicht herumgetobt und auf meinen Rechten bestanden habe?«

»So in etwa, ja.«

»Vielleicht bin ich einfach nur schüchtern.«

»Ja, ja. Und alle Haie sind Vegetarier.«

»Komm schon, Lamont. Warum bist du nicht einfach dankbar, daß ich dir deinen Job leicht mache?«

Er beugte sich zu mir herüber. Wir saßen nebeneinander auf orangefarbenen Kissen. Die Stühle hatten keine Lehnen – wahrscheinlich wollte man die Leute, die auf einen Flug warteten, nicht unnötig verwöhnen. Einige Passagiere durchquerten die riesige Wartehalle. Das Geräusch ihrer Schuhe auf dem harten Boden hallte in dem leeren Raum wider. Eine monotone Stimme kündete durch den Lautsprecher die ankommenden und aufgerufenen Flüge an.

»Als ich ein kleiner Junge war, hatte ich einen Freund. Er war immer gut aufgelegt. Vor allem, wenn er es auf dich abgesehen hatte. Er kam lächelnd auf dich zu und legte dir freundlich die Hand auf die Schulter. Ungefähr so.« Lamont streckte seinen Arm aus und legte seine Pranke auf meine Schulter.

»Und bevor du nachdenken konntest – zack! Er verpaßte dir eine. Das gefiel ihm. Er lächelte und gab dir kurz danach Saures. Irgendwann hatten wir kapiert, daß Vorsicht geboten war, wenn er lächelte. Eines Tages kam er zu mir und grinste mich auf diese Art und Weise an. Ich erwiderte sein Lächeln. Als er mich an der Schulter packte, zog ich ihm eine Weinflasche über den Kopf. Er fiel um, öffnete aber nach einer Weile seine Augen wieder. Ich sah ihn an und sagte: ›Wenn du mich noch einmal so angrinst, kann ich für nichts garantieren.‹ Danach haben wir uns bestens verstanden. Und er hat mich nie wieder so angegrinst.«

»Damit willst du mir wohl etwas sagen«, stellte ich fest und kaute nervös an meiner Unterlippe. Je mehr Angst ich vor Lamont hatte, um so größer schien er zu werden.

Er grinste. »Es geht nicht direkt um mich. Ich wollte dir damit nur sagen, daß man sich oft in Zeiten, in denen einem alles zu gelingen scheint, wundert, was wirklich los ist.«

»Macht es dir etwas aus, wenn ich jetzt lache?«

Das gefiel ihm. Er grinste wieder und nickte. »Nur zu. Machiavelli sagt: ›Der Mensch wird dich immer belügen, wenn du ihn nicht zwingst, die Wahrheit zu sagen.‹ Ich schätze, du bist einfach noch nicht in so einer Zwangslage, um uns die Wahrheit zu sagen.«

Lamont war so groß und stark, daß ich mich versucht fühlte, ihm alles zu erzählen. Andererseits hatte ich das Gefühl, daß er mir wohlgesonnen war. Das konnte sich natürlich jederzeit ändern – zum Beispiel, wenn ich einen seiner Verwandten bedrohen würde. Da ich das nicht vorhatte, würde ich sicherlich die nächsten zehn Minuten überleben.

Thomas Merle DeBlase. Gaylord Ran Harley. Ich konnte kaum glauben, daß sie wirklich auftauchen würden. Und wenn, worüber würden wir dann sprechen? Über Tote wahrscheinlich.

Plötzlich erschien Kalter und kam auf uns zu.

»Da kommt der Idiot«, bemerkte ich.

»Der Mann hat Probleme«, meinte Lamont. »Er hat Angst, deshalb führt er sich so auf. Er müßte sich mehr unter Kontrolle halten. Ein Mann sollte seine Gefühle nicht so zeigen.«

Kalter baute sich vor mir auf und sah auf seine Armbanduhr. Seine Augen verengten sich zu Schlitzen.

»Noch wenige Minuten, Harker, dann geht's los.« Er sah mich an, als wollte er Maß für meinen Sarg nehmen.

»Wie gesagt, Kalter. Ich spreche noch mit einigen Leuten, dann haue ich ab.«

»Ja, klar.« Er wickelte einen Kaugummi aus und steckte ihn sich zwischen die gelben Zähne. Mir und Lamont bot er keinen an.

Ich sah ihm über die Schulter und bemerkte sechs Männer, die zum Informationsschalter gingen. Nur einer davon kam mir bekannt vor. Weißes Haar umrahmte sein rosiges Gesicht. Er sah aus wie ein netter alter Großvater. Sein brauner Anzug kam offensichtlich von der Stange. Dazu trug er ein weißes Hemd und eine dunkelblaue Krawatte. Er schien mit sich und der Welt zufrieden, und ich hatte den Eindruck, daß er, wenn er einem kleinen Jungen begegnete, ihm den Kopf streicheln und einen Vierteldollar schenken würde.

Thomas Merle DeBlase. Mr. Money höchstpersönlich. Ein Mann, der politisch rechts von Dschingis Khan einzuordnen war. Er sah absolut harmlos aus – aber das tun Klapperschlangen auch.

Ich stand auf. Mein Herz klopfte so stark, daß ich befürchtete, es würde jeden Moment meinen Brustkorb sprengen. Die Uhr über dem Informationsschalter zeigte eine Minute vor neun. Diese Typen verloren keine Zeit. Wer von den anderen war wohl Gaylord Ran Harley? Der Mann, der versucht hatte, mich umzulegen. Der Mann, dem es gelungen war, Victor Evan Havilland zu töten. Meine Güte, was tat ich eigentlich hier? Als Gott den Verstand ausgeteilt hatte, mußte ich wohl als letzter zum Zug gekommen sein.

Meine Kehle war ausgedörrt. Ich hatte Angst und war aufgeregt. Am liebsten hätte ich mich umgedreht und wäre davongelaufen. Ich räusperte mich und ging auf die sechs Männer zu.

»Wir bleiben hier, bis Sie zurückkommen. Vergessen Sie das nicht«, rief Kalter mir nach.

»Das hoffe ich«, erwiderte ich, aber er hörte mich nicht. Das war auch gut so. Meine Stimme klang so hoch wie die von Mickymaus nach einem Tritt in die Eier.

Ich ging weiter und hoffte, der Boden würde sich vor mir auftun und mich verschlucken, aber das passierte leider nicht.

Gaylord Ran Harley hätte ein großer Filmstar werden können. Er sah blendend aus – ein Mann, nach dem sich Hollywood in den vierziger Jahren die Finger abgeschleckt hätte. Perfekte Gesichtszüge, dunkles Haar mit grauen Schläfen, ein direkter Blick, der Frauen und Männer schwach werden ließ. Harley war über eins achtzig groß und gekleidet wie ein Bankier. Der konservative, maßgeschneiderte Anzug mußte ihn um die vierhundert Dollar gekostet haben. Er vermittelte einem den Eindruck, daß man ihm seine kostbare Zeit stahl. Als er mich von Kopf bis Fuß musterte, hatte ich das Gefühl, meine Nase säße schief im Gesicht.

Thomas Merle DeBlase stand hinter ihm, flankiert von zwei Männern. Er sah mich nicht an, sondern blickte auf den Boden, auf seine Fingernägel und schließlich auf die Knöpfe an seinem Jackett. Ich hätte ebensogut eine zerknüllte Zeitung sein können mit der er versuchte, seinen Hund stubenrein zu machen.

Sechs gegen einen. Meine Angst reichte für uns alle aus.

»Ich komme gleich zur Sache«, sagte Harley. »Sie stehen uns im Weg. Also halten Sie sich da raus.«

Mir war schwindlig. Trotz der Klimaanlage in dem Flughafengebäude brach mir der Schweiß aus. Aber ich mußte einfach etwas sagen.

»Wo soll ich mich raushalten?« Großartige Leistung, Harker.

»Sie sind nur noch am Leben, weil ich wissen wollte, was Sie herausgefunden haben, Harker. Sie wissen herzlich wenig, und Ihre Zeitung weiß nichts. Das wollte ich Ihnen persönlich sagen. Sie haben sich etwas zuviel vorgenommen. Halten Sie sich da raus, und es wird Ihnen nichts geschehen.«

Seine Stimme klang wie ein Computer. Man konnte weder Anteilnahme noch Zögern oder Zweifeln hören. Er starrte mich an, als wäre ich ein krankes Kind.

»Sie wissen anscheinend einiges über mich, Harley. Dann sollte Ihnen auch klar sein, daß ich mir nichts befehlen lasse.« Glücklicherweise funktionierten meine Stimmbänder wieder einigermaßen.

»Es gibt immer ein erstes Mal.« Einer der Männer hinter Harley kicherte. Sie erinnerten mich an die Typen, die alle Vito hießen, aus Brooklyn stammten und jedem ein Bein brachen, der seine Schulden nicht bezahlte.

»Woher wollen Sie wissen, daß ich kein Tonband bei mir trage?«

»Das weiß ich. Sie sind nicht verdrahtet.« Der Mann war sehr direkt, und das machte mich nervös.

»Hören Sie, Harley, Sie können mir nichts vorschreiben. Und wenn...«

»Halten Sie sich raus, Harker. Dann geschieht Ihnen nichts. Tun Sie sich selbst einen Gefallen. Unserem Land ist das alles egal. Die Bevölkerung will nichts davon wissen. Kommen Sie nach Vegas – Sie sind mein Gast. Steigen Sie in einem unserer Hotels ab. Sie können haben, was Sie wollen. Eine Frau, drei Frauen. Sie haben sich sehr angestrengt – also ruhen Sie sich jetzt aus.«

»Zum Ausruhen bleibt mir noch die Ewigkeit – das sagte schon Goethe.«

Harley warf DeBlase einen Blick zu. DeBlase starrte auf den Boden. Wir sahen aus wie sieben Reisende, die auf den Anschlußflug auf die Bahamas warteten.

»Sie wollten doch schon immer ein Exklusivinterview mit Mr. DeBlase«, sagte Harley zu mir. »Nun gut, Sie sollen es bekommen. Er wird mit Ihnen über seine Geschäfte, Politik und die sozialen Umstände sprechen. Dieses Interview wird Sie zu einem Star in Ihrer Branche machen.«

»Ich möchte über das Attentat auf Havilland sprechen.«

Harley legte den Kopf zur Seite und trat von einem Fuß auf den anderen. Dann starrte er an die Decke und strich sich mit dem Finger über den Nasenrücken. Als er lächelte, wurde mir klar, welche Macht er über andere Menschen ausüben konnte. Diesem Mann würden einige blindlings folgen – egal wohin. Er hatte die seltene Gabe, andere zu beherrschen.

»Glauben Sie an Reinkarnation, Harker?«

Ich zuckte mit den Schultern. »Darüber habe ich noch nicht nachgedacht.«

»Das sollten Sie aber tun. Sie könnten vielleicht eine tolle Story darüber schreiben. Aus eigener Erfahrung.«

Die drei Männer hinter ihm lachten höhnisch. Sie waren groß, hatten harte, knochige Gesichter und kalte Augen.

Man sah ihnen an, daß sie ihr Geld nicht mit Gartenarbeit verdienten.

»Wenn ich zurückkomme, dann hoffentlich als Sattel auf einem Frauenfahrrad«, erwiderte ich.

»Falls Sie Ihre Meinung ändern sollten – wir sind die nächsten vier Tage in Vegas«, erklärte Harley.

Dieser Mistkerl. Er wußte eine Menge über mich, und das beunruhigte mich. Irgendwie war es diesem Scheißkerl gelungen, einiges über mich herauszufinden.

»Viel Spaß im Iran«, sagte ich.

Er erstarrte und sah mich mit seinen kalten grünen Augen durchdringend an. Dann lächelte er und schnippte mit den Fingern.

Einer der Männer hinter ihm reichte ihm eine gefaltete Zeitung, die er mir in die Hand drückte. Dann warf Harley einen Blick auf Lamont und Kalter und wandte sich schließlich wieder mir zu.

»Es war nett, mit Ihnen zu sprechen, Harker.« Das Interview war anscheinend vorbei.

»Das Vergnügen war ganz auf meiner Seite.« Ich winkte mit der Zeitung. »Auf Wiedersehen, Mr. DeBlase.«

Sein Gesicht blieb ausdruckslos. Er sah mich kurz an und blickte dann sofort wieder zur Seite. Kein Lächeln, kein Anzeichen, daß er mich erkannt hatte. Ich hätte ebensogut eine Fliege an der Wand sein können. Wahrscheinlich mußte man sich sehr anstrengen, um von dem Mann eine Reaktion zu erhalten. Nun, dieses Verhalten war sicher normal, wenn man einige Milliarden Dollar und ein verschrobenes Gehirn besaß. Man war dann durch nichts mehr zu beeindrucken.

Gaylord Ran Harley drehte sich rasch um, und die beiden Männer hinter ihm eilten an seine Seite. Von ihnen flankiert verließ er das Gebäude. Die anderen folgten ihm wie Pfadfinder ihrem Gruppenleiter. Gaylord Ran Harley. Ja, ich konnte mir gut vorstellen, daß er sich innerhalb des CIA einen eigenen Bereich geschaffen hatte, in den er sich nicht hineinpfuschen ließ. Nur Errol Flynn hätte ihn bremsen können – aber der war leider schon tot.

Ich warf einen Blick auf die Zeitung in meinen Händen. Es

war die aktuelle Ausgabe einer New Yorker Tageszeitung. Die Seite dreißig war aufgeschlagen, und ganz unten war ein Artikel mit Rotstift angestrichen. Darin hieß es, daß die Leiche eines Ertrunkenen am Rockaway Beach angespült worden war. Der Mann war noch nicht identifiziert worden, wurde aber genau beschrieben. Ich war mir ziemlich sicher, daß es sich um Drummond McClan handelte.

Mich fröstelte. Meine Hände zitterten und ich biß die Zähne zusammen, um zu verhindern, daß sie unkontrollierbar klapperten. Nun, ich konnte nicht behaupten, ich sei nicht gewarnt worden. Ganz im Gegenteil.

Kalter faßte mich am Ellbogen. »Harker? Harker?«

Ich drehte mich langsam um. Meine Güte, diese Typen spaßten nicht.

»Ja?«

»Lupus will Sie sehen. Jetzt.« Er zog an meinem Arm.

Der Kerl machte mich wütend.

»Wenn Sie nicht sofort meinen Arm loslassen, trete ich Ihnen in die Eier, bis Sie die Englein singen hören.« Wenn man Angst hat, entwickelt man oft aus nichtigem Grund einen enormen Zorn.

»Ganz ruhig, Mann. Lupus sagte, Sie wollten ein bestimmtes Dokument sehen. Er rief an, während Sie mit Ihren Freunden sprachen. Er meint, wenn Sie einen Blick auf diese Unterlagen werfen, werden Sie einsehen, daß wir mit der Sache nichts zu tun haben, verstanden?«

Ich runzelte die Stirn. Träumte ich?

Lamont saß immer noch auf der orangefarbenen Sitzbank. Er konnte uns nicht hören, aber sehen.

»Heißt das, ich kann mir den Bericht über das Attentat auf Havilland ansehen? Ich dachte, ihr wolltet mich aus der Stadt haben, damit ich ihn nicht lesen kann.«

»Die Dinge ändern sich eben manchmal. Jemand hat beschlossen, Ihnen eine faire Chance zu geben. Das erwarten wir natürlich auch von Ihnen.« Auf Kalters Anzug entdeckte ich dunkle Flecken. Der Mann konnte sich einfach nicht sauber halten.

»Sagen Sie Lupus, wenn das ein Trick ist, wird er nicht

funktionieren. Ich werde auf jeden Fall schreiben, was ich will. Egal, ob ich den Bericht zu lesen bekomme oder nicht.«

»Lupus weiß das. Sie können tun, was Sie wollen. Er denkt nur, daß Sie Ihre Meinung über uns vielleicht ändern, wenn Sie einen Blick auf die Unterlagen werfen können.«

»So, denkt er das?« fragte ich zweifelnd.

»Alles klar, Harker?«

»In Ordnung. Aber lassen Sie endlich meinen Arm los. Noch kann ich ohne Hilfe laufen.«

28

Die kleine Waffe war unter der Zeitung versteckt, die Harley mir gegeben hatte. Ich hatte im Dunkeln nur einen kurzen Blick darauf werfen dürfen, damit ich wußte, was Sache war. Ich schätzte, es war eine 32er. Sie sah aus wie ein Spielzeug. Ein Spielzeug aus blauem Metall mit einer schmalen Öffnung am Ende des kurzen Laufs. Sechs Schuß. Und der Lauf war direkt auf meinen Bauch gerichtet.

Kalter fuhr sich mit der Zunge über die dünnen Lippen wie ein Hausmeister, der nackte Schülerinnen im Duschraum beobachtet.

»Die Waffe ist echt, Harker, das können Sie mir glauben. Sie macht wunderschöne Löcher. Also steigen Sie in den Wagen.«

»Lupus will sich nicht mit mir treffen, oder?«

»Los, rein in den Wagen, du Arschloch. Hinter das Steuer. Wenn es sein muß, lasse ich Sie hier auf dem Parkplatz liegen. Und zwar mit zwei Geldstücken auf den Augen.«

»Keine angenehme Vorstellung«, erwiderte ich. Der Mistkerl hatte mich davon überzeugt, daß er dazu fähig wäre. Das machte mich nervös. Am liebsten hätte ich ihm einen Tritt in den Hintern verpaßt, aber er hatte die Waffe – und er richtete sie direkt auf meinen Nabel.

Als wir auf den dunklen Parkplatz hinausgegangen waren, hatte ich einige Fragen gestellt. Offensichtlich zu viele Fragen. Kalter hatte plötzlich die Waffe gezogen und sie unter meiner Zeitung versteckt. Der Parkplatz lag sehr abseits. Außer Mücken und Motten war weit und breit niemand in Sicht. Der CIA war eben auf alles vorbereitet.

Lamont runzelte die Stirn und ließ seinen Blick zwischen Kalter und mir hin- und herwandern. Anscheinend war er von Kalters Verhalten überrascht.

»Hör mal...« sagte er langsam.

Kalter drehte sich wütend um. Sein Gesicht war dunkelrot, in den Mundwinkeln sammelte sich weißer Speichel. Dieser kleine Bastard war außer sich – und er war verrückt. Eine gefährliche Kombination bei einem Mann, der eine Waffe in der Hand hält.

»Du hältst dein Maul, verstanden? Jetzt wird getan, was ich sage, kapiert? Wir sind hier nicht in einem Niggerviertel. Du hast jetzt nichts zu melden. Harker wird in den Wagen einsteigen und losfahren. Mach mich bloß nicht wütend, Buschmann. Du bist nur Gast auf dieser Party, kapiert?«

Kalter versuchte verzweifelt, seine Stimme zu dämpfen und zischte wie eine Schlange. Sein Gesicht wurde noch dunkler, und seine Augen tragen beinahe aus den Höhlen. Er sah aus wie ein Süchtiger, dem der Stoff ausgegangen war. Als er seinen Monolog beendet hatte, bewegte sich seine Kinnlade, als würde er auf einem harten Steak herumkauen. Kalter war kurz davor durchzudrehen.

Lamont blieb ruhig, aber ich konnte sehen, daß etwas in ihm vorging. Er blähte die Brust auf und nahm die Schultern zurück. Doch dann entspannte er sich wieder. Der Mann, der mit Vorliebe Machiavelli las und Geschichten über Männer erzählte, die erst lächelten und dann zuschlugen, grinste breit. Dann hob er die Hände und zuckte mit den Schultern wie ein guterzogener Regierungsbeamter.

»Wie du meinst.«

»Endlich hast du kapiert, Nigger.«

Kalter wandte sich wieder mir zu.

Ich war verwirrt. Und nervös. Hätte ich die Chance gehabt, wäre ich wie ein Hürdenläufer über den Zaun gesprungen.

Kalter war verrückt. Das trug nicht gerade dazu bei, meine

Angst abzubauen. Er rückte sein Jackett zurecht und fuhr hektisch mit der Hand über die dunklen Flecken. Dann rieb er die Fingerspitzen aneinander. Der Schmutz auf seiner Kleidung schien abzufärben.

Er fuchtelte mit der Zeitung herum. »Los, in den Wagen.«

»Warum?«

»Weil ich es sage. Und weil ich eine Waffe habe. Nennen wir es nationale Sicherheit.«

»Nationale Sicherheit? So ein Mist. Sagen Sie Lupus, daß er damit nicht durchkommt. Ich werde...«

»Ja, ja. Sie können ihm ja einen Brief schreiben. Und jetzt los, Harker. Mein Finger läßt sich nicht länger kontrollieren.«

Kalter trat einen Schritt zurück und leckte sich wieder die Lippen. Dann bedeutete er Lamont mit einem Kopfnicken, ebenfalls zurückzutreten.

Mir wurde plötzlich bewußt, wie heiß es war. Ich hörte die Mücken summen und nahm wahr, daß einige Leute auf den Parkplatz kamen. Allerdings am anderen Ende – weit, weit weg von uns. Was würde es mir nützen zu schreien? Nichts. Meine Zunge fühlte sich dick und pelzig an, und ich hatte einen ekelhaften Geschmack im Mund.

Kalter wich noch weiter zurück, als ich meine Hand auf den Türgriff legte.

Aus dem Augenwinkel sah ich, daß etwas durch die Luft schwirrte. Kalter krümmte sich zusammen und riß die Hände vors Gesicht. »Verdammt!« schrie er.

Lamont bewegte sich sehr schnell. Ich riß überrascht den Mund auf. Mein Magen krampfte sich nervös zusammen.

Der große schwarze Mann hatte Kalter einige Münzen ins Gesicht geworfen. Dann kniete er sich auf ihn, nahm Kalters Kopf in seine riesigen schwarzen Hände und schlug ihn mit einer raschen Bewegung auf den Boden. Als Lamont sein Knie ruckartig nach oben zog, gab Kalter keinen Laut von sich. Er hatte keine Gelegenheit dazu.

Kalters Kinn prallte gegen Lamonts Knie, und ich hörte ein knackendes Geräusch – als hätte jemand einen Zweig von einem Baum abgebrochen. Er klappte zusammen wie ein Sack voll Lumpen. Seine rechte Hand umklammerte immer noch die Zeitung.

Lamont arbeitete so effektiv wie ein frisch geölter Computer. Ich war beeindruckt, dankbar und beruhigte mich ein wenig.

Rasch drehte sich Lamont zu mir um. Er atmete nicht einmal schwer, sah aber aus wie ein Mann, der eine wichtige Aufgabe erfüllte.

»Geh weg von dem Wagen!«

»Was?«

»O Mann!« Lamont packte meine Hand und zog mich hinter sich her, als würde ich höchstens ein paar Gramm wiegen. Meine Schulter schmerzte von seinem Griff, und ich blieb stehen, um sie vorsichtig zu massieren.

»Was ist denn los?« fragte ich verblüfft.

»Sch!« Lamont öffnete die Motorhaube. Ich warf einen Blick auf Kalter. Er lag bewegungslos auf dem Asphalt. Als ich sah, daß sein Kopf merkwürdig verdreht war, beugte ich mich zu ihm hinunter und fühlte seinen Puls. Nichts. Ich hielt den Atem an. Der verrückte Kalter war mausetot. Wieder einer, der seinen extremen Vorurteilen zum Opfer gefallen war.

Ich drehte mich zu Lamont um und öffnete den Mund, um ihm Bescheid zu sagen. Er stand bereits vor mir und streckte mir etwas entgegen.

»Sieh dir das an«, forderte er mich auf.

Drei Stangen Dynamit an einem Zeitzünder.

Ich holte tief Luft.

»Woher hast du das gewußt?« flüsterte ich.

»Der Kerl war sehr darauf erpicht, daß du allein losfährst. Sieh ihn dir an. Auf seiner Kleidung sind Flecken.«

Ich beugte mich wieder über Kalter und verzog das Gesicht, als müßte ich in einer verstopften Toilette herumwühlen. Die dunklen Flecken auf seinem Anzug stammten von Öl. Ich berührte sie und roch dann an meinen Fingern. Eindeutig Öl. Dieser Scheißkerl.

Ich stand auf.

»Als wir uns heute abend hier trafen, war sein Anzug noch

sauber«, erklärte Lamont. »Ich schätze, er hat diese Sache vorbereitet, als er uns kurz allein gelassen hat. Weißt du auch, warum?«

Lamont schien es nichts auszumachen, daß er gerade einen Kollegen umgelegt hatte. Ehrlich gesagt, war es mir inzwischen auch ziemlich egal. Dieses Arschloch hatte versucht, mich umzubringen. Mich! Ich wünschte, Kalter wäre noch am Leben, damit ich mir ihn selbst vornehmen könnte.

»Ja, ich weiß«, sagte ich leise. »Es geht um die Geschichte, an der ich arbeite. Und um die Leute, die ich befragt habe.«

»Havilland«, sagte Lamont, während er das schwarze Klebeband von dem Zeitzünder zog.

»Woher weißt du das?«

»Woher ich das weiß? Verdammt, was denkst du denn, warum du die Stadt verlassen solltest? Meine Leute sprechen über nichts anderes mehr. Du stellst eine Menge Fragen, und das gefällt ihnen nicht. Fragst du mich wirklich, woher ich das weiß? Hältst du mich denn für blöd?«

»Wenn dich jemand als blöd bezeichnet, dann bekommt er es mit mir zu tun, Lamont. Ich schulde dir etwas. Kalter hatte wohl geplant, daß ich in die Luft fliege, während ihr euch aus dem Staub macht. Die Leute hätten gesagt: ›So ein Pech. Der arme alte Harker. Warum mußte er auch überall seine Nase hineinstecken? Das hat er jetzt davon.‹ Meine sterblichen Überreste wären durch das ganze Land geflogen.«

Lamont warf einen Blick auf Kalter. »Schade, daß er nicht mehr am Leben ist. Wir hätten ihn an deiner Stelle in den Wagen setzen und in die Luft jagen können. Ich konnte den Scheißkerl nie ausstehen.«

»Hast du ihn deshalb umgelegt?«

»Vielleicht. Ich hatte das Gefühl, daß er auch mir eines Tages an den Kragen will, wenn er dich jetzt erledigt. Außerdem muß jeder selbst sehen, wo er bleibt. Und ich habe keine Lust, die Drecksarbeit für einige Weiße zu erledigen, die es aus unerklärlichen Gründen auf einen anderen Weißen abgesehen haben.«

»Gute Überlegung, Lamont.« Ich blickte wieder auf Kalter hinunter und hatte plötzlich eine Eingebung.

»Lamont?«

»Ja.«

»Du kennst dich doch mit einigen Sachen gut aus, oder? Kannst du das Dynamit wieder anbringen?«

»Warum? Ich habe nicht vor, mit dem Wagen zu fahren, falls du darauf anspielst.«

»Das meinte ich nicht. Bau den Zünder wieder ein und setz Kalter hinter das Steuer.«

»Was soll das? Kalter ist mausetot. Er wird nie wieder aufwachen.«

»Das weiß ich.«

»Also was soll der Mist?«

»Leg das Dynamit wieder in den Wagen und setz Kalter hinter das Lenkrad. Es wäre besser, du tust es gleich, bevor uns hier jemand stört. Dann machst du den Zeitzünder an und schließt den Wagen kurz. Sag mir nicht, du könntest das nicht. Jeder Schwarze beherrscht das.«

»Und dann?« fragte er unbeeindruckt. »Denkst du etwa, ich schließe den Motor kurz und lasse mir den Arsch wegblasen?«

»Natürlich nicht. Aber ich denke, du kannst die Drähte um Kalters Finger wickeln und so hinbiegen, daß der Motor startet, wenn bei ihm die Leichenstarre einsetzt. Wenn sein Körper steif wird, berühren sich die Drähte und *zack!* Man wird annehmen, Kalter wäre bei der Explosion ums Leben gekommen.«

Die Idee gefiel mir.

Lamont kämpfte einen Moment mit sich, dann sah er mich an.

»Es dauert Stunden, bis die verdammte Leichenstarre einsetzt. Ich sollte besser den Zeitzünder programmieren. Verdammt, wahrscheinlich ist es besser, als den Leuten zu erklären, warum ich ihn umgelegt habe, anstatt zuzulassen, daß er dich umlegt.«

»So kann man es auch sehen. Also dann an die Arbeit. Glaubst du, Lupus hat das angeordnet?«

Lamont hatte bereits Kalter aufgehoben. Im Dunkeln sah es so aus, als würde ein Schwarzer seinem betrunkenen weißen Freund helfen, ins Auto einzusteigen.

»Nein. Sie hätten dich jederzeit fertig machen können. Warum also gerade hier?«

Er schleifte Kalter auf den Fahrersitz des Wagens und machte sich dann an der Zeitzündung zu schaffen.

Lamont hatte recht. Warum hätte der CIA auf diesen Moment warten sollen? Man hatte erst versucht, mich umzulegen, nachdem ich mich mit DeBlase und Harley getroffen hatte – nachdem ich mich tapfer gegen Erpressungsversuche zur Wehr gesetzt hatte. Während unseres bedeutenden Gesprächs hatte Harley Kalter vielleicht ein Zeichen gegeben. Ein Zeichen, das ihm sagte, ich würde nicht einlenken.

Möglicherweise hatte Harley Kalter eine Kußhand zugeworfen. Oder die Zeitung war das Signal gewesen. Auf jeden Fall wären mir beinahe beide Beine abgerissen und durch das Fenster eines Wagens geschleudert worden. Gott schütze Lamont. Ich verhielt mich ganz ruhig – ich durfte Lamont jetzt nicht stören.

Als mich eine Mücke anflog, klatschte ich die Hand gegen meinen Hals. Lamont drehte sich um und sah mich strafend an, dann steckte er den Kopf wieder unter die Motorhaube.

Also gut, sollten die Moskitos mich auffressen. Hauptsache, Lamont bewies das Geschick eines Chirurgen und arbeitete so schnell wie ein Jagdhund.

Er stand auf und schloß die Motorhaube so vorsichtig, als wäre sie aus kostbarem Porzellan.

»Erledigt«, flüsterte er.

Ich drehte mich um und fing an zu laufen. Lamont war dicht hinter mir. Verzweifelt umklammerte ich die Notizbücher und die Kuverts mit den Zeitungsausschnitten. Wir rannten erst an den wenigen parkenden Autos vorbei und schlugen uns dann quer durch die Reihen.

WUMS!

Der ohrenbetäubende Knall verklang langsam und schickte sein Echo hinterher. Ein gespenstisches gelbes Licht erhellte den Parkplatz. Glas und Metallteile flogen durch die Luft.

Wir blieben stehen und sahen uns um. Zwei oder drei Leute näherten sich ganz vorsichtig dem Wagen.

Das Feuer flackerte hell und beleuchtete den Parkplatz. Die Flammen knisterten fröhlich.

»Jetzt wird der Scheißkerl richtig geröstet«, murmelte Lamont.

Wir starrten beide auf das Flammenmeer.

»Was geht es dich an?« fragte ich. »Als das verdammte Ding explodierte, warst du im Flughafengebäude und versuchtest, mich gegen meinen Willen in einen Flieger nach New York zu setzen. Kalter war verschwunden, deshalb mußtest du ganz allein mit mir fertig werden. Ich denke, ich werde Lupus einen Brief schreiben und mich über dich beschweren. Nach allem, was ihr Typen mir angetan habt, kann man so einen Brief wohl kaum als konstruiertes Alibi ansehen, oder?«

Lamont grinste und nickte kurz. Dann streckte er mir die Hand entgegen.

Als ich einschlug, grinste er wieder. Dann drehte er dem Feuer den Rücken zu. Es knisterte immer noch gewaltig, brannte aber schon nieder. Sogar als Toter bewegte Kalter nicht viel.

29

»Du siehst schrecklich aus.«

»So fühle ich mich auch«, erwiderte ich.

»Stehst du schon lange hier?« Anscheinend war sie nicht überrascht, mich hier zu finden.

Ich sah auf die Uhr. Meine Augen brannten, als hätte mir jemand eine Ladung Pfeffer ins Gesicht geschleudert. Schlafmangel.

»Warte mal. Nun, seit zwei Uhr morgens. Das sind also drei Stunden. Der Portier sagte, du wärst ausgegangen.«

Ich gähnte und sah mir den Himmel an. Die Dämmerung tauchte Manhattan in ein orangerotes Licht mit gelben und blauen Streifen am Himmel. Gott verhielt sich nicht geizig, wenn es um einen Sonnenaufgang ging.

Ich war so müde, daß ich kaum mehr etwas erkennen konnte. Harker sah die Welt durch einen Schleier. Ich streckte mich und versuchte das Zittern meiner Muskeln zu unterdrücken. Dann überlegte ich mir, ob ich lächeln sollte, aber das war mir zu anstrengend. Der erste fehlgeschlagene Versuch an diesem Tag.

»Wie schlimm ist es?« fragte Loni und zog die Augenbrauen hoch. Eine verständliche Reaktion – immerhin sah ich nicht gerade aus wie ein Mann, der keine Probleme hatte.

»Sehr schlimm. Jemand versucht, mich umzulegen.« Ich massierte mir den steifen Nacken und gähnte wieder.

Loni runzelte besorgt die Stirn. Ihre Augen weiteten sich, und sie legte schockiert den Kopf zur Seite.

»So schlecht steht es also?« Ihre Stimme klang sanft und weich.

»Ja, ich glaube schon.« Ich sah mich hastig um. Wahrscheinlich wurde ich langsam paranoid. Die Straße war menschenleer. Loni hatte ein Taxi genommen, doch das war längst verschwunden. Jetzt standen nur noch wir drei auf dem Gehsteig – Loni, ich und der Portier. Er hatte ein rotes Gesicht und gab sich große Mühe, nicht in unsere Richtung zu sehen.

Ich sah Loni aufmerksam an. Dann atmete ich tief ein.

»Du siehst gut aus.«

Sie lächelte auf eine Art, die mir sagen sollte: ›Danke, aber das ist nicht der Rede wert.‹

Ich hatte ihr einmal gesagt, daß Gott sie gleichzeitig mit Elizabeth Taylor geschaffen haben mußte. Und Liz hatte nur das bekommen, was übrig geblieben war. An dieser Meinung hielt ich fest.

Beide Frauen hatten ein ovales Gesicht, dichte Wimpern und einen sinnlichen Mund, der jeden Mann zum Wahnsinn treiben konnte. Lonis Augen funkelten meergrün, ihr dunkelbraunes Haar schimmerte im Licht rötlich. Ihre Beine waren einfach perfekt – so schön, als hätte Michelangelo sie gemeißelt.

Ihre Brüste waren nicht sehr groß, aber das stellte kein Problem dar. Vor einiger Zeit hatten wir uns darauf geeinigt, daß alles, was über ein gewisses Maß hinausging, nur Verschwendung gewesen wäre. Loni war jetzt achtundzwanzig, sah aber jünger aus. Einige Leute hielten sie für unterkühlt, weil sie sich ständig unter Kontrolle hatte.

An diesem Abend – besser gesagt, an diesem Morgen – trug sie ein blaßgelbes Sommerkleid mit kurzen Ärmeln, das bis zum Knie reichte. Ihre braune Handtasche, die wahrscheinlich mehr als die Hälfte meines wöchentlichen Lohns gekostet hatte, war fast leer. Loni wollte die Form, an der der Designer lange herumgetüftelt hatte, nicht zerstören. Ihre sagenhaften Beine waren nackt, sie trug gelbe Holzschuhe. Die Wirkung war umwerfend. Sie sah einfach großartig aus. Schlagartig fühlte ich mich besser.

Wir standen auf dem Gehsteig und sahen uns an. Keiner sprach ein Wort. Wir wußten, daß wir auf eine gewisse Weise noch miteinander verbunden waren, konnten aber beide nicht damit umgehen.

Loni stellte sehr selten dumme Fragen. Das unterschied sie von den meisten Frauen. Wenn allerdings der Ex-Mann um fünf Uhr morgens vor dem Apartment auftaucht – unrasiert, in einem verknitterten Anzug und mit zwei braunen Kuverts unter dem Arm – sollte sich eine Frau vielleicht doch dazu äußern.

»Möchtest du mit hinaufkommen?« fragte sie schließlich.

Ich nickte und atmete erleichtert auf. Dann beschloß ich, meine dummen Fragen für mich zu behalten. Ich wollte eigentlich gar nicht wissen, wo und mit wem sie so lange gewesen war.

Ich folgte ihr ins Haus und zwang mich, den Portier anzulächeln, obwohl er mich betrachtete, als wäre ich ein Haufen Müll, der schon seit drei Tagen in der Sonne verrottete. Eingebildeter Schnösel.

In Lonis Apartment ließ ich mich auf eine lange graue Couch fallen und schloß die Augen.

»Kein Kaffee«, bemerkte sie. »Tee oder Saft, nicht wahr?«

»Das weißt du also noch.«

»Ja.« Falls sie sich noch an andere Dinge erinnerte, war sie nicht bereit, darüber zu sprechen.

Ich lauschte den Geräuschen in der Küche. Alles tat mir weh – vom Scheitel bis zur Sohle. Mir gingen einige Bilder durch den Kopf. Ein explodierender Wagen, drei Männer, die mich durch ein Kornfeld jagten, Walter Fragan, der lächelnd Klavier spielte, Gaylord Ran Harley, der mir eine Zeitung reichte und Delia Sisson, die mir eröffnete, daß sie bald sterben würde.

»Hier ist der Tee.«

Ich öffnete die Augen. Auf dem kleinen Tisch vor mir stand eine Tasse. Ich bedankte mich leise und preßte Zitronensaft in das dampfende Getränk. Lonis Apartment lag im zwanzigsten Stockwerk. Die großen Fenster gaben den Ausblick auf den grauen East River frei. Man sah, daß Loni sich noch nicht ganz eingerichtet hatte, aber die Wohnung wirkte bereits jetzt sehr geschmackvoll. An den Wänden hingen einige Drucke von Impressionisten, die Möbel waren Kopien aus dem französischen Klassizismus, und in einer Ecke stand ihr Klavier. Loni spielte sehr gut.

Die Wohnung war groß. Ein Wohnzimmer, zwei Schlafzimmer und eine kleine Küche. Man konnte hier sogar joggen, wenn man wollte. Ich hatte die Wohnung bereits gesehen, als sie noch unmöbliert war. Damals hatten wir auf dem nackten Fußboden gesessen und über unsere Scheidung geredet.

Loni setzte sich mir gegenüber auf einen Sessel und zog die Beine hoch. Sie brachte niemals Kunden hierher. Die Wohnung war ihr Heiligtum, ihr Zufluchtsort.

»Warten sie in deiner Wohnung auf dich?« fragte sie. Sie runzelte die Stirn. Offensichtlich machte sie sich Sorgen, und das gefiel mir.

»Vielleicht. Ich fühlte mich dort nicht sicher. Sogar in Hotels ist mir nicht ganz geheuer, deshalb...« Ich zuckte mit den Schultern. Plötzlich überwältigte mich die Müdigkeit und ich spürte jeden Knochen in meinem Körper.

»Gibt es irgend etwas, worüber zu sprechen möchtest?«

Das war immer eines unserer Probleme gewesen. Ich war so in meiner Arbeit aufgegangen, daß ich nicht einmal mehr Zeit gehabt hatte, mit ihr darüber zu reden. Mein Ehrgeiz hatte mich all meine Kraft und Energie gekostet.

»Ich arbeite an einer Geschichte, von der die meisten Leute denken, sie sollte endgültig begraben werden. Jemand hat jemanden umgebracht, und meiner Meinung nach sollte er nicht ungestraft davonkommen. Das ist alles.« Ich nahm einen Schluck von dem heißen Tee.

»Kann man dir Steine in den Weg legen?« Loni beugte sich nach vorne und faltete die Hände.

»Das hat man bereits versucht. Es muß mir einfach gelingen, diese Story zu veröffentlichen. Mein Problem ist nur, daß ich noch mehr Informationen brauche – das heißt, Zeugenaussagen und Unterlagen.«

Loni lehnte sich zurück und strich sich das Haar aus der Stirn. »Und diese Papiere...« Sie deutete auf meine Notizen auf dem Tisch.

»Sie sind nur ein Teil davon.« Ich dachte an die Zeitungsausschnitte, die Ray Stance mir geschickt hatte. Zwei der drei Häftlinge, die Uttman in seinen Briefen erwähnt hatte – Roger Joel und Willard Justin –, hatten Perry Joseph verdammt ähnlich gesehen. Die beiden hätten als seine Zwillingsbrüder durchgehen können. Aus einiger Entfernung hatte sie jeder für Perry Joseph halten müssen. Das war wirklich interessant.

»Was kann ich für dich tun?« fragte Loni.

»Ich nehme an, meine Wohnung wird beobachtet. Und in einem Hotel fühle ich mich auch nicht sicher. Ich brauche einen Ort, an dem ich zwei oder drei Tage ungestört arbeiten kann. Dann sollte ich alles erledigt haben.«

Ich war noch unentschlossen, ob ich nach Vegas fahren sollte, um etwas über das Treffen herauszufinden, das Harley und DeBlase einberufen hatten. Natürlich interessierte es mich brennend, aber ich hatte das Gefühl, direkt in ein offenes Messer zu laufen. Andererseits rechneten die Typen wahrscheinlich nicht mit meinem Erscheinen. Wenn Fragan und Mirando noch einiges erzählten, und ich von Trotman den unveröffentlichten Bericht über das Attentat bekommen konnte, war es vielleicht gar nicht nötig, nach Vegas zu fahren.

»Du hast mich noch nie an deiner Arbeit teilhaben lassen«,

bemerkte Loni und lächelte. Ich war nicht sicher, ob sie damit Kritik an mir übte, weil ich jetzt, wo ich sie brauchte, angeschlichen kam, oder ob sie sich darüber freute, daß ich sie endlich einmal um einen Gefallen bat.

»Die letzten Tage waren sehr hart, Loni. Mir wird erst jetzt klar, wie hart. Einige Leute mußten wegen dieser Geschichte dran glauben.«

»Und du bist schuld daran?«

»Nein. Nun, vielleicht doch. Zum Teufel, ich weiß es nicht. Ich weiß nur, daß ich müde bin und Angst habe. Manchmal glaube ich, sie werden mich schnappen, bevor ich die Story schreiben kann. Solchen Typen bin ich noch nie begegnet. Sie besitzen Geld und Macht. Und sie gehen über Leichen. Hin und wieder bin ich fest davon überzeugt, daß sie gewinnen und mich zur Strecke bringen werden, bevor ich mich an die Schreibmaschine setzen kann. Ich wollte dich sehen, bevor... bevor...

Bevor man mich umlegt, dachte ich, aber ich konnte es nicht aussprechen. Auch während unserer Ehe hatte ich oft Schwierigkeiten gehabt, ihr meine Gedanken mitzuteilen.

»Ich verstehe«, flüsterte sie leise.

Ich stand mühsam auf. Mein Gott, ich spürte jeden Knochen in meinem Leib.

Loni stand ebenfalls auf und umarmte mich. Sie fühlte sich gut an und duftete fantastisch. Es hätte mir nichts ausgemacht, wenn das der letzte Moment in meinem Leben gewesen wäre.

Wir blieben einige Zeit eng umschlungen stehen und sahen zu, wie es langsam dämmerte. Was sollten wir tun, außer miteinander ins Bett und dann wieder getrennte Wege zu gehen?

Während wir uns liebten, weinten wir beide leise.

Als ich um halb eins aufwachte, war Loni verschwunden. Sie hatte mir eine Nachricht hinterlassen. Abends würde sie nach Hause kommen, müßte aber dann wahrscheinlich bald wieder gehen.

Nichts hatte sich geändert. Meine Ex-Frau und ich arbeiteten beide hart und hatten nur wenig Zeit für solche Momente, wie wir sie vor einigen Stunden genossen hatten. Mach dir nichts vor, Harker – die Liebe deines Lebens ist eine berufstätige Frau. Du hattest deine Therapiestunde, jetzt mußt du wieder weitermachen.

Ich las Lonis Nachricht einige Male.

Es dauerte sehr lange, bis der Schmerz nachließ.

30

»Glauben Sie denn, wir fällen Bäume, um so einen Mist zu Papier zu bringen?« Jack Sommers drehte seinen wuchtigen Kopf zur Seite und hob die Hände. Der untersetzte Mann mit den lichten, fettigen schwarzen Haaren und den dicken Lippen sagte mir gerade, was er von meiner Story über das Attentat auf Victor Evan Havilland hielt. Der Mistkerl hatte mich ständig unterbrochen, deshalb hatte er wohl nicht alles mitbekommen. Die Laune des Fünfundfünfzigjährigen war so mies wie die eines Säufers aus einem Ghetto.

Er rückte seine Brille mit den grünlich getönten Gläsern zurecht und deutete mit dem Finger auf mich. »Sie haben sich eine Menge Zeit gelassen, und was zum Teufel bringt uns das? Eine alte Geschichte, an der einige Verrückte bereits seit zehn Jahren arbeiten. Meine Güte!«

Er hob wieder die Hände und schnaubte wie ein wütender Bulle. Wenn er zornig war, dann zeigte er das ganz offen und scherte sich einen Dreck um die anderen.

Wir saßen alle an einem Konferenztisch wie die Figuren in einem Krimi von Agatha Christie. Ich wartete beinahe darauf, daß der Inspektor hereinkam und verkündete, daß der Täter einer aus unserem Kreis war. Das Zimmer war mit braunem Teppichboden ausgelegt und holzvertäfelt. An der Wand hingen drei Porträts von vornehmen Gentlemen – Vorfahren von Mrs. Evans.

»Lassen Sie ihn bitte ausreden, Jack«, sagte Mrs. Evans ruhig. Dann lächelte sie mich an. Ich erwiderte ihr Lächeln. Die gute alte Eddie – immer unter Kontrolle und höflich zu ihren

Angestellten. Sie benahm sich so, wie man es von einer millionenschweren Dame erwartete. An diesem Morgen trug sie – wie fast immer – ein schwarzes Kleid, eine Perlenkette und eine schmale goldene Armbanduhr. Obwohl sie bereits über sechzig war, sah sie gut aus: schlanke Figur, kurzes graues Haar, das perfekt saß. Sie wirkte sehr gepflegt und elegant.

»In Ordnung, Harker, sprechen Sie weiter.« Jack Sommers hätte mich am liebsten angespuckt. Er konnte mich nicht ausstehen, weil ich mir von ihm nichts sagen ließ. Außerdem war er eifersüchtig – das war bei älteren Redakteuren oft der Fall. Manchmal drängten sie aus Bitterkeit junge Reporter von ihrem Posten. Sommers würde das nie tun. Er erkannte, ob jemand Talent hatte, und machte Gebrauch davon. Trotzdem konnte er mich nicht leiden.

Ruben Weiner war groß, um die sechzig und hatte weißes Haar. Der Pfeifenraucher mit den schlechten Zähnen und dem Magengeschwür ließ seinen Blick zwischen mir und Jack hin- und herwandern. Er hatte schon mehrmals meine Stories gekürzt, sich aber jetzt noch nicht geäußert. Vielleicht wartete er ab, was Mrs. Evans zu sagen hatte. Ich traute ihm noch weniger als Jack Sommers. Jack war ehrgeizig, deshalb ließ er mir auch einiges durchgehen. Aber zuerst versuchte er immer, mich fertigzumachen.

»Sie müssen das verstehen, Harker.« Julius Ramey versuchte wieder einmal zu vermitteln. Er war ebenfalls um die sechzig, schlank, hatte silbernes Haar, ein gebräuntes faltiges Gesicht und jede Menge Jacketkronen im Mund. Ich traute ihm nicht über den Weg.

»Was muß ich verstehen?« fragte ich feindselig und nahm eine abwehrende Haltung ein.

Julius Ramey faltete die Hände, räusperte sich und lächelte. Er sah für sein Alter wirklich gut aus. »Wir bekamen Anrufe vom Weißen Haus, vom CIA und sogar von jemandem, der den früheren Präsidenten Wilcox vertritt.«

»Wilcox hat nicht persönlich angerufen?« Das sollte ein Witz sein – Wilcox war seit zwei Jahren tot.

»Harker, das ist eine ernste Angelegenheit.« Rameys Lächeln verschwand, und seine Stimme wurde leiser.

»Ich weiß. Nur deshalb bin ich heute so früh aufgestanden.«

Mrs. Evans lächelte. »Seit wann sind Sie wieder in der Stadt?« fragte sie.

»Seit einigen Tagen.«

Das gab ihnen zu denken.

Jack Sommers runzelte die Stirn, bis seine dichten schwarzen Augenbrauen eine geschlossene Linie über der Nasenwurzel bildeten. Seine Stimme klang unnatürlich hoch.

»Sie sind schon seit Tagen in der Stadt und haben sich nicht bei uns gemeldet? Das ist...«

»Ich bin sicher, Harker hatte einen guten Grund dafür, Jack. Nicht war, Harker?« Mrs. Evans schlug einen höflichen Ton an, aber sie wollte eine Antwort von mir haben.

»Das stimmt. Ich würde gerne meine Geschichte zu Ende erzählen. In der Vergangenheit gab es einige solcher Meetings, bei denen alle auf mir herumhackten. Und wer behielt letztendlich recht?« Noch war ich nicht wütend, aber wenn das Gespräch so weiterging, konnte ich für nichts garantieren.

»Ich kann mich daran erinnern«, erwiderte Mrs. Evans. »Also berichten Sie weiter.«

»Zuerst möchte ich sagen, daß es mir leid tun, so große Kosten verursacht zu haben. Das Kornfeld, die beschädigten Autos... Aber Sie werden das sicher verstehen. Ich werde Ihnen auch erklären, warum ich mich bis jetzt nicht gemeldet habe. Meine Geschichte mag sich absurd anhören, aber ich habe genügend Beweise, um daraus eine Story zu machen. Und ich kann noch mehr bekommen. Wenn ich nichts in der Hand hätte, würde man auch keinen Druck auf mich ausüben. Die betreffenden Leute würden uns nicht belästigen, wenn sie keine Angst vor mir hätten. Ich weiß, was ich tue, und ich erledige meinen Job verdammt gut. Also hören Sie mir jetzt bitte zu?«

Keiner sagte etwas. Ich nahm das als Zeichen, weitersprechen zu können. Sogar Patrick Maxian, natürlich wieder in einem teuren Maßanzug, widmete mir seine Aufmerksamkeit.

»Victor Havilland wurde ermordet«, begann ich. »Aber nicht von einem, sondern von drei Männern. Von drei Männern, die Thomas DeBlase und ein schurkischer CIA-Agent namens Gaylord Ran Harley angeheuert hatten.«

Ich machte eine kurze Pause. Alle starrten mich verblüfft an.

Dann sprach ich weiter. Erst um Viertel nach elf war ich mit meiner Geschichte fertig. Keiner hatte mich unterbrochen.

Patrick Maxian sprach als erster.

»Nun – was soll man dazu sagen? DeBlase wird uns ohne Zweifel verklagen und auf einem Widerruf bestehen.« Er setzte eine besorgte Miene auf. Verdammt, es war schließlich sein Job, sich über so etwas Gedanken zu machen.

»Wie weit sind Sie mit der Story?« fragte Jack Sommers leise. Ich bildete mir ein, daß seine Stimme beinahe respektvoll klang.

»Nun, in den vergangenen Tagen habe ich versucht, mein Material zu ordnen und am Leben zu bleiben. Der Rohentwurf ist fast fertig, aber ich brauche noch einige Unterlagen. Allerdings will ich nicht darüber sprechen, bevor ich soweit bin.« Der Kerl machte mich wütend, aber ich war zu ausgelaugt, um ihm einen Stuhl an den Kopf zu knallen.

»Worum geht es dabei?« wollte Patrick Maxian wissen.

Ich zögerte. Eigentlich sprach ich nie über eine Story, bevor ich sie nicht beendet hatte. Allerdings war dies eine ganz außergewöhnliche Sache. Auf keinen Fall würde ich den unveröffentlichten Bericht des CIA erwähnen.

»Es geht darum, die Beziehungen des CIA zur Mafia zu beweisen. Ich hatte bisher Schwierigkeiten, an Bankauszüge heranzukommen. Wenn ich Glück habe, kann ich mit diesen Unterlagen sogar eine Verbindung zu den Häftlingen nachweisen. Erinnern Sie sich, daß ich vermute, zwei der Strafgefangenen gaben sich mehrmals als Perry Joseph aus?«

Maxian nickte.

»Wenn ich diese Unterlagen bekomme, habe ich alles, was ich brauche.«

Ruben Weiner klopfte seine Pfeife im Aschenbecher aus. »Was ist mit diesem Meeting in Vegas? Sollten Sie nicht hinfahren und die Sache überprüfen?«

»Warum? Damit die Kerle mich abknallen und in der Wüste begraben? Mein Verbindungsmann sollte eigentlich schon gestern hier eintreffen, aber er hatte Probleme.« Der verdammte Fragan hatte in North Carolina einen Autounfall gebaut. Ihm und Miranda war nichts geschehen, aber das Auto mußte repariert werden. Die beiden wollten nicht unnötig Aufmerksamkeit auf sich lenken, also warteten sie, bis sie das Auto wieder fahren konnten. Sie sollten an diesem Abend oder am nächsten Morgen hier eintreffen. Das hatte ich allerdings niemandem verraten. Nicht einmal Loni.

»Wir haben versucht, Sie in Ihrer Wohnung zu erreichen«, erklärte Jack Sommers. »Anscheinend halten Sie sich dort im Moment nicht auf.« Er war wohl beleidigt, daß ich nicht verfügbar gewesen war, als er mich hatte anrufen wollen.

Ich grinste. »Ich bin mal hier, mal da«, meinte ich. Das gefiel ihm nicht.

»Wenn diese Geschichte wirklich stimmt, wird sie im ganzen Land für Aufregung sorgen«, sagte Mrs. Evans. »Das stört mich nicht, aber wir dürfen uns keinen Fehler erlauben. Wenn wir uns irren, wird man uns verklagen oder auslachen. Beides wäre sehr unangenehm« Sie war nicht nur reich, sondern auch klug und umsichtig.

»Ich weiß«, erwiderte ich. Plötzlich fühlte ich mich sehr müde. Ich hatte keine Lust mehr, etwas zu erklären und um mein Leben zu laufen.

»Wo wohnen Sie im Moment?« Patrick Maxian zog einen Kugelschreiber und ein kleines Notizbuch aus seiner Tasche.

»Vergessen Sie es.«

»Was soll das?« Jack Sommers schlug ärgerlich mit beiden Händen auf den Tisch.

Ich stand langsam auf. »Solange ich an dieser Story arbeite, werde ich niemandem verraten, wo ich mich aufhalte. Rufen Sie Mrs. Karakas an – ich werde mich regelmäßig bei ihr melden.«

»Harker!« Julius Ramey schoß hoch und sah mich böse an.

Mrs. Evans ignorierte ihn. Sie musterte mich aufmerksam und spielte mit ihrer Perlenkette.

»Wir haben das Recht, zu wissen, wo Sie sind, Harker!« bellte Ramey. »Wir erhalten ständig Anrufe und...«

»Setzen Sie sich, Julius«, unterbrach Mrs. Evans ihn. Sie beobachtete mich so wachsam, als hätte ich vor, mit dem Silberbesteck zu türmen. »Können Sie die Story bald zu Ende bringen, Harker? Patrick und ich wollen sie sehr gründlich prüfen, bevor wir sie veröffentlichen.« Das war keine Frage, sondern ein Befehl. Ich konnte förmlich die Aufregung im Raum spüren. Jetzt lag es an mir, Beweise zu bringen.

»Ich werde es versuchen, kann aber nichts versprechen. Wie schon gesagt, warte ich noch auf einige Unterlagen.«

»Gut. Brauchen Sie noch etwas?«

»Nein, aber ich werde keine Annonce in die Zeitung setzen und bekanntgeben, wo ich mich aufhalte. Dies ist das letzte Treffen, bevor ich meine Story beende. Ich weiß, daß Sie alle über mir stehen und ich mich deshalb etwas unterwürfiger verhalten sollte. Aber jemand hat versucht, mich umzulegen, und das beunruhigt mich sehr. Deshalb werde ich mich von der Öffentlichkeit fernhalten, bis die Story geschrieben ist.« Ich dachte an Gaylord Harley – er wußte einfach zuviel über mich.

»Und Sie werfen uns Beweise liefern?« fragte Patrick Maxian, ganz der Anwalt.

»Natürlich. Kann ich jetzt gehen?«

Alle sahen Mrs. Evans an. Sie lächelte. »Wenn Sie irgend etwas brauchen, melden Sie sich, Harker. Wir wollen doch nicht, daß Sie aus Ärger Ihre Geschichte an ein anderes Blatt verkaufen, nicht wahr?« Damit befahl sie ihren Angestellten, mich in Frieden zu lassen, ohne sie abzukanzeln. Diese Frau hatte wirklich Klasse.

Ich grinste. Eddie und ich verstanden uns.

»Harker?« Patrick Maxian sah mich an.

»Ja?«

»Wenn Ihnen etwas zustoßen sollte, kommen wir wohl nicht an die Beweise und Ihre Story heran, oder?«

»Stimmt.«

»Passen Sie gut auf sich auf.« Der gutgekleidete Mann lächelte.

31

»Was gibt's?«

»Woher rufst du an?« Lamonts Stimme klang, als hätte er schlechte Nachrichten.

»Von einer Telefonzelle aus, hier in meinem Verlag. Hatte heute morgen ein wichtiges Meeting mit der Herausgeberin des Blatts und den Idioten, die den Laden managen. Ist mein Brief angekommen?«

»Ja, alles in Ordnung. Sie denken, Kalter wäre von jemandem umgelegt worden, mit dem er in der Vergangenheit Schwierigkeiten hatte. Ich bin noch nicht so lange bei dem Laden, um Feinde zu haben. Du schon, aber das habe ich nicht erwähnt. Sie untersuchen die Sache, aber ich denke nicht, daß sie mir etwas anhängen können. Vielen Dank, daß du mir geholfen hast.«

»Wie bitte? Verdammt, der verrückte Kerl zielte mit einer geladenen Waffe auf mich. Wenn du nicht gewesen wärst, wäre ich jetzt mausetot.«

Zumindest war es Gaylord Ran Harley und dem alten DeBlase nicht gelungen, aus Lamont einen Kerl wie Kalter zu machen.

»Es geht um deinen Freund Trotman«, erklärte Lamont. »Er hat durchgedreht. Hat zwei Leute überfallen und ist mit einigen Unterlagen getürmt. Keiner verliert ein Wort darüber, aber es muß sich um etwas Wichtiges gehandelt haben. Sie bewachen jetzt alle Akten wie die Schießhunde.«

»Langsam, langsam! Was hat Trotman getan!« Was zum Teufel ging hier vor? War Trotman ausgeflippt?

»Hörst du mir nicht zu, Mann? Trotman ist auf zwei Kerle losgegangen, die eine geheime Akte bewachten. Einer von ihnen liegt mit eingeschlagenem Schädel im Krankenhaus. Man weiß noch nicht, ob er durchkommt. Der andere kann noch laufen, aber nur sehr langsam. Trotman hat die beiden niedergeschlagen und sich die Unterlagen geschnappt.«

»Welche Unterlagen?« schrie ich. Ich drehte mich in der Telefonzelle um, bis ich mit dem Rücken zur Rezeption stand. Schweiß ließ mir über den Rücken, und mein Magen fühlte sich so an, als könnte ich mich den Rest meines Lebens nur noch von Milch ernähren.

»Darüber wird nicht gesprochen, aber hier benehmen sich alle, als ob ein Feuer ausgebrochen wäre. Du solltest auf dich aufpassen. Sie wissen, daß du mit Trotman in Verbindung stehst. Ich dachte, ich sollte dich warnen.«

»Ja, danke.«

Ich fuhr mir mit der Hand durch das Haar und zwang mich nachzudenken. Trotman hatte also zwei Typen überfallen und ihnen einige Papiere abgenommen. Der geheime Bericht über das Attentat auf Havilland mußte sich darunter befinden – warum sonst sollten sich die Kerle von der Firma so aufregen?

»Noch etwas«, sagte Lamont. »Trotman gilt jetzt als unzuverlässig und labil. Man will seine Akte schließen. Verstehst du, was ich meine?«

»Sie wollen ihn umlegen.«

Lamont seufzte. »Du hast dein Wort gehalten und diesen Brief geschrieben. Damit hast du mir sehr geholfen. Deshalb erzähle ich dir, was hier los ist – das ist alles.«

»Das weiß ich zu schätzen. Trotman ist ein armes Schwein. Er hat immer nur an sein Land geglaubt. Und wohin hat ihn das gebracht?«

»Das ist nicht mein Problem. Und auch nicht deines. Sei vorsichtig und halt die Augen offen.«

Der CIA wollte Trotman also loswerden. Das konnte nur bedeuten, daß er die geheime Akte über Havilland bei sich hatte. Er galt als unzuverlässig. Ich hoffte nur, Trotman hatte nicht völlig durchgedreht und wollte jetzt Hackfleisch aus mir machen.

»Lamont?«

»Ja?«

»Vielen Dank. Und mach's gut.«

»Natürlich. Immer, mein Freund.« Er legte auf. Bei Mrs. Karakas hatte er sich unter dem Namen ›Big Mac‹ gemeldet. Der große Lamont, ein Fan von Machiavelli.

32

Loni klappte ihren Koffer zu.

»Wenn du zurückkommst, bin ich wahrscheinlich nicht mehr hier«, verkündete ich.

Ich war jetzt seit zwei Tagen bei ihr und fühlte mich wesentlich entspannter. Ihre Gegenwart hatte mir sehr geholfen.

Sie lächelte, setzte sich auf die Bettkante und zündete sich eine Zigarette an. In ihren Händen wirkte eine Zigarette wie ein edles Schmuckstück. Meine Ex-Frau hatte wirklich Klasse. Sie blies Rauch an die Decke und strich sich eine Haarsträhne aus der Stirn.

»Du siehst besser aus«, meinte sie.

Loni hatte mir bereitwillig eine Pause gewährt, aber jetzt spürten wir beide, daß sich unsere Wege wieder trennen mußten. Selbst als ich in ihrer Wohnung an meiner Story gearbeitet hatte, war sie weiter ihrem Beruf nachgegangen. Jetzt hatte sie gepackt, weil sie für eine gewisse Zeit die Stadt verlassen wollte. Sie sagte mir nicht, wohin sie fuhr, und ich fragte sie auch nicht danach. Loni war eben eine vielbeschäftigte Frau.

»Mir geht es auch besser«, erwiderte ich und nahm ihre Hand. »Heute war das Meeting, und ich habe es überlebt. Ich stehe zwar noch immer auf der Abschußliste, aber ich werde es schon schaffen. Vielen Dank, daß ich mich hier verkriechen durfte. Danke für alles.« Ich drückte ihre Hand.

Sie blies mir spielerisch Rauch ins Gesicht. »Im Sturm sollte man einen Hafen anlaufen.«

»Und dies ist ein ganz besonderer Hafen. Du hast einem verzweifelten Mann das Leben gerettet.«

»Das klingt, als wäre ich der Weihnachtsmann.«

Eine Zeitlang hielten wir uns schweigend an den Händen. Wir wußten beide, daß es Zeit für mich war zu gehen. Ich liebte sie, und auch ihre Gefühle für mich waren nicht ganz erloschen. Offensichtlich reichte das aber nicht aus. Wenn man mit seiner Ex-Frau schläft, kann das eine therapeutische Wirkung haben, aber auch sehr schmerzhaft sein. Die Therapie war jetzt vorbei – der Patient wurde entlassen.

Sie stand auf. »Mein Flugzeug startet heute abend um halb acht.«

»Also in vier Stunden.«

Loni drückte die Zigarette aus und sah mich an. »Ja«, sagte sie leise.

Ich stand auf und nahm sie in die Arme. Eine letzte Dosis von der Medizin konnte nicht schaden.

Das häßliche Klingeln des Telefons riß mich aus dem Schlaf. Ich war an der Schreibmaschine eingenickt und hatte mit dem Kopf auf den Tasten selig geträumt. Niemand – nicht einmal meine Sekretärin – wußte, daß ich hier war, warum sollte ich also abheben? Wenn es einer von Lonis verdammten Kunden oder Freunden war, wollte ich nichts damit zu tun haben. Ich ging nie an Lonis Telefon. Der Anrufbeantworter war abgestellt, wie immer, wenn sie für einige Tage nicht in der Stadt war. Sie wollte schließlich keine Einladung für Einbrecher auf dem Band hinterlassen.

Das Telefon klingelte und klingelte. Ich stand auf, gähnte und streckte mich. Es war zwei Uhr morgens. Seit Loni zum Flughafen gefahren war, hatte ich geschrieben. *Loni.*

Das Telefon klingelte immer noch.

Konnte es Loni sein? War sie vielleicht in Schwierigkeiten? Verdammt, möglicherweise war ihr etwas zugestoßen, und sie hatte jemanden gebeten, hier anzurufen. Ein Flugzeugabsturz. Eine Entführung. Oder sie war an einen perversen Kunden geraten, der sie verprügelt hatte. Ich rannte quer durch den Raum und riß den Hörer von der Gabel.

»Harker?« Eine Männerstimme. Mir wurde eiskalt.

»Harker? Melden Sie sich. Sie sind doch sonst nicht so schüchtern. Ich habe nicht die ganze Nacht Zeit.«

»Wer... wer ist da?« Ich umklammerte den Hörer mit beiden Händen. Aus Angst verkrampfte ich mich so, daß alle Muskeln in meinem Körper schmerzten.

»Na also. So ist es besser. Wir haben uns vor einigen Tagen getroffen. Am Flughafen.« Es war Gaylord Ran Harley.

Ich nickte. »Ja, ich erinnere mich.«

Er klang fröhlich – wie ein Mann, der gerade seine Hypothek abgezahlt hatte.

»Gut. Hören Sie genau zu. Ich werde es nur einmal sagen, Harker. Wir haben Ihre Frau. Sie ist...«

»Meine Frau! Was...«

»Halten Sie den Mund, Harker!« befahl er mit eisiger Stimme. »Hören Sie zu, Reporter. Wir haben sie, und wenn Sie nicht tun, was ich Ihnen sage, wird es ihr schlecht ergehen. Sie wissen, daß das keine leere Drohung ist.«

Er sprach ruhig – seine Stimme klang wie die eines Flugkapitäns in einem Film, der den Passagieren erklärt, er könnte den Jumbo notfalls auch auf einer Wiese landen.

»Was... was soll ich tun?« Ich setzte mich auf einen Stuhl und kämpfte gegen den aufsteigenden Brechreiz an.

»Fliegen Sie nach Las Vegas. Das hatten Sie doch sowieso vor, nicht wahr? Jetzt bekommen Sie Ihre Chance. Damit Sie nicht denken, ich scherze, werde ich Ihnen beschreiben, was Ihre Frau trug, als sie das Haus verließ. Eine weiße Seidenbluse, einen braunen Rock und Sandalen. Sie hatte einen kleinen braunen Koffer und eine Umhängetasche bei sich. Ich kann Ihnen sogar sagen, was sich in dem Koffer befindet, und welche Farbe die Unterwäsche Ihrer Frau hat. TWA startet um halb vier Uhr früh. Wenn Sie gleich losfahren, können Sie die Maschine noch erreichen. Wenn Sie sich weigern, treffen Sie automatisch eine Entscheidung für Sie beide. Sie können sich wohl vorstellen, was ich damit meine.«

Loni. Mein Gott, ich hatte sie in diesen Dreck hineingezogen.

»Harker? Sind Sie noch dran?«

»Ja.«

»Sie hören sich müde an. Das kann ich gut verstehen. Schließlich waren Sie in letzter Zeit sehr beschäftigt. Also, Sie fliegen nach Las Vegas, mieten sich einen Wagen und fahren in die Stadt. Fragen Sie nach einem dunkelblauen Chrysler. Fahren Sie dann die Paradise Road entlang. Das ist alles.«

»Sie haben Loni wirklich?«

Einen Moment herrschte Schweigen. Dann...

»Ha-harker?« Loni klang wie ein verängstigtes kleines Mädchen.

»Loni? Loni?« Ich stand auf und sah auf den Fluß hinaus, in dem sich die Lichter der Stadt spiegelten.

»Es... es tut mir leid. Ich bin hierhergekommen, um... um zu arbeiten, und...«

»Warum sie hier ist, spielt keine Rolle, Harker.« Das war Harleys geschäftsmäßiger Ton.

»Sie Scheißkerl! Ich bringe Sie um, Harley!«

Er lachte. »Sie erstaunen mich, Harker. Zuerst stecken Sie Ihre Nase in Dinge, die Sie nichts angehen, und jetzt, wo das Spiel härter wird, fangen Sie an herumzuschreien. Ich kann es mir nicht leisten, Ihnen jemand zu schicken, der Sie abholt. Sie werden aus freien Stücken anreisen. Allein. Niemand zwingt Sie zu etwas – kommen Sie nach Vegas, oder lassen Sie es bleiben. Aber denken Sie an Ihre Ex-Frau. Loni fühlt sich nicht besonders gut. Wenn Ihnen etwas an ihr liegt...«

Loni hatte mich bei sich aufgenommen, damit ich mich ausruhen konnte. Und dafür mußte sie jetzt büßen.

»Ich werde da sein, Harley.«

»Das dachte ich mir. Harker?«

»Ja?«

»Kommen Sie allein. Und bringen Sie diese Unterlagen mit, über die Sie heute morgen gesprochen haben. Alle.«

»Ich sagte schon: Ich werde da sein.«

»Und ich sagte schon, daß ich damit rechnete.«

Er legte auf.

Wütend packte ich das Telefon und schmetterte es in den Spiegel über dem Kamin. Das Glas zerbrach. Heftig atmend starrte ich mein Gesicht an, das sich in den Scherben vielfach widerspiegelte.

O Loni. Wenn ich hier bliebe, würde ich sie damit umbringen. Wenn ich nach Vegas flog, sprach ich wahrscheinlich das Todesurteil für uns beide.

Ich sah auf die Uhr. Fünf nach zwei. Mir blieb nicht viel Zeit.

In Lonis Schlafzimmer stand ein zweites Telefon. Ich erledigte rasch zwei Gespräche, bevor ich mich auf den Weg zum Flughafen machte.

Ich würde nach Las Vegas fliegen und Gaylord Ran Harley umlegen, sobald sich mir eine Gelegenheit bot. Dieser Gedanke verdrängte meine Angst eine Weile.

Wenige Minuten später stand ich auf der Straße und hielt Ausschau nach einem Taxi.

33

Nevada.

Wie befohlen fuhr ich mit einem Chrysler die Paradise Road entlang. In diesem Staat kann man so schnell fahren wie man will, aber Harker, der vorsichtige Aufofahrer, behielt trotzdem den Tacho im Auge. Der Chrysler war angenehm zu fahren – und es lagen keine Bomben unter der Motorhaube. Ein gelangweilter Jüngling in Cowboykluft – er trug Jeans, Stiefel und ein buntes Hemd mit Fransen – hatte mir am McCarren Airport die Schlüssel in die Hand gedrückt. Ich gab dem dürren Kerl kein Trinkgeld, weil ich das Hemd abscheulich fand.

Unter anderen Umständen hätte ich die Fahrt genossen. Die Luft in der Wüste war noch kühl und klar. Es war halb sechs Uhr morgens und dämmerte langsam. Mein Hintern fühlte sich nach dem fünfstündigen Flug taub an. Die Zeitverschiebung um drei Stunden störte mich nicht. Ich mußte über so vieles nachdenken, daß ich einfach keine Zeit für Jetlag hatte. Die Morgendämmerung war herrlich. Gott hatte ein gutes Auge für Farben. Der Himmel färbte sich gelb, tieforange und blaßblau. Die Farben schienen intensiver als in New York.

Die Straße lag glücklicherweise im Dunkeln – so sah man die häßlichen Container nicht, die wie riesige Blechdosen überall am Straßenrand standen.

Dieser verdammte Gaylord Ran Harley. Es juckte mich in den Fingern, dem Scheißkerl den Hals umzudrehen. Er benahm sich, als hätte ich einen Ring durch die Nase gezogen, an dem er mich herumziehen konnte. Verlassen Sie New York, Harker. Wir haben Ihre Frau, Harker. Bringen Sie Ihre Unterlagen mit, Harker. *Die, über die Sie heute morgen sprachen.* Ich lächelte grimmig. Das war der einzige Fehler, den Harley sich bisher geleistet hatte. Wahrscheinlich war ihm sein verdammter Stolz, seine Arroganz und die Macht, die er durch DeBlases Geld zu haben glaubte, zu Kopf gestiegen. Deshalb hatte er etwas gesagt, was er sich besser verkniffen hätte.

Ich dachte an den Wagen, der in Washington in die Luft geflogen war. Und an Harleys Unterhaltung mit mir. *Sie sind nicht verdrahtet, Harker. Das wissen wir. Sie haben keinen Kontakt mit Ihrer Zeitung aufgenommen, Harker. Das wissen wir.*

Das konnte nur bedeuten, daß Harley mich beobachten ließ. Von jemandem, mit dem ich zu tun hatte. Das gab mir zu denken. Bevor Harley mich in Lonis Wohnung angerufen hatte, war ich zu müde und verängstigt gewesen, um mir über das Gespräch mit Gaylord Gedanken zu machen. Aber auf meine eigene Weise war ich ebenso schlau wie Harley. Ich wußte jetzt, daß er mich beobachten ließ und über jeden meiner Schritte informiert wurde.

Deshalb hatte ich zwei Telefonate geführt, bevor ich Lonis Wohnung verlassen hatte. Natürlich war ich immer noch nervös und hatte eine Heidenangst. Aber ich sah jetzt eine weitere Chance, am Leben zu bleiben.

Dieser aalglatte kleine Mistkerl. Er hatte mich dazu gebracht, New York allein zu verlassen und in Las Vegas allein anzukommen. Zeugen würden jederzeit beschwören, daß man mich nicht bedroht hatte. Niemand hatte mich mit einer Waffe zu dieser Reise gezwungen. Sollte es einen Unfall geben, würde es heißen, Harker sei selbst schuld gewesen – warum hatte er auch auf eigene Faust losziehen müssen? Aber Gaylord täuschte sich.

Bis jetzt lief alles glatt. Das Radio spielte Countrymusik. Wie in Indiana, wo alles angefangen hatte.

Trotzdem hatte ich eine Vorahnung, daß ich es nicht bis nach Vegas schaffen würde. Und ich hatte mich nicht getäuscht.

Vor mir blockierten zwei Autos die Straße. Es sah so aus, als hätten sie mich erwartet. Ich kaute auf meiner Unterlippe, sprach ein kurzes Gebet und bremste ab. Es schien alles so unwirklich. Über mir leuchtete der Himmel in allen Farben. Ich befand mich mitten in der Wüste und mußte auf einer dunklen Straße in Nevada anhalten. Was war das nur für ein verdammter Beruf für einen erwachsenen Mann!

Ich hielt einige Meter vor den Autos und wartete, während ich tief durchatmete.

Aus der Dunkelheit tauchten zwei Gestalten auf und kamen langsam auf mich zu. Sie hatten es nicht eilig. Ihr staksiger Gang erinnerte mich an Cowboys, die sich großtun wollten. Warum auch nicht? Immerhin gehörten sie seit über zehn Jahren dem Siegerteam an. So lange hatten sie die Wahrheit über das Attentat auf Victor Evan Havilland geheimgehalten.

Meine Finger trommelten unkontrolliert auf das Lenkrad.

»Wollen Sie nicht aussteigen?«

Die Stimme klang gedehnt, fröhlich, beinahe spielerisch. Ich war die Maus, und die Katzen wollten ihren Spaß haben.

Die Maus öffnete die Wagentür und trat hinaus in die kalte Luft. Ich hatte es so eilig gehabt, New York zu verlassen, daß ich nur ein dünnes Jackett über ein kurzärmeliges Hemd gestreift hatte. Jetzt zitterte ich wie Espenlaub.

»Der Junge sieht nervös aus«, bemerkte Nr. 1

»Dazu hat er auch einen guten Grund«, erwiderte Nr. 2. Dann kicherten beide leise. Sie standen immer noch im Dunklen verborgen und vermittelten mir das Gefühl, daß ich in großen Schwierigkeiten war.

»Wo ist Harley?« fragte ich.

»Dort drüben. Im Wagen. Du hast doch keine Knarre bei dir, oder?« Nr. 2 hörte sich noch bescheuerter an als Nr. 1. Geistige Hochflieger waren sie offensichtlich beide nicht. Sie durchsuchten mich, fanden aber keine Waffe. Ich trug keine bei mir.

Ich rieb mir fröstelnd die Arme und ging mit weichen Knien die Straße entlang. Hinter mir hörte ich, wie die beiden Cowboys in dem Chrysler herumkramten. Meine Aufzeichnungen lagen auf dem Beifahrersitz.

»Hierher!« Harleys Stimme klang wie die eines Kommandeurs, der seiner Truppe Befehle gibt.

Ich ging zu dem ersten Wagen in der Reihe. Harley saß auf dem Rücksitz. Ich spähte durch das Fenster und hielt Ausschau nach Loni.

»Sie ist hier«, sagte Harley und stieß die Wagentür auf.

Loni kletterte aus dem Auto und stolperte auf mich zu. Ihr Gesicht war verschwollen und ihre Augen gerötet. An der linken Hand trug sie einen Verband.

Harley stieg ebenfalls aus. Ein großer, gutaussehender, beherrschter Mann. Er vermittelte mir wieder den Eindruck, daß er eigentlich keine Lust hatte, seine Zeit mit mir zu verschwenden, mir aber großzügigerweise ein paar Sekunden schenkte.

Wenn ich die zwei Cowboys mitzählte, die jetzt bei dem gemieteten Chrysler standen, war Harley in Begleitung von mindestens sechs Männern. Selbst ohne Waffen konnten sie mir mit Leichtigkeit den Garaus machen. Leider war ich nicht die Reinkarnation von Bruce Lee.

»Es hat aufgehört zu bluten«, sagte Harley und deutete auf Lonis Hand. »Sie kann nichts dafür – sie mußte eine bestimmte Rolle spielen. Und das hat sie getan – natürlich ohne es zu wissen. Ihre Rolle, Harker, ist jetzt vorbei.«

»Glauben Sie?« Ich gab mich mutiger als ich mich fühlte. Loni fing an zu weinen. Als ich sie in den Arm nahm, spürte ich, daß sie zitterte. Ich zitterte ebenfalls, und wenn die Dinge nicht nach Plan liefen, würde ich auch bald weinen.

»Das weiß ich«, erwiderte Harley. Er richtete sich auf und musterte mich, als wäre ich ein seltenes Insekt. Der Mann war beeindruckend. Er war höflich, verstand es, sich auszudrücken, zog sich gut an und hatte sich immer unter

Kontrolle. Aber unter dieser Maske verbarg sich ein gefährlicher Verbrecher.

»Sie wissen sehr viel über mich«, sagte ich, während ich beobachtete, wie einige schemenhafte Gestalten auf uns zukamen. Harleys Männer. Ich versuchte, meine Angst zu unterdrücken, nahm all meinen Mut zusammen und schob Loni sanft zur Seite. Jetzt stand ich dem Mann gegenüber, der das Verbrechen des Jahrhunderts begangen und ungestraft davongekommen war. Natürlich war ich ihm unterlegen, aber das, was er Loni angetan hatte, schürte meinen Haß auf ihn. Und dieser Haß würde mir hoffentlich genug Mut geben, um mein Leben zu retten.

»O ja. Ich weiß einiges über Sie«, bestätigte Harley. Er lächelte, aber seine Augen blieben kalt. Die schattenhaften Gestalten hinter ihm lachten höhnisch.

Einer der Männer trat einen Schritt vor und reichte Harley meine Notizen. Der große, gutaussehende Mann blätterte darin und versuchte blinzelnd, in der Dunkelheit etwas zu erkennen.

»Ist das alles?« fragte er schließlich.

»Nein«, antwortete ich.

Er grinste. »Das dachte ich mir. Lassen Sie mich überlegen. Ich nehme an, Sie haben Ihrer Sekretärin, Mrs. Karakas, eine Kopie übergeben und ihr gesagt, sie solle die Story in Gang bringen, wenn Sie und Loni zu einer bestimmten Zeit nicht zurück sind, oder sich telefonisch bei ihr melden. Stimmt's?«

Mein Puls begann zu rasen. Ich ballte die Hände zu Fäusten und versuchte verzweifelt, mich zu beruhigen. Die Aussicht, bald umgelegt zu werden, war nicht sehr verlockend. Dieser Mann wußte einfach zuviel über mich.

Aber inzwischen war mir klar, woher er seine Informationen hatte.

»Sie haben recht, Harley. Mrs. Karakas hat Kopien von allen Unterlagen. Wenn Loni und ich nicht nach Hause kommen, gibt sie meine Aufzeichnungen an die Redaktion weiter, und die Story wird gedruckt.«

»O nein, sie wird nicht gedruckt werden. Selbst wenn Mrs. Karakas die Unterlagen weiterreicht, wird kein Wort davon in der Presse erscheinen. Bevor ich Ihnen erkläre, warum, sollten Sie sich umsehen, Harker. Nur zu, sehen Sie sich um.«

Außer einer Wüstenlandschaft in der Morgendämmerung und drei geparkten Wagen konnte ich nichts entdecken. Das hätte mir vielleicht zu denken geben sollen.

Harley verschränkte die Arme vor der Brust und sprach weiter. Er hätte sich in einem Werbespot sicher gut gemacht. Oder in einem Leichenschauhaus.

»Heute ist der erste Tag eines bedeutenden Manövers der Armee der Vereinigten Staaten. Die Straße wurde abgesperrt, und die Presse wird groß darüber berichten. Die liberale Elite aus dem Osten, zu der Sie wohl gehören, ist daran vielleicht nicht interessiert, aber es gibt in diesem Land eine Menge Leute, die darüber etwas lesen wollen. Ich habe schon an Manövern teilgenommen, bei denen dreißig oder vierzig Menschen starben. Das ist kein Scherz. So etwas passiert. Panzer fahren in einen Fuchsbau und überschlagen sich, Fallschirme öffnen sich nicht rechtzeitig, Granaten explodieren zu früh, jemand verwendet scharfe Munition anstelle von Platzpatronen. Unfälle kommen sehr häufig vor, Harker. Heute werden mindestens zwei Menschen dabei sterben.«

»Loni und ich«, sagte ich. Harker konnte man nichts vormachen.

Harley grinste, und die beiden Schattenfiguren grinsten wieder. Alle hatten ihren Spaß – nur ich und meine Ex-Frau nicht. Loni zitterte immer noch und preßte die verletzte Hand an die Brust.

Ich versuchte ihr beruhigend zuzulächeln, aber das mißlang mir gründlich.

»Loni und Sie«, bestätigte Harley. »Ich wollte, daß Sie wissen, was mit Ihnen geschehen wird. Ein Reporter stirbt bei seinen Nachforschungen. Ein Arbeitsunfall. An seiner Seite befindet sich seine geliebte Frau. Beide kommen durch einen Kopfschuß ums Leben.«

Ich sah mich rasch um. Die Straße hinter mir war wie ausgestorben. Nur der Chrysler stand da.

»Wie geht es Patrick Maxian?« fragte ich Harley.

Er machte eine ruckartige Bewegung mit dem Kopf, als hätte er ein seltsames Geräusch gehört. Dann kniff er die Augen zusammen und starrte mich schweigend an.

»Was haben Sie gesagt?« fragte er schließlich leise.

»Sie haben mich schon verstanden«, erwiderte ich.

»Patrick Maxian?«

»Ja. Er ist einer der Anwälte, die der *World Examiner* beschäftigt, um sich Gerichtsverfahren vom Hals zu halten.«

»O Harker, es tut mir so leid«, schluchzte Loni.

Harley schlug ihr mit der flachen Hand ins Gesicht, ohne sie anzusehen. Loni prallte gegen den Wagen und winselte wie ein junger Hund, dem man auf den Schwanz getreten hat.

Da drehte ich durch.

Bevor die Schattengestalten mich aufhalten konnten, sprang ich vorwärts und schlug Harley mit der Faust in sein glattes Gesicht. Ich erwischte ihn direkt am Kinn.

Meine Faust brannte wie Feuer, aber ich war stolz, daß ich einen so tollen Treffer gelandet hatte. Leider bekam ich keine zweite Chance. Ich wurde von hinten gepackt, und einer der Männer legte seinen Arm über meinen Kehlkopf und drückte zu. Ich fing an, nach Luft zu ringen.

»Laßt ihn los! Verdammt, wir wollen doch keine Spuren hinterlassen!« schrie Harley und befühlte seine Lippen. Er blutete – das verschaffte mir eine enorme Befriedigung.

Die Schattenfiguren ließen mich los. Ich hatte das Gefühl, als hätte mir jemand eine Axt in den Hals gerammt. Einige Sekunden stand ich nach vorne gebeugt und keuchte wie ein alter Esel.

Harley bewegte vorsichtig sein Kinn hin und her und fuhr sich prüfend mit der Zunge über die Zähne. Jetzt wußte ich endlich, wie gut es tun konnte, jemandem eine zu verpassen.

»In Ordnung, Harker. Sprechen wir über Patrick Maxian.«

Ich hustete. Meine Kehle fühlte sich an, als hätte ich Glasscherben verschluckt.

»Maxian«, flüsterte ich heiser. »Er ist Ihr Verbindungsmann. Er hat meine Frau benützt, um mich in die Falle zu lokken. Sie haben sie hierhergelockt und dann gewaltsam gezwungen, mich anzurufen.«

Loni richtete sich auf, schlug die Hände vors Gesicht und begann zu weinen. Ich wünschte mir nur, daß ich sie lebend hier wegbringen konnte. Alles andere war mir im Moment egal.

»Sprechen Sie weiter.« Harley tupfte sich den Mund mit einem orangefarbenen Seidentuch ab. Die Schattengestalten lachten plötzlich nicht mehr.

»In Washington sagten Sie, Sie wüßten, daß ich keinen Kontakt zu meiner Zeitung aufgenommen hätte. Vor ein paar Stunden befahlen Sie mir, die Aufzeichnungen mitzubringen, über die ich heute morgen gesprochen hätte. Die Spur führt eindeutig zu Maxian. Wo ist er?«

Hinter mir hörte ich Schritte. Eine der Schattenfiguren trat ins Scheinwerferlicht. Es war Patrick Maxian.

Er preßte die Lippen aufeinander und steckte die Hände tief in die Taschen seines teuren Jacketts. Dann warf er mir einen kurzen Blick zu, sah aber rasch wieder zur Seite. Patrick Maxian war nervös.

Ich spuckte auf den Boden und massierte meine schmerzende Kehle.

»Sie wissen also über Maxian Bescheid.« Harley wischte sich die letzten Blutstropfen vom Mund, faltete sorgfältig das Taschentuch zusammen und steckte es in die Tasche.

»Ich wußte es schon, bevor ich hierherkam, Harley. Vorher schon.«

Es beruhigte mich, daß darauf keiner etwas zu sagen wußte. Ich zitterte immer noch, spürte aber, daß ich mit meiner letzten Bemerkung einen Treffer gelandet hatte.

Ich ging einige Schritte auf Harley zu und versuchte, meine Stimme so ruhig wie möglich klingen zu lassen. »Wenn Sie darauf bauen, daß Maxian sich jetzt meine Unterlagen in der Redaktion besorgt und darin herumpfuscht, sind Sie verrückt. Ich habe gewisse Vorkehrungen getroffen.« Langsam ging die Sonne auf.

»Ich verstehe«, sagte Harley leise und strich sich vorsichtig über die Stelle am Kinn, wo ich ihm eine verpaßt hatte. Das gefiel mir. Seine Stimme klang nicht mehr ganz so selbstsicher, aber er war nicht leicht zu erschüttern. Meine Kehle brannte immer noch wie Feuer.

»Hören Sie...«, begann ich und zeigte auf ihn. Ich wünschte, mein Finger wäre der Lauf einer Knarre.

Die Autos waren ohne Licht gefahren. Wir hörten sie erst, als sie hinter meinem Chrysler stehenblieben.

Beinahe wäre ich vor Dankbarkeit auf die Knie gefallen, aber das lag mir nicht. Wagentüren wurden aufgestoßen, und einige Männer stiegen aus. In der Dämmerung sahen sie ebenfalls wie Schattenfiguren aus – aber diesmal hatte ich keine Angst vor ihnen. Gott sorgt für uns alle.

Gaylord Ran Harley drehte sich um und ging ein paar Schritte vorwärts. Seine Männer folgten ihm. Einige griffen eilig in die Taschen – mir war klar, daß sie nicht nach einem Stück Kautabak suchten. Wahrscheinlich waren es DeBlases Männer oder Cowboys aus Vegas, dic für Harley in Nevada arbeiteten.

Ich war aufgeregt, nervös, erleichtert und kurz davor, vor Freude in die Hose zu pinkeln. Viele Leute kamen nach Vegas, um zu spielen oder sich scheiden zu lassen. Ich hatte um mein Leben gespielt und gewonnen. Diesmal war es gut gegangen – ich würde der Welt noch länger erhalten bleiben.

Roy Lupus eilte seinen Männern voraus. Er hatte den Mantelkragen hochgeschlagen, war unrasiert und unfrisiert und sah mich so grimmig an, als hätte ich gerade seine Frau verprügelt.

»Wo ist Trotman, Harker?«

Ich grinste und zuckte mit den Schultern.

»Verdammt, Harker, soll das ein Witz sein? Wir haben Anrufe von drei Senatoren und einigen anderen einflußreichen Arschlöchern bekommen. Ganz Washington ist auf den Beinen. Man hat uns befohlen, sofort hierherzukommen, weil Sie sich mit Trotman treffen würden, um...«

Der Mann schrie so laut, daß ich befürchtete, die Sonne würde sich wieder verziehen.

Gaylord Ran Harley hatte richtig geraten. Ich hatte Mrs.

Karakas angerufen. Das zweite Telefonat hatte ich mit Lanford Greeve Paugh geführt und ihm damit die zweite Chance gegeben, die wir uns alle oft wünschen. Ich hatte ihm erzählt, daß ich wegen meiner Story über das Attentat auf Havilland in großen Schwierigkeiten steckte. Und daß er jetzt die Möglichkeit hatte, zu tun, was er damals versäumt hatte. Er sollte einige seiner einflußreichen Freunde anrufen und sie dazu überreden, Druck auf die Firma auszuüben. Ich hatte ihm gesagt, daß mein Leben und das meiner Ex-Frau davon abhing. Wenn der CIA erfuhr, daß ich mich mit Trotman wegen einiger verschwundener Dokumente treffen wollte, würde hoffentlich irgend jemand herkommen.

Paughs mächtige Freunde hatten angedeutet, daß einige Köpfe rollen würden, wenn diese Unterlagen jemals in der Presse erschienen. Ich hatte Paugh noch meine Flugnummer gegeben und mich darauf verlassen, daß irgend jemand in der Wüste erscheinen würde. Dieses Mal hatte ich mein Spiel also tatsächlich gewonnen.

Harley atmete schwer.

»Hallo, Roy«, sagte er.

»Harley. Was zum Teufel geht hier vor. Was...«

Lamont kam auf mich zu, nickte und grinste. Ich nickte ebenfalls schweigend. Für eine Unterhaltung war jetzt nicht der richtige Zeitpunkt.

Harley runzelte die Stirn und warf einen Blick nach oben. Wahrscheinlich wartete er auf eine Eingebung.

»Harley«, schrie Lupus und deutete mit dem Zeigefinger auf den gutaussehenden Mann vor ihm. »Wenn Sie mit der Sache etwas zu schaffen haben und alles versaut haben, rettet niemand Ihren Arsch. Diesmal nicht. Meine Aufgabe ist es, unser Eigentum zurückzuholen. Jeder, der sich mir dabei in den Weg stellt, muß daran glauben. Die Anweisung kommt von ganz oben.« Der sonst so gepflegt aussehende kleine Mann war völlig außer sich. Wer auch immer ihm den Befehl gegeben hatte, nach Vegas zu fliegen, mußte ihm ordentlich den Marsch geblasen haben.

Lupus' Gesicht war dunkelrot, und an seinem Hals traten die Venen deutlich hervor. Trotman war anscheinend Gesprächsthema Nr. 1 beim CIA. Hinter Lupus standen sieben Männer, drei davon hielten Schrotflinten in den Händen. Damit konnten Harleys Männer nicht aufwarten. Mein Glück.

Ich legte meinen Arm um Loni und spürte, daß sie immer noch zitterte. Ihr Gesicht war tränenüberströmt. Rasch nahm ich Harley meine Notizen aus der Hand.

»Ich gehe zurück zum Wagen, Lupus«, erklärte ich.

»Das werden Sie nicht tun, Harker. Sie bleiben hier und...«

»Mir ist kalt, und ich bin müde. Loni geht es ebenso. Wir werden im Auto auf Sie warten.«

»Harker, diese Unterlagen...«

»Sie gehören mir, und Sie werden sie nicht anfassen.«

»Harker!«

»Sie können schreien, solange Sie wollen. Das ist mir scheißegal. Diese Unterlagen gehören mir.«

»Oh?« Jetzt schlug er wieder diesen arroganten Ton an.

»Ja. Es gehörte zu meinem Plan, mich von Ihnen aus D. C. vertreiben zu lassen. Aber versuchen Sie nicht, mich hier unter Druck zu setzen. Ich werde sonst nicht nur diese Geschichte erzählen, sondern auch publik machen, daß Kalter, einer Ihrer eigenen Agenten, sterben mußte, weil Sie hinter mir her waren.«

»Warten Sie einen Moment.« Roy Lupus kam langsam auf uns zu. »Kalter?«

»Ja, Kalter. Er arbeitete für unseren Freund hier. Harley lockte mich zum Flughafen, und als ich nicht auf seine Forderungen einging, versuchte er, mich umzulegen. Statt dessen hat es Kalter erwischt. Ich erwarte nicht, daß Harley das zugibt, aber Lamont hat ihn am Flughafen gesehen. Und Regis Cooler aus New York hat das Treffen arrangiert. Sie sollten prüfen lassen, ob er noch am Leben ist – es kann sehr gefährlich sein, für DeBlase und Harley zu arbeiten. Sobald Sie mir auch nur ein Haar krümmen, werde ich eine Story veröffentlichen, die Ihnen die Laune gründlich verderben wird. Wenn einige einflußreiche Leute in Washington erfahren, daß Sie Ihre eigenen Agenten als Killer beschäftigen, wird es einigen Wirbel geben.«

In der kühlen Morgenluft spürte ich Lonis Körperwärme und nahm den schwachen Duft ihres teuren Parfums wahr. Ich haßte Harley, weil er versucht hatte, sie umzubringen. Und ich haßte Patrick Maxian, weil er sie benützt hatte, um an mich heranzukommen. Es war ein gutes Gefühl – endlich war ich wieder ich selbst.

»Harker, ich muß diese Unterlagen sehen.« Lupus' Stimme klang beinahe freundlich.

»Das müssen Sie nicht. Sie müssen nur sicherstellen, daß ich keine Dokumente bei mir habe, die dem CIA gehören, oder?«

»Ja.«

»Ich werde die Papier kurz hochhalten. Sie können einen Blick darauf werfen, aber zwinkern Sie nicht zu oft, sonst versäumen Sie alles. Beruhigt Sie das?«

Er seufzte. »In Ordnung.«

Wir müssen alle Kompromisse schließen.

Lupus sah argwöhnisch auf jedes Blatt, das ich in die Höhe hielt. Er nickte jedesmal erleichtert, als er keinen offiziellen Stempel erkennen konnte. Ich zeigte ihm meine Notizen und eine Kopie meines unvollständigen Berichts über das Attentat. Allerdings hielt ich ihm jede Seite nur so kurz vor die Nase, daß er nur wenige Zeilen lesen konnte. Sein Interesse galt sowieso nur dem Briefkopf.

»Zufrieden?« fragte ich schließlich.

Er nickte.

»Gut. Ich werde also jetzt zu meinem Wagen gehen und dort auf Sie warten. Fragen Sie Gaylord nach Kalter und unserem Treffen am Flughafen. So wie ich ihn kenne, hat er sicher gute Antworten parat. Stimmt's, Gaylord?«

Harley starrte mich haßerfüllt an, als wollte er mir mit einem Flaschenöffner die Eingeweide herausreißen. Ich starrte zurück. Lonis Gegenwart bewirkte, daß ich dieses Spiel ebensogut spielen konnte wie er.

Mit Loni am Arm ging ich langsam den Highway hinunter. Es interessierte mich nicht, was Harley Lupus über unser Treffen am Flughafen erzählte oder wie er ihnen erklärte, warum er mich und meine Ex-Frau auf einer einsamen Straße in Nevada in der Morgendämmerung bedroht hatte. Ich kannte seine Gründe bereits.

Hinter mir hörte ich Lamonts Stimme. »Ich bringe Sie zum Wagen.«

Als wir drei in dem Chrysler saßen, fragte Lamont: »Was war los?«

»Harley hat versucht, uns umzulegen.«

Loni sah in den Rückspiegel und versuchte, ihr Gesicht sauberzumachen.

»Warum?« wollte Lamont wissen.

»Du würdest es mir nicht glauben, wenn ich es dir erzählte.«

»Abwarten.«

Also erzählte ich es ihm.

Lamont glaubte mir. Seiner Meinung nach waren die Weißen zu allem fähig.

34

Zwei Tage später blätterte Jack Sommers im Konferenzraum des *New York World-Examiner* einen dünnen Stapel Briefe und Bankauszüge durch.

»Haben Sie diese Unterlagen bei den mexikanischen Banken überprüft?« fragte er.

»Natürlich«, erwiderte ich. »Die Zweigstellen hier im Land bestätigten mir die Existenz der Konten. Einer der Angestellten rief in Mexiko City an. Dort hat man die entsprechenden Unterlagen noch in den Akten. Der CIA hat Geld für die Mafia hinterlegt, um sie für die Ermordung des kubanischen Staatschefs zu bezahlen. Dieser Mr. Voltaire, der immer wieder auftaucht, ist Harley. Voltaire war sein Deckname. Es gibt keinen Zweifel daran, daß er das Geld bereitgestellt hat. Ich habe eindeutige Beweise für seine Identität.«

Ruben Weiner deutete mit dem Pfeifenstiel auf mich. »Und die Bilder von den Häftlingen...«

»Ray Stance ist für mich nach Mexiko geflogen und hat die

Zeitungsausschnitte mitgenommen«, unterbrach ich ihn. »Nur ein Angestellter der Bank kann sich noch an Roger Joel erinnern. Joel besaß die größte Ähnlichkeit mit Perry Joseph. Er hob mehrere Male Geld ab und unterzeichnete die Auszahlungsbelege mit dem Namen Perry Joseph.«

»Wo sind diese Jungs?« fragte Jack Sommers und blätterte in einem Kontobuch.

»Untergetaucht.« Walter Fragan und Miranda hielten sich in einer kubanischen Siedlung in New Jersey versteckt. Sie wollten sich erst wieder mit dem CIA in Verbindung setzen, nachdem meine Story erschienen war. Mirandas Deckname war Cuchillo – Mr. Messer. Er war der Mann, der Estevez' Pferdchen zu den Häftlingen nach Texas gebracht hatte. Der Mann, der gehört hatte, wie Harley und seine Männer die Namen der Häftlinge mehr als einmal erwähnt hatten.

Ich dachte nicht daran, den Zufluchtsort von Fragan und Miranda preiszugeben.

Von Trotman hatte ich noch nichts gehört. Ich fragte mich, ob er den geheimen Bericht des CIA über das Attentat wirklich an sich gebracht hatte. Mittlerweile hatte ich eine verdammt gute Story geschrieben. Daher war auch die Konferenz einberufen worden. Patrick Maxian fehlte. Er war einfach verschwunden. Weder seine Frau noch seine Mitarbeiter in der Kanzlei wußten, wo er sich aufhielt. Ich hatte das Gefühl, daß er vielleicht am Grund von Lake Mead ruhte, aber das war mir egal. Die letzten beiden Tage hatte ich in der Redaktion des *World-Examiner* verbracht und bis auf kleine Pausen rund um die Uhr meine Geschichte zu Papier gebracht.

Am Abend zuvor hatte ich mich mit Fragan und Miranda getroffen. Danach waren sie sofort abgereist und warteten jetzt darauf, daß meine Story gedruckt wurde. Sie glaubten, daß sie nur dadurch am Leben bleiben konnten. Trotmans Report hätte meine Geschichte perfekt gemacht. Ohne den Bericht über Havillands Schußwunden war meine Story zwar gut, aber nicht komplett. So konnte ich nicht beweisen, wer das Attentat wirklich in Auftrag gegeben hatte.

Mrs. Evans saß wie immer am Kopfende des Tisches. Jack

Sommers, Ruben Weiner, Julius Ramey und ein weiterer Anwalt namens Baron Richardson hatten sich um sie versammelt. Richardson war ein kleiner Mann mit einer flachen Stirn, der ständig damit beschäftigt war, seine Brille zurechtzurücken.

Plötzlich klopfte es an der Tür.

»Ja?« Jack Sommers brüllte so laut, daß man ihn bis nach Newark hören konnte. Mrs. Karakas kam herein und reichte mir eine gefaltete Ausgabe des *World-Examiner*.

»Das hat ein Mann für Sie abgegeben. Er war groß und hatte riesige Hände. So große Hände habe ich noch nie gesehen.«

Mein Puls beschleunigte sich, während ich die Zeitung öffnete. Ich fand sechzig Seiten mit dem Vermerk TOP SECRET. Das war der CIA-Report über das Attentat auf Victor Evan Havillard.

Ich sprang auf. Trotman. Meine Güte, das war unglaublich. Fantastisch.

»Wo ist er? Wo...«

Mrs. Karakas runzelte die Stirn. »Warum regen Sie sich so auf? Das war doch nur ein Bote oder ein Lieferant. Warum...«

Ich rannte quer durch den Raum und riß die Tür auf. Als ich die Eingangshalle erreicht hatte, war Trotman verschwunden.

Im Konferenzraum beschrieb mir Mrs. Karakas den Mann genauer. »Er sah aus wie einer unserer Fahrer – er trug die gleiche Uniform. Seine Hände waren beängstigend groß. Und häßlich.«

Ich überflog den Bericht. Es war unglaublich. Victor Havilland war tatsächlich einer der Spitzenpolitiker gewesen, die Attentate auf Führer anderer Länder angeordnet hatten. Hier stand schwarz auf weiß, wann der CIA solche Aufträge ausgeführt hatte. Später hatte Havilland seine Einstellung dazu geändert, aber da war es schon zu spät gewesen.

Man hatte von ihm erwartet, daß er eine Invasion Kubas befürwortete. Als er sich dagegen aussprach, hing der CIA in der Luft. Sie hatten bereits zwanzig Agenten und etwa einhundert angeheuerte Guerillas verloren. Jemand wie Gaylord Ran Harley nahm es sicher sehr übel, wenn seine Männer dran glauben mußten.

In dem Bericht stand auch, daß es nicht nur einen Perry Joseph gegeben hatte. Einer der Männer, die sich für ihn ausgaben, wurde achtzehn Monate lang vom CIA für seine Dienste bezahlt. Der Mann, der ihn eingestellt hatte, hieß Gaylord Ran Harley. Es gab noch viel mehr interessante Informationen, aber meine Geschichte war jetzt vollständig.

Ich reichte Jack Sommers die Unterlagen. Er runzelte die Stirn und begann zu lesen. Nach einigen Minuten meldete sich Mrs. Evans. »Jack?« fragte sie freundlich.

Ohne sie anzusehen, reichte er ihr den Bericht. Eine Weile überflog sie ihn schweigend, dann gab sie ihn Jack zurück.

»Wenn Sie sich den Report gründlich durchgelesen haben, geben Sie ihn an die anderen weiter. Auch an Baron. Wenn alle ihn gelesen haben, bekommt Harker ihn zurück. Die Story wird morgen in allen Ausgaben erscheinen. In allen. Harker, dies wird mindestens ein fünfteiliger Artikel. Sie müssen deshalb noch einiges umschreiben. Jack, Sie und Ruben gehen alles genau durch. Baron, Sie bleiben bei Harker, solange es nötig ist. Ich möchte, daß Sie alle Unklarheiten beseitigen. Allerdings glaube ich nicht, daß es dabei große Probleme geben wird. Harker, rufen Sie Ihre Freunde an. Ich meine den Russen und seinen Begleiter. Wir werden für ihre Sicherheit sorgen, bis eine offizielle Einrichtung das übernimmt. Sagen Sie Ihnen, wir werden keine Bilder bringen. Sie haben also keinen Grund zur Sorge. Noch Fragen?«

»Ja.« Ich hob die Hand. »Ich möchte über das Meeting in Vegas berichten. Natürlich kann ich nicht schreiben, daß sie sich dort über das Attentat unterhalten wollten, aber ich weiß, daß zwei Männer von der Polizei in New Orleans teilnahmen. Sie wurden von DeBlase bezahlt. Ebenso wie Maxian. Dieser Mistkerl gehörte dem Direktorium von drei Firmen an, die DeBlase gehören. Warum zum Teufel kümmert sich niemand darum?«

Mrs. Evans war freundlich, aber bestimmt – wie immer. »Damals war das für uns nicht wichtig.«

»In Ordnung. Sie wollen also eine fünfteilige Story? Dann werde ich noch einige Reisen unternehmen müssen. Natürlich erst, nachdem die erste Folge erschienen ist. Wenn die Sache erst einmal publik ist, brauche ich mich unterwegs nicht mehr ständig umzudrehen.«

»Wohin wollen Sie denn verreisen?« fragte der dickbackige Jack Sommers.

»D. C., Mexiko, Florida. Schließlich soll meine Story Hand und Fuß haben. Außerdem könnte es sein, daß ich eine Einladung vom Justizministerium bekomme.«

»Das denke ich auch«, murmelte Baron Richardson und warf einen Bick auf den Bericht vom CIA. »Aber damit dürften wir keine Probleme haben. Sobald Sie diese Unterlagen nicht mehr brauchen, werde ich sie einreichen. Die Geschichte über DeBlase haben Sie ausgezeichnet dokumentiert. Ich sehe da keine Schwierigkeiten.«

Mrs. Evans stand auf. »Harker?«

»Ja?«

»Machen Sie sich bitte an die Arbeit.« Sie lächelte mich an.

Die grauhaarige Lady in den Sechzigern hatte wieder einmal die Oberhand behalten.

In dieser Nacht stand ich in der Eingangshalle von Lonis Apartmenthaus und las den Brief, den mir der Portier gegeben hatte.

> Ich vermisse dich, und das macht mir Sorgen. Deshalb wollte ich nicht hier bleiben. Als du in Schwierigkeiten warst, brauchtest du mich, und das war gut so. Jetzt muß ich feststellen, daß ich dich vielleicht auch brauche, und das ist nicht gut. Ich werde so lange wegbleiben, bis ich dich nicht mehr vermisse. Ich will mein eigenes Leben leben, Harker. Bitte versuch das zu verstehen. Loni.

Ich las den Brief noch einmal. Sie erwähnte nicht, wo sie war oder wann sie zurückkommen würde. Ich drehte dem Portier den Rücken zu, damit er nicht sehen konnte, wie ich mir die Tränen aus den Augen wischte.

Als ich hinausging, reichte ich ihm die Ausgabe vom *World-Examiner*, die am nächsten Morgen erscheinen würde.

Darin stand, wer Victor Havilland vor zehn Jahren ermordet hatte.

Zwei Tage später erhielt ich einen Anruf von ›Big Mac‹.

Trotman hatte sich umgebracht. Er hatte sich mit einer 45er in den Mund geschossen. Ich wußte, warum. Wenn man so stark an eine Sache glaubte und dann enttäuscht wurde, gab es nichts mehr, wofür es sich zu leben lohnte.

Ich ging in die nächste Bar und bestellte zwei Bier von der Sorte, die Trotman bevorzugt hätte. Eines schüttete ich so rasch hinunter, wie Leute es tun, die normalerweise keinen Alkohol trinken. Das andere ließ ich stehen. Das war mein Tribut an einen Mann, der sich wirklich Gedanken um unser Land gemacht hatte. Dann suchte ich mir eine Telefonzelle und bestellte Blumen für Mrs. Riley Sisson in Alexandria, Virginia.

Anschließend rief ich Loni an.

Sie meldete sich nicht. Der Anrufbeantworter war abgestellt. Sie schaltete ihn immer ab, wenn sie sich nicht in der Stadt aufhielt.